十蘭逍遙

江口雄輔

国書刊行会

留学卒業記念写真（十蘭は前列左から三人目。鎌倉文学館蔵）

十蘭と鑑（母）と大山（姉）一家。1941年頃、青山の家で（三ッ谷洋子氏蔵）

夫人同行の冬青座地方公演
（十蘭は前列右から三人目、夫人は同列左から三人目。三ッ谷洋子氏蔵）

自宅にて、1953年頃（三ッ谷洋子氏蔵）

十蘭逍遙　目次

I

十蘭逍遙

I

十蘭を読む楽しみ

小説を読むことを楽しみとする人なら誰しも経験済みであろうし、あらためていうまでもないが、作家により、また作品により、その楽しさはじつにさまざまである。ストーリーにのって文字通り巻措く能わずという場合もあれば、スタンダールが数十年前の幸福の時を回想するうちに、感動がよみがえってきてペンを措き、部屋のなかを歩きまわってしまったように、読者のほうでも、先を読むのが惜しまれて思わず読みさしてしまうこともある。あるいはまた、歴史的素材の思いがけない展開に目を瞠ったり、独特な言葉の連なりぐあいや凝ったペダントリイを満喫したり、現実とは別の世界が浮上してくるさまを楽しんだりする。

こうした小説の楽しみに存分に応えてくれる作家のひとりに、久生十蘭（一九〇二～一九五七年）を挙げることができる。現役、物故作家を問わず、彼の愛読者であることを口にした人は少なくないが、たとえば島尾敏雄が、夢野久作とともに十蘭を愛読したことを懐かしげに語ったり

（「夢野久作の蘇り」『葦書房編集室だより』七号、葦書房）、思いがけないところで十蘭の名前を目にすることがある。

日本版画協会賞を受賞し、活躍を期待されながら夭折した版画家清原啓子のように、「久生十蘭に捧ぐ」（本書所収「清原啓子の十蘭」参照）と題するオマージュを残して十蘭への傾倒ぶりを示した読者もいた。彼女は「久生十蘭は、私にとって長い間浄化の特効薬でしたが、その純白な透明感と天上界からの雪崩を完璧にしかも豊かな許容量を持って受けとめた、今更届かぬ遙かな精神の地の、敬愛する一人の作家に捧げる意味で、この作品を制作しました」（『清原啓子作品集』美術出版社）と書いている。エッチングを専門とした彼女は、「ニードル一本で万余の点を打ち、万余の線を刻みこむ姿勢を変えようとはしなかった」（深沢幸雄「清原啓子さんのこと」前掲書）といわれる。十蘭、とりわけ戦後の十蘭も、ひと言、ひと文字を刻み込んで推敲をかさねた作家であった。奔放自在な初期の作風から巧緻綿密な晩年にいたるまで、作品傾向は多彩をきわめ、しかも、いずれの作品も〈久生十蘭〉の像をくっきりと映し出している。試みに作品の冒頭をいくつか引いてみよう。

甲戌《きのえいぬ》の歳も押詰つて今日は一年のドン尻といふ極月《ごくげつ》の卅一日電飾眩《まば》ゆい東京会館の大玄関から一種慨然たる面持で立現れて来た一人の人物、鷲摑みにしたキヤラコの手巾《ハンカチ》で焼腹《やけ》に鼻《はな》面《づら》を引つ擦《こす》り〳〵、大巾に車寄の石段を踏みおりると野暮な足音を舗道に響かせながらお濠端の方へ歩いて行く。見上ぐれば、大内山の翠松《すいしよう》の上には歯切れの悪い晦日《みそか》の月。柳眉《りうび》悲泣《ひきふ》といつた工合にひつ掛つてゐる。

「ジョイスは半日の人間の頭の中を十万語ぐらゐにひきのばして見せた」と十蘭は書いたことがあるが、「ユリシーズ」のようにわずか二十四時間の事件を、饒舌な戯文調で一年以上も雑誌『新青年』に連載した長篇「魔都」の発端である。この文体に操られるかのようにひと癖もふた癖もある人物たちが、帝都にして魔都東京に縦横無尽に出没する。日比谷公園の噴水の鶴が安南国歌を唄うかと思えば、江戸時代の上水大伏樋《おおふせど》に安南国王が潜んだり、その国王をめぐって日本とフランスの政治的駆け引きが展開されるなど、大仕掛けでストーリーは錯綜している。いわゆる探偵小説という範疇を無視したストーリーもさることながら、何よりも〈言葉〉の氾濫ぶりに圧倒されて、読者はいっきに読まされてしまう。夢野久作「ドグラ・マグラ」が巨大な軟体動物に呑み込まれる不気味を味わわせてくれるとすれば、「魔都」は網目状に広がる神経組織を高速で迷走するような眩暈をあたえてくれる。ところが同じ戯文調でも遙かに時代をさかのぼって「玉取物語」になると、趣きを変えてこんな具合だ。

嘉永のはじめ（嘉永二年十月）のことでござつた。西国のさる大藩の殿様が本国から江戸へ御帰府の途次、関の宿の近くに差懸つた折、右の方のふぐりが俄《にはか》に痒くなつた。蕁草《いらくさ》の刺毛《さしげ》で弄《いら》はれるやうな遺瀬なさで、痒味辛味《つら》は何にたとへやうもないほどであつた。しばらくの間は袴の上から押抓《おしつね》つてなだめてゐられたが、仲々もつて左様な直《ちよく》なことではをさまらない。〔中略〕悩みは弥増《いやます》ばかり、あたかもふぐりに火がついて乗物いつぱいに延びひろがり、いまにもその中に巻きこまれてしまふかと思ふやうな現《うつつ》なさで、追々、心気《しんき》悩乱してとりとめないまでになつた。

本物の〈痒さ〉の場合、かきむしりつづけて血が滲むほどであっても、痒いのはなおその奥という感じ、つまり〈隔靴掻痒〉で、いっそう痒くなるものである。痛みなどとは違う〈痒さ〉特有のつかみどころのなさが、老人の語るようにゆったりと綴られ、最後は痒みをとりのぞいて「たとへんにものなく、清々《すがすが》しくおぼえける」という殿様の日記で締めくくられる。「魔都」のスタイルから一転しておかしみを盛った絶妙の擬古文を堪能することができる。以上二作のように派手めかした文体に対して、一見素っ気ないほどの書き出しが、作品のその後と微妙な照応を見せているものもある。たとえば「新西遊記」の冒頭である。

宇治黄檗山《わうばくさん》の山口智海といふ二十六歳の学侶が、西蔵《チベット》へ行つて西蔵訳の大蔵経（一切経またはは蔵経、仏教の典籍一切を分類編纂したもの）をとつて来ようと思ひたち、五百三十円の餞別を懐ろに、明治卅年の六月廿六日、神戸を発つて印度《インド》のカルカッタに向つた。

日本の大乗仏教は支那から来たせゐで、蔵経も梵語《サンスクリット》（古代印度語）の原典の漢訳であるのはやむをえないが、宋版、元版、明版、龍蔵版とかれこれ読みあはせてみると、随所に章句の異同や遺漏があつて疎通をさまたげるところへ、天海版、黄檗版、卍蔵版などの新訳が入つてきたので、いつそう混雑がひどくなつた。

仏典に関するくわしい知識の披露に十蘭らしさが見えるが、まずは物静かな出だしである。しかし『西蔵旅行記』で著名な河口慧海をモデルにしたこの作品はしだいにモデルを離れて、ラマ教徒の狂信残酷ぶりが誇張的に描かれ、虚実のはっきりしないチベット探検史が長々と説明される。肝心の山口智海のラッサへの到着と写経の苦心が語られるのは作のなかばを過ぎてからだ。じつはこの長い迂回が読者には楽しみなのだが、十蘭が生涯こだわった人物像、つまり悲劇的運命を無表情のまま担いきる人物としての智海も描かれてはいる。ただその無表情の周囲にどこかおかしみが漂って見えるところが、この作品の特徴だ。淡々とした冒頭部は、その後のペダンティックな語りを際立たせ、異国で正続五千百二巻の写経を終えて死を迎えた主人公の姿と響きあっている。

十蘭自身はチベットならぬフランスへ渡り、足掛け四年の外国生活を経験している。帰国後に本格的な執筆活動を開始するわけだが、作品の発端にこのパリ滞在を活かしたものがある。

巴里《パリー》の山の手に、ペール・ラシエーズといふ広い墓地があつて、そのうしろの小高い岡の上に、〈Belle-vue de Tombeau《ベル・ヴユウ・ド・トンボオ》〉といふ、一風変つた名の喫茶店《キヤツフエ》がある。訳すと、「墓地展望亭」といふことにでもならうか。なるほど、そこの土壇《テラツス》の椅子に坐ると、居ながらにして、眼の下に墓地の全景を見渡すことが出来る。

当時、私は物理学校の勤勉な一学生で、行末、役にも立たぬ小説書きにならうなどとは夢想だにしなかつたので、未来の物理学者を夢みながら、実直に学業をはげんでゐた。

この喫茶店の名前を冠した作品は、バルカン半島の架空の王国リストリアの王女と日本人青年の恋物語に政変を絡めたもので、いかにもロマネスクな仕上がりとなっている。舞台もコート・ダジュールからパリ、さらにダニューブ川沿いの王都まで広がり、幼くして巨額の遺産に恵まれフランスに遊学している青年と、〈天上界に属すべき美〉をそなえた王女との恋という、あえて型通りの図式を踏襲しているようでありながら、墓地を展望するしずかな喫茶店、夕暮れの薄闇のなかで〈私〉がふたりから聞き出す時の流れは熱く、しかも清涼な印象である。

「黄泉《よみ》から」の一節でも主人公魚返光太郎がこのキャッフェで休んでいるが、パリ到着後、好奇心をつのらせた十蘭が街を徘徊し、ペール・ラシェーズを見おろしながら一杯のコーヒーを啜ったこともあったろう。あるいは、ボードレール『パリの憂鬱』を読んでいた十蘭の記憶に、散文詩「射的場と墓地」に引かれる **A la vue du cimetière**（墓地見晴し亭：阿部良雄訳）がよみがえったのかもしれない。
いずれにせよ渡航本来の目的は演劇研究のはずであった。一九三〇年の二月といえば彼もすでにパリ生活に慣れ、芝居見物を始めた頃と思われる。当時コメディ・フランセーズで初演されたのが、ジャン・コクトーの『声』であった。名女優ベルト・ボヴィの熱演が好評を博したこの初演の場に、十蘭が居合わせたかどうかは残念ながら不明だが、少なくともコクトー作『声』を愛読したことはたしかだ。恋する女がいわば潜水夫とすると、その命綱である空気の管を恋人が握っている、という意味の巧みな比喩が『声』にみられるが、十蘭の「雲の小径」にも酷似した表現がある。そしてまた、あきらかに『声』をヒントにした短篇「姦《かしまし》」を書いているからである。

いつお帰りになつて？……昨夜？　よかつたわ、間にあつて……ちよいと咲子さん、昨日、大阪から久能志貴子がやつてきたの。しつかりしないと、たいへんよ……ええ、ほんたうの話。あなたを担いでみたつて、しやうがないぢやありませんか。終戦から六年、その前が四年だから、ちやうど十年ぶり……誰だつておどろくわ。

この調子で始まって終始、電話をかけている女性の独白だけで構成されている点に、コクトーの『声』をかさね合わせることができる。あるいはコクトーが、歌手のエディット・ピアフのために書いた『美男薄情』も、ヒロインの一方的なせりふで進行する形をとっているので、十蘭の頭にあった可能性はある。ただ、この芝居は、いかにも〈ジゴロ〉風の男が幕切れまで無言の出演をしていて、『声』の女が、自分を捨てようとする相手に未練断ちがたく電話線一本ですがりつく構図とは対照的である。十蘭はといえば、作中の電話の独白だけで、四人の男女を生動させる仕掛けを構えた。そこに、かれらにふさわしい柄と生地の和服や帯をはめ込み、青砥色《あおといろ》、千歳茶《ちとせちゃ》、朱鷺色《ときいろ》、鶸茶《ひわちゃ》などの伝統色で飾って、いかにも十蘭らしいペダントリイを発揮している。それにしても読者の意表を突いてくる技巧的な書き出しといわざるをえないが、その技巧性は作品を通してみると、たんなるテクニックにとどまらずスタイルの域にまで達している。

今までに引いた例は、作品の出だしの部分に限られ、それぞれの全体におよぶものではないし、ほかにも引用に値する作品はあるのだが、これだけでも久生十蘭の文体の多彩、取材の広範、しかも彼の作らしい徴《しるし》を共通して残している点などは看取できるだろう。とくに戦後の十蘭の文章については、こくのあるブランデーに喩えた人もあるし、文学的にはプロスペール・メリメや森鷗外に比較した例もある。ともあれ十蘭を読む楽しみは、いうまでもなくその幕開き部分にとどまるものではない。塚本邦雄が「仄かな俳諧の味さへ含む餘韻、物語が終つたところから登場人物がまたの世へ歩み出すその足音が、読者の心に遠い大皷《おほかは》のやうにひびいてくる醍醐味」（久生十蘭『黄金遁走曲』解説「蒼鉛嬉遊曲《ビスマス・メヌエット》」薔薇十字社）と書いているほどで、作品の幕切れもまた愛読者からすれば喝采を贈りたくなる場合が多い。

こうした作品を振舞ってくれる久生十蘭にも、むろんその前史があった。一九〇二年（明治三十五年）函館に生まれた彼は、いわゆる学歴らしい学歴もないまま、まず地元『函館新聞』の記者として活躍し、同時に演劇への関心を深めていく。日常生活においても、真っ正直な愚直さよりは〈芝居がかった〉洗練を良しとしたようだ。昂じた演劇熱は彼に上京を促し、フランスから帰朝して華々しく活躍していた岸田《きしだ》國士《くにお》のもとへ赴かせる。まもなく彼自身も渡仏、第二のベル・エポックともいわれる両大戦間期のフランスを自分の目で見てきた。並みの留学生活でなかったことは、「犂《カラスキー》氏の友情」にみられる場末《ゾーン》の痛快な生活描写からもうかがえる。帰国後、編集長水谷準と幼馴染みだった関係で、先に引いた雑誌『新青年』から作家として登場した。

探偵小説雑誌として有名な『新青年』は、早くから鮮度の良い海外作品を紹介していたほか、周辺記事を含めてモダンな編集ぶりが際立っていた。作品にフランス語を頻出させるような十蘭には、格好の舞台が提供されたわけである。しかしここから始まる彼の執筆活動は決して長いとはいえず、一九五七年、五十五歳で食道癌に斃《たお》れるまでおよそ二十年であった。

その間、「鈴木主水」で直木賞を受賞し（一九五二年）、「母子像」が『ニューヨーク・ヘラルド・トリビューン』紙主催の世界短編小説賞コンクールで、多数の応募作品をしぼった各国代表作五十七篇中、イギリスのノラ・パーク「兄さん」とともに第一位を獲得した（一九五五年）。直截なもの言いで知られた評論家木村毅は『ヘラルド・トリビューン』のような一流紙での実績を快挙とし、「敗戦でペシャンコになって、世界のどこからも声をかけられず、のけ者になっている日本のため、万丈の気を吐いた」（「大衆文学夜話」『大衆文学大系』月報十八所収、講談社）と書いた。同時に彼は、それが川端康成のノーベル賞に先んじての功績であっただけにいわゆる文壇でももう少し問題にすべきであった、とつけくわえている。しかしたとえ十蘭をめぐって論が起こされたとしても、十蘭自身に残された時間はあまりに少なかった。彼の歿後しばらくは、彼の全体像をうかがうに足る作品集成の企てもみられず、ややもすると過去の作家と片づけられがちであった。

一九六〇年代に入って十蘭はよみがえり、夢野久作や小栗虫太郎とともに惹句的に〈異端作家〉と称されてふたたび話題にされるようになった。量的には不十分だがともかく全集（三一書房）が編まれたのが六〇年代末、それから十年余りのちには、テレビでも特集が組まれ、夫人をはじめとして中井英夫、清水邦夫、都筑道夫などの各氏が十蘭についての思いを披露したこともあった。

〈異端作家〉とか〈小説の魔術師〉とかのおおげさな呼称をつけられたかと思えば、エンタテイメントに徹した通俗作家といわれたりする久生十蘭であるが、そうした呼び方は例によってあまり意味のあるものとは思われない。登場以来、文学史的にはつねに居心地の悪い場所に立っていたのが彼である。彼はただ言葉を手にとり、吟味して、弾み具合を確かめるように投げ続ける、そうした運動が好きでどうしても止められなくなってしまったのだろう。その意味では十蘭はまさに小説家としか言いようのない小説家であった。

最近、日本文学の海外への紹介が盛んで、古典や谷崎、川端、三島のような作家だけでなく推理小説なども翻訳されている。江戸川乱歩、横溝正史、松本清張、夏樹静子らはフランス語でも読める時代となった。大岡昇平が埴谷雄高との対談で、自作の翻訳に触れながら「とにかく変な文学、たとえば、久生十蘭とか夢野久作、いいだももの『斥候よ夜はなお長きや』とか、中井英夫のもの」などが翻訳されるようになれば、ヨーロッパでも日本が見直されることになるかもしれないと語ったことがある（『二つの同時代史』岩波書店）。夢野の『ドグラ・マグラ』は、二〇〇三年に仏訳書が出たが、十蘭が翻訳されて欧米に紹介された例は、吉田健一の手になる先の英訳「母子像」（Mother and Son）があり、世界短編小説賞コンクール参加作品をまとめた『世界賞作品集』（*World Prize Stories*, Odhams Press Limited, London）に採録されている。おそらくその重訳であろうが、フランス語訳（Mère et Fils）も、英書と趣旨を同じくする『54の世界名短編小説集』（*Les 54 Meilleurs Contes du Monde*, Gallimard, Paris）に納められており、「一九五四〜一九五五年国際コンクール受賞者が読者に贈る」との副題がついている。ただし作者についての解説の類は、どちらにも掲載されていない。しかも「母子像」のなかで、母親がバーの客とベッドで戯れる場面や母親が息子を絞殺しようとしたときの即物的表現、また朝鮮動乱を暗示する箇所などは両書ともに省略されているのをはじめとして、細部に原文との重要な異同がかなりある。

そのほかに筆者の手元には、「計画《プラン》・Я《ヤ》」（地底獣国）や「ハムレット」などを収録した台湾刊行（二〇〇九年）の翻訳本がある。また、未見だが中国や台湾では長篇「魔都」「十字街」をはじめ、「黒い手帳」「湖畔」「海豹島」「母子像」など主要作品が翻訳されているようだし、二〇二三年に出版された中国初の『日本幻想文学アンソロジー』にも「黄泉から」が収録されている。『近代日本文学翻訳書目』（講談社）によれば、「母子像」のイタリア語訳もあるとされている。

その後、作家久生十蘭については、フランスの読者に紹介される機会があった。文芸誌『マガジン・リテレール』の一九八三年四月号がミステリー特集をして、中国と日本の事情を伝えており、記事のなかに十蘭の名も見いだされる。ただ Jyuran Kuoi と綴られていて、名前に凝った彼が憮然とせざるを得ない結果となっている。また広範な目配りを利かせたセシル・サカイ『日本の大衆文学』（朝比奈弘治訳、平凡社、Cecile Sakai *Histoire de la Littérature populaire japonaise*, L'Harmattan, Paris）にも十蘭が紹介されている。同書は一九〇〇年〜八〇年の日本の大衆小説の歴史を時代小説、現代小説、探偵小説の三ジャンルに分類して辿り、さらに主人公の類型論など問題点をあげてジャンルを比較的に分析し、作家をめぐる社会的背景や読者論にまでおよぶ大著だが、十蘭は三〇年代なかばに登場して当時の探偵小説の停滞感を打破した作家としてまずとりあげられている。

同時に著者は、十蘭が独自の文体をもち、多様なジャンルに挑戦して探偵小説という枠組みにとらわれなかったと指摘し、その具体例として「母子像」を挙げる。作品まで引いてフランスの読者にくわしく紹介されたのは、おそらくこれが初めてであろう。シェイクスピアやルイジ・ピランデルロを愛読し、フランス文学から多くを学んだ十蘭のことを思えば、つぎの段階として大岡発言ではないが、彼の作品がもうすこし広く英・仏訳をはじめとして翻訳されてもおかしくない。

阿部正雄（本名）に久生十蘭という〈商標〉が貼られる過程には、生地函館での長谷川海太《かいた》郎《ろう》・潾二《りんじ》郎《ろう》兄弟や水谷準らとの交遊、新聞記者かつアマチュア音楽家・演劇家としての活躍、東京での演劇活動、フランス体験などがあった。しかし、しっかり貼りついたはずの〈商標〉は一枚だけではないようだ。彼はひたすら作品の背後に控えたままであるかと思えば、ときに案外読者の身近に立っていることもある。われわれに多くの傑作、佳作、異色作を提供していながら、その顔はなかなか見定めがたい。そこを見定めようとするスリルが、じつは十蘭を読む楽しみでもある。

それにしても多面体十蘭に眩惑されたままで終わらぬためには、何らかの手がかりが必要だ。先に述べたように彼は青年期にフランス留学を果たしたわけだが、最晩年にもパリ再訪を計画していたと言われる。もしそれが実現していたら、とくに戦後の作品群の充実を評価される彼が、あらたな変貌を見せたことも十分考えられる。じっさい「国際的な、広い視野のもの」を書くべくスエズ運河の疑獄事件などを調べていると、晩年に語ったこともある。

〈フランス〉というひとつの要素は、作家十蘭のなかにあってプリズムのように彼の姿を分光、分別してわれわれの目の前に興味深いいくつかの像を結ばせてくれそうだ。意図的にフランス語を混在させたテキスト、フランス文学の翻訳や換骨奪胎の試み、フランスの大小とりどりの事件の作品化。そうした直接的な〈フランス〉だけでなく、当時の国際都市パリにあるいはコート・ダジュールに生活することにより、日本と西欧という対立項をいったん突き崩し、それからふたたび日本を見返す視点と国際感覚を親しいものにした事実もある。以下の第I部各章では、十蘭における〈フランス〉を念頭におきつつ久生十蘭という不思議な存在とつきあってみよう。さしあたっては彼の前史というべき時代からだ。

十蘭前史

久生十蘭は一九〇二年（明治三十五年）四月六日、北海道の函館に生まれている。函館は、まだ箱館と表記されていた一八五九年（安政六年）以来、長崎、横浜とともに鎖国後初めて外に向かって開かれた港町である。したがって早くから、英・米・仏・露・中国などとの交通が頻繁で、津軽海峡を隔てて〈内地〉を望む北辺の地とはいえ、なかなかモダンな土地柄であった。情報メディアが発達し、航空機が日常化した現代と違って、当時の海港都市は海外文化の受信基地なのである。

函館人の郷土自慢は〈日本初〉の列挙に始まる。曰く、洋式築城・洋式帆船建造・測候所開設・商船学校開校・種痘の実施・牛乳やバターの製造、果てはコーヒー飲み始めから海水浴場開設にまでいたる。

郷土自慢はともかく、未来の久生十蘭・阿部正雄の生活圏には、ごく自然に海外の文化が遍在していたことはまちがいない。十蘭自身記者として『函館新聞』(一九二八年二月六日)にこんなことを書いている。彼の住まいの近くには、東本願寺別院のほかにロシア正教とフランス系のカトリック教会があり、日曜日などは、日・露・仏、三国三様の鐘が勢力をあらそうように鳴り渡る、「フランスの鐘は飽まで陽気で程よく酔つて小唄を唄つてゐるといつた風で、ロシアのは鈍重でオボロモーフで、地面にゆつくり鍬をおろしてゐるといつた風で、日本のは気むづかしく空想的で枯木寒厳といつた味がある」と。のちにはこのあたりにイギリス聖公会、アメリカのメソジスト系日本基督教団などの教会が立ちならび、長谷川四郎の表現を借りれば「国際的な寺町」の観を呈する。もちろん各国の宣教師たちは身近な存在であったし、当時函館にあった英・米・露の領事館の関係者をはじめとする外国人の住まいも近くにあったが、いわゆる〈異人館〉といったイメージではなく、洋風建築が類を見ないほど広く普及していたこの町にすんなり溶け込んだ風景であった。

一九九三年(平成五年)に亡くなった喜劇俳優の益田《ますだ》喜頓《きいとん》は、十蘭より七歳年少で明治生まれの函館人だが、彼の少年時代の回想(『キートンの人生楽屋ばなし』北海道新聞社)を読むと、そんな町の空気が普段の生活のなかでいかに親しいものであったか、よくわかる。たとえば小学校の同級生が、英語で讃美歌を歌い、フォスターの曲やカルソー歌う「サンタルチア」「テルミー」のレコードに聞き惚れる。街で見かけた神父は「日曜学校へ、エラッシャイ、キットエラッシャイ」と優しく語りかけてくる。春になればあたりの丘いっぱいに鈴蘭が咲き乱れ、その香りに誘われるように、少年キートンは弟と鈴蘭摘みに出かける。そこで出会ったのが、革命を逃れてきた白系ロシア人の兄と妹であった。

私は「おまえ達ロシア人の集落だろ」と言ってみました。「ソウ、ソウダヨ、コンニチハ」と男の子がたどたどしい日本語で返事をすると、弟はその言葉を聞いて「日本の言葉ウメイ、ウメイ」と変にたどたどしく真似してしゃべったので、四人とも一緒に笑い出してしまいました。国籍は異なっていても、子供達は何のこだわりもなくすぐ打ち解けるものです。

なりゆきとして少年キートンは、その妹のほう、気品があって声のきれいなロシアの少女が気にかかってしかたない。しかし初恋のエピソードにふさわしく、まもなく別離の時が来る。赤と青のインク水にひたして染め分けた鈴蘭の花を残し、少女は旭川に移っていくことになるのだが、昭和の初期でおよそ百人、一時は五百人ほどのロシア人が函館に住んでいたという。キートンはまた、明治天皇来函に際して、〈WELCOME〉と英語で書かれた歓迎アーチの写真を見たりしている。

彼によると、とくにフランスの水兵が格好良かったそうだが、港まで足を伸ばせば、遙かに海を越えてきた外国船を常時目の当たりにすることができた。一時十蘭の隣人でもあった、函館出身の評論家亀井勝一郎は、夕暮れの桟橋風景を愛して、「落日の光りが碇泊する船体を鮮かに染め、また桟橋の上に群がる異邦の人々の顔は一層赤く照り輝いて、ちやうどメーキャップして舞台の上にゐるやうであった」（「函館八景」）と回想している。航海の疲れを癒す船員や水兵が、きつい煙草の香りを漂わせながら、黒い髪、黒い目の少年たちに語りかけることも珍しくはなかったであろう。事実、十蘭が兄事した長谷川海太郎（のちの谷譲次）などは、楽しそうに街を歩く外国人船員と英語で話す機会を進んで求めていたといわれる。

港町と作家のつながりといえば、たとえば横浜を愛した大佛次郎などが連想される。後年十蘭とも交際の深かった彼は（ちなみに大佛は十蘭夫妻の媒酌人である）、フランスに材を求めた作品で知られる一方、「霧笛」や「幻燈」など横浜を舞台にした、というか横浜という港町なくしては成立しがたい作品を残している。しかし久生十蘭の場合、主要な舞台をはっきり函館とした作品は皆無に等しい。わずかに「葡萄蔓の束」が、トラピスト修道院という閉鎖的な舞台を扱っている程度で、これとても海港都市としての函館とは隔たりが大きい。むしろ彼の生まれ育った土地の影響は、もっと深いところ、より肉体化したところに見いだされるべきだろう。ここでは函館の風土や都市性は、十蘭にとって無視しえない前提条件のひとつであったことを確認するにとどめ、もう少し当時の彼に即して、交友関係や読書傾向とりわけフランス文学との関係を見てみよう。

少年時代から十代後半にかけて、知的にも行動的にも狼藉ぶりを発揮していた十蘭の周囲には、きわめてユニークなグループが形成されていた。彼の愛読者にとってはすでに馴染みの顔ぶれだが、まず先にも触れた長谷川海太郎がいた。のちに谷譲次・牧逸馬・林不忘という三つの筆名を駆使して、それぞれ異なったジャンルの作品を書き分け、モンスターと称された人物である。「シベリア物語」や名作「鶴」の作者長谷川四郎の長兄にあたる。ホイットマンを愛読し、英語劇『ジュリアス・シーザー』では堂々たるブルータスを演じ、人前で得意げに英語の演説をやってのけもした海太郎は、二十歳で渡米、四年後に帰国、まもなく「テキサス無宿」「めりけんじゃっぷ商売往来」などを書いて、〈彗星のごとく〉という表現そのままの登場をする。『函館新聞』記者時代の十蘭はその頃上京して、海太郎と連絡をとったところ、着流しにフェルトの草履ばき、鎌倉から東京まで自家用車で乗りつけて十蘭をびっくりさせた。そもそも十蘭が『函館新聞』に入ったのは、海太郎が、同社の社長兼主筆であった父長谷川淑夫に推薦したからであった。

ストライキ事件の首謀者として処分を受けると、卒業直前に故郷の中学をあっさり退学した海太郎は、日本脱出前にさしあたり東京で学生生活を送ることになる。同じ中学をやはり事件を起こして中退した十蘭も、これに合流するかたちで、東京の聖学院中学三年に編入した。しかしここに籍を置いたのはわずか数か月で、ふたり揃って寄席通いをしたり芝居を観たりしていたようだ。十蘭より二歳年長の海太郎が、ジャズと禁酒法のアメリカへ向け、横浜を出港したのは一九二〇年（大正九年）であった。時期を同じくするように十蘭は函館に戻って、まもなく新聞記者となり社会部や文芸部で活躍を始める。

『一人三人全集』という不思議な名前の個人全集全十六巻の完結直後、海太郎は三十五歳で急逝

第三回全函館音楽大会（1923・12）でマンドリンを独奏した十蘭。伴奏はレベデフロシア領事夫人（県立神奈川近代文学館蔵）

した。アメリカを流浪し船員生活をくぐり抜け、強健な身体を誇った彼も、流行作家として時間に追われ、死因に不審を抱かれるほど突然の死であった。執筆活動を始めたばかりの十蘭を、一瞬呆然とさせる事態であったろう。ともにまともな教育制度をはみ出し、彼がアメリカなら、こちらはフランス、彼がひとりで三人ならこちらも変身を繰り返す。彼が横文字混じりで口跡鮮やかに語るならば自分だってひけは取らぬ、時代考証など問題にしない快作を彼がものするなら自分もそれを試みる。長谷川海太郎という存在は、函館時代の阿部正雄から鎌倉住まいの作家久生十蘭にいたるまで、先行する目標のひとつであり続けた。

　海太郎のすぐ下の弟が洋画家の潾二郎、のちに「煙突奇談」など特異な短篇小説を書いた地味《じみ》井《い》平造《へいぞう》である。そして彼と中学の同級生で、十蘭同様、長谷川家にしょっちゅう出入りしていた水谷準。十蘭は彼らより二歳年上だが、十分に兄貴風を吹かしていた。東京放浪時代にギターやマンドリンなど楽器に親しんでいた十蘭は、後輩たちを指導して音楽会を開くだけではなく、マンドリン教授の広告を出し、ほかの音楽団体との共演なども積極的であった。水谷の回想（「久生十蘭の嘘」）によれば、こうした音楽会は数回開かれ、「曲目に歌劇〈ファウスト〉〈トラバトーレ〉などがあり、合唱団も組織してなかなか大掛かりなもの」であった。その練習場がロシア領事館のピアノのあるサロンだったのだから、やはり函館である。発案者の十蘭がタキシードを着込んで、指揮者役をつとめたのはいうまでもない。

水谷も指摘するように、十蘭にはのちの作家としての「独居苦吟の労作振りとは全くうらはらな」一面、つまり賑やかな音楽会を企画し、タクトを振り、伴奏と独奏をこなし、収支決算に駆けずりまわるような一面もあった。こうした傾向は、はるかのちに築地小劇場管理委員会の一員となり、さらに委員会の総辞職後、彼が実務上の責任者として負債整理にあたったときなどにも発揮されている。ともあれ上下二歳の年齢差のなかで、二十歳前の十蘭がもっとも親しくつきあっていたのが、海太郎、潾二郎の長谷川兄弟と水谷準であった。

潾二郎は、未来の画家にふさわしく早くから画才を発揮しながら読書家でもあり、北原白秋や佐藤春夫らの作品を読み、またフランス文学を愛して、コクトー、アポリネール、ポール・フォールなどを繙読して止まなかった。その影響もあったのか、水谷は大学でフランス文学を専攻し、卒業後は雑誌『新青年』の編集長をつとめるかたわら作家活動を続けることになる。彼は宣教師についてフランス語を学んだことを述懐しているが、彼らの競い合うような旺盛な読書欲は積極的に外国文学に向けられた。

時代的に少しさかのぼれば、海外文学に対する初々しいほどの意欲を、田山花袋『東京の三十年』に見ることができる。島崎藤村、国木田独歩、柳田國男らとの交友のなかで、花袋は「渇したものの水につくようにして」洋書を探し求めた。「三千年来の島国根性、武士道と儒学、仏教と迷信、義理と人情、屈辱的犠牲と忍耐、妥協と社交との小平和の世界」、そんな日本の精神的風土に、「ニイチェの獅子吼、イブセンの反抗、トルストイの自我、ゾラの解剖」が入ってくる。それを何とか正面から受けとめようとの気負いがあった。『東京の三十年』のなかには「丸善の二階」と題する一節があって、英訳モーパッサン短篇集を丸善で購《もと》めたときの気持ちの昂ぶりが記されている。

それの到着したのは、忘れもしない、三十六年の五月の十日頃であった。私は其頃は博文館に入って、『太平洋』を編輯していた。この日は雨が降っていたが、電話でそれを知らされると、もういても立ってもいられなかった。〔中略〕出版部へ行って、時の部長U氏に泣附いて、『美文作法』を書く金の中から十円前借をした。そして降り頻る雨をついて丸善へと出かけた。

安いセリースで、汚い本であったけれど、それが何んなに私を喜ばしたであろう。ことに、この十二冊の『短篇集』の日本で最初の読者であり得るということが、堪らなく私を得意がらせた。私は撫でたりさすったりした。

花袋のなかには、森鷗外や上田敏らのモーパッサン像とは違う、リアリストとしてのモーパッサンを発見した喜びがあった。だが同時に彼の興奮は、「十九世紀の欧洲大陸の澎湃とした思潮」が丸善の二階を透過して届くということ、自分がその思潮の一端に誰よりも早く触れうるという思いによるところも大きい。

花袋が購入した『短篇集』十二冊を、撫でさするように手にしたのは明治三十年代のことだ。大正もなかばを過ぎた十蘭たちには、丸善から洋書を取り寄せるのも格別珍しいことではなかった。とくに長谷川家の当主淑夫は新聞界に身を投ずるまえ、佐渡で英語の教師をしており（北一輝は教え子のひとり）、彼の家にはジョン・ラスキンの全集など洋書が数多く所蔵されていた。年下の長谷川潾二郎がペーパーナイフを使いながら、フランスから届いたばかりのアポリネールなどを読んでいたとしたら、十蘭がじっとしているわけがない。まだ本名阿部正雄で書かれた初期作品群も、そのあたりの事情を物語っている。

新聞記者としては関東大震災直後に上京し、首都の惨状を「東京への突入」という署名記事にしているほか、数篇のエッセイ・評論を書いている（年譜参照）。震災のひと月ほどのちの一九二三年（大正十二年）十月、『函館新聞』に署名入りで書かれた「電車居住者」は、震災直後の東京を虚構的に描いたもので、小林真二の指摘（「函館時代の久生十蘭」）があったように、十蘭の文学的処女作と考えられる。詩としては「南京玉の指輪」を総題に持つ八篇が、一九二四年（大正十三年）、文芸同人誌『生』第一巻第二号に発表された。詩というより、その断片というべきだが、女性の語り口を借りた作品、色彩と宝石のペダンティックな列挙など、早くも将来をうかがわせるものがあるし、「冬の夜は長い」と題された一篇は最終行が、Nous sommes bien fatigués（直訳：私たちは大変疲れている）とフランス語で結ばれている。

処女作発表から三年半足らず、阿部正雄は自分が担当する『函館新聞』文芸欄にかなりの作品を断続的に書き続けるようになる。第一回が「アヴオ《（ママ）》グルの夢――遠近法を捜す透明な風景」、つぎの「典雅なる自殺者――心臓を失つた憂鬱な論理学」も「アヴウグルの夢――二」と付記されている。いうまでもなくフランス語の aveugle（盲人）に由来する。ほかに Jesus-Christ のフランス語読み「ぜじゅ・くり」と題するエッセイ風の作品もあるが、いずれも一般の新聞読者にはいささか不親切な平仮名タイトルといわねばならない。そればかりでなくこれら初期作品のなかでは、「求婚者」にプレタンダン（prétendant）、「彩玻璃」にういとろお（vitraux）などフランス語ルビが振られたりもする。後年の十蘭の諸作では、本体部分と併せ読むときの交響効果をはじめから狙ってフランス語のルビが用いられた。「ノンシヤラン道中記」などに顕著だが、読者は黙読しながら目と耳で日・仏の二重奏を味わうことになり、それが〈道中記〉全体のダイナミズムに一役買っていた。しかし初期の作品では、まだルビと本体が別立てに終わっているという印象のほうが強い。

久生十蘭が書いたものには、邦人作家にくらべて欧米作家がはるかに多く引き合いに出されるが、すでにこの時期からそうした傾向がみられた。アンリ・ド・レニエ、ジャン・ラシーヌ、アルフォンス・ド・ラマルティーヌ、ルコント・ド・リール、モーリス・バレス、エドモン・ロスタン、オスカー・ワイルド、レミ・ド・グールモン、アンリ・ルネ・ルノルマン、アレクサンドル・セラフィモーヴィッチ――。人名ではなく作品名では「ピエールとジャン」（モーパッサン）、「アルネ」（ビョルンソン）が挙げられ、レニエの「ヴェネチア素描集」は、この時期の短篇とエッセイに二度ほど引用されている。数の上ではあきらかにフランス人が多く、二十代前半、ものを書き始めた頃の十蘭にとって、フランス語・フランス文学が親近の存在であったことは疑いえない。

しかも彼が名前を出した作家、詩人を一瞥すると、若干の例外をのぞいて共通する傾向があるようだ。これだけの文学者たちを大雑把に括り込んでしまうわけにはいかないが、あえていうならば彼らはリアリスティックよりロマンティックであり、精神的貴族性というべきものを備えている。こうした点を考慮しつつ十蘭の「アヴオグルの夢」――「遠近法を捜す透明な風景」と、「典雅なる自殺者――心臓を失つた憂鬱な論理学」をもう一度見てみよう。

「アヴオグルの夢」は、盲目の若い女性が読者に語りかけるという体裁をとっている。女性の独白は十蘭がその後もよく使う設定だ。彼女は自分の身体に人と違ったところがあることは知っているが、その意味を理解していない。しかも外見は彼女の両眼に変わったところがないので、他人は異常に気がつかない。彼女の求婚者も盲目に気づかぬまま結婚を申し出た。周辺の人たちはそれを危ぶんで結婚に反対しているが、自分の気持ちは変わらないことを彼女は訴える。表題どおりヒロインの〈遠近法〉を欠いた透明な風景のなかに、彼女自身の無邪気な心情と独特の感覚表現がはめ込まれている。

「典雅なる自殺者」は、逆に求婚者側の手記という形になっている。一介の放浪者に過ぎなかった彼は、偶然に金を手に入れ富裕な身となった。しかし彼にも身体的に人と異なるところがある。まるで〈舌〉さながら、「鈍赤色をした愚劣な肉片」となった長大な鼻である。醜悪かつ諧謔的な面貌に悩む彼が、シラノ・ド・ベルジュラックを知ったときには「真実の友となり得る一個の人間《アン・ノンム》」を発見して悦びの声」をあげた。だが彼を前にした娘たちが、驚き嘲り吹き出してしまう事態に変わりはない。ただひとり盲目の女だけが、晴朗な目を彼に向けたのである。それが彼女の盲目ゆえであることを知らぬ彼は、恋に落ち、求婚するに至る。つかのまの幸福は、彼女がたまたま彼の鼻に触れたことで壊れる。劣等意識の強い彼は、嫌われたとひとり合点したあげく、自殺を決意する。ここに見られるのは、表題にもあるように〈心臓を失った憂鬱な論理学〉の空転である。

双方合わせて原稿用紙二十五枚程度の作品であるが、構成そのものに甘さが残り、不自然な箇所もないではない。とはいえみずから編集する『函館新聞』文芸欄に、記事ではなく創作を署名入りで発表するからには、それなりのはっきりした意図があったはずだ。ケレン味の勝ちすぎる表題、外国人作家と作品の引用、ことさらのようなペダントリイなど、同時期の文芸欄のなかでは異色で挑戦的ですらある。そこには才人の衒気というより、数多くはない読者を挑発している気配があり、今のままで、このままでどうなるという現状への苛立ちが感じられる。それとともに内容的にのちにつながる十蘭らしさを読み取ることも可能だ。

十蘭の読者なら、自殺を企てるこの求婚者から「湖畔」の主人公奥平《おくだいら》を連想するであろうし、異様な面相という点ではあの顎十郎が思い出される。彼らに共通するのは、身体的に過剰あるいは欠如している部分があることだ。並外れて大きい鼻や顎、弾丸で吹き飛ばされた耳殻（「湖畔」の奥平）、あるいはまた「海豹島」の狭山の「前額《ぜんがく》が欠失《けつしつ》して」無毛扁平な顱頂《ろちよう》、そして「アヴオグルの夢」のヒロインの盲目。ほかにも十蘭の作品には、「そげた」とか「しゃくれた」と形容される容貌も目につく。しかも身体の過剰と欠如は、しばしば精神的な過剰と欠如にからみ合わされている。

「湖畔」の奥平は巴里での決闘がもとで、「右の眼は裂創の縫合のために恐ろしいまでに吊りあがり、右の耳殻が無くなつて、そこに干貝《ほしがひ》のやうな恰好をしたものが申訳のやうに喰ッついてゐる」、そんな無惨なありさまとなった。もともと陰鬱な気質で肉親の愛にも恵まれなかった彼は、いっそう傲岸孤独の人となる。それが彼と相対して邪気なく眼を瞠る一少女、陶《すえ》の出現で一転し、みずからの社会的存在を抹消してまでも彼女との世界を全うしようとする。

こうした構図をさらに極限化し純化したのが「海豹島」である。狭山の額が欠失し、髪も眉も抜けるとともに彼は膃肭臍《おつとせい》と見まがうほどになるが、同時に狭山は、愛して止まないウメとの

〈純愛〉のユートピアを創りだす。「アヴオグルの夢」では盲目のヒロインは、見ないこと、〈遠近法〉から自由であることによって心身に美しさを備え、接する人を和らげ包み込むような豊かさを持つ。一方求婚者は、放浪と貧苦の生活のなかで他人に対する嫉妬と侮蔑の念を抱いていたし、富裕な身となっても狷介で鬱屈した姿勢を崩そうとしないが、他人の「純真な発意と温かい同情」には極度に敏感で、求愛の念は強い。そのプラスとマイナスの境界に、身体的な異形が介在している。醜悪な肉腫としての鼻は、彼の精神的な異形性の原因であり象徴でもあった。

本人が意識するしないにかかわらず、彼がシラノ・ド・ベルジュラックに〈真実の友〉を見たのは、シラノが諧謔的容貌を持ちながら、それを言葉の諧謔に転換しえたからであり、身体の異形を精神のそれに直結させないダンディズムを持っていたからである。しかし「アヴオグルの夢」のこの男は、ことさら滑稽めかしたスタイルをみせながらもシラノ風の言葉の諧謔からは遠く、みずから命を絶って精神のダンディズムを発揮するにはいたらない。作者はその点を承知していて、いささかぶざまな最期を男に与えている。この作品はまた、名前こそ引かれていないが「憂鬱」とか「薄明」とか「豪華」（わざわざフランス語のリュックスのルビがある）のように、『悪の華』や『パリの憂鬱』のボードレール的な表現も散見する。引用されているレニエ、グールモン、ルコント・ド・リールといった人たちの名前を思い併せれば、この時期の十蘭の念頭には精神的貴族性、精神のダンディズムというものがあったようだ。それはさまざまに形を変えながらも、のちの十蘭の作品に登場する主人公たちにきわめて親しいものであった。

芝居と演劇

「彼は演技派だからな」とか「とにかく芝居がかった男でね」などという表現はあまり良い意味では使われない。まして〈嘘つき〉とか〈法螺吹き〉となると、ふつうなら歓迎されざる人物である。ところが久生十蘭、とくに若き日の十蘭にはこの種の評価がつきまとっていた。ただ余人と趣きが異なるのは、十蘭の嘘や法螺を周辺の人がむしろ面白がっていたことである。そんな仲間のひとり水谷準によれば、読んだ本のことを十蘭が語ると、話に尾鰭がつくどころか、いつのまにか自分の創作が紛れ込んできて別の話になってしまう。ゴールデンバットをくゆらすとなにやら阿片のように見えたし、彼が傘を傾けて歩いていると、まるで暴風雨のなかにいるようだった。水谷は十蘭に〈すばらしい嘘つき〉〈幻術師〉の異名を呈しているが、十蘭の話術や立居振舞いには、友人たちを痺れさせ、煙に巻いてしまうものがあった。

かつてフランスにカミという妙な名前のナンセンス・ユーモア作家がいて、チャップリンが愛読したそうだが、日本でも人気を博したことがある。彼の長篇「エッフェル塔の潜水夫」では、本来海底深く潜るはずの潜水夫が、そそり立つエッフェル塔に出現して読者を驚かせた。十蘭は「ノンシヤラン道中記」で、カミのうわてを行ってアルプスのモン・ブランに潜水服姿の主人公ふたりを押し上げ、あげくに「蒼い蒼い空の深海」のなかへ彼らを「沈めて」しまった。この「道中記」では、ほかにも縮れ毛金壺眼のコルシカ島タラノ村の面々が〈草津節〉のメロディにのせて〈タラノ音頭〉を合唱するなど、作家として登場したばかりの十蘭が、全篇にわたって得意の話術を駆使し、思うさま法螺を吹く。スラプスティック・コメディにふさわしく、話はむやみに膨らみ、混乱し、あらたな遭遇が脱線と逸脱を加速して、変転きわまるところがない。十蘭は仲間の、いや読者の期待を裏切ることなく〈すばらしい嘘つき〉ぶりを披露して、〈幻術師〉の面目躍如であった。

しかし一方では、上京まもないころの十蘭は、無口、無表情でどちらかといえば社交性にとぼしい人物だった、と回想する人も少なくない。おそらくこれは、多士済済の人物群を前にしたときの、彼の韜晦の姿勢であったと思われる。虚言を弄し法螺を吹き、ことさら目立つ態度をとったにせよ、あるいは孤独な姿勢を装ったにせよ、十蘭はナイーヴなまま己を人に晒すことを好まなかった。いわゆる〈芝居好き〉にとどまらず、彼が演劇に強い関心を持ち続けたのは、ひとつには十蘭という存在自体が、ときには虚実の境界が霞んでしまうほど演技性を帯びていたからであろう。

久生十蘭の演劇への関心が具体化するのは、まず『函館新聞』の記者時代である。一九二二年（大正十一年）、素劇会という演劇研究グループが函館の若手新聞記者たちを中心にして生まれた。メンバーのなかには、この町に縁の深い石川啄木の娘婿石川正雄や、暗い世相を背景にのちに大流行した『酒は涙か溜息か』の作詞者高橋掬太郎《きくたろう》らがいた。グループ結成後しばらくして加わった十蘭もなかなかの活躍であった。

彼らの公演は、本格的な衣装を東京から取り寄せ、振付けや殺陣も専門家を招聘し、町の目抜きの劇場で行われた。回を重ねるうち次第に人気を呼んで、公演より興行というほうがふさわしいにぎにぎしさであった。しかし当時は、このような芝居に女優のなり手がなく、売れっ子の芸妓を駆り集めたというから、芝居の程度も知れてくる。第一回公演の出し物が木下杢太郎《もくたろう》『医師ドオバンの首』と『白波五人男』などであったように、レパートリーも新劇と歌舞伎が入り混じっていた。木下杢太郎の作品では、首だけで登場して劇中の焦点となるドオバンの首が途中で消えてしまった。これでは「暗黒の中にてドオバンの首怪しく笑う」と原作のト書きに指定されて盛りあがるはずの幕切れもメチャクチャで、しょせん素人芝居であったことは間違いない。十蘭は第五回公演（一九二五年）の有島武郎『ドモ又の死』で主役を演じて初舞台を踏み、続く第六回公演では演出と装置を担当している。

この素劇会の活動に飽き足りずに、十蘭も参加していた文芸同人誌『生』の会員たちが、新劇のみを研究・上演するために蝙蝠座をあらたに結成している。けれども実際のメンバーは、素劇会の新劇愛好者が会を離れて再結集したもので、朗読会などは続けていたようだが、第一回公演はずっと遅れて、十蘭の上京後のことに過ぎない。ほかにも彼が一時参加していた函館ドラマ研究会などがあり、この研究会はなんとその名も〈函館小劇場〉とのちに改称して、築地小劇場分裂後来函した杉村春子らのグループに応援出演を行ったりもしている。いずれにしても新聞記者時代の十蘭周辺では、その水準はともかく、芝居を楽しみ、若さにまかせて演劇を論じる、といった雰囲気が濃厚であった。

こうした傾向は理由がないわけではなく、日本の演劇史上の動きに連動した結果であった。坪内逍遙の文芸協会、小山内薫や市川左団次の自由劇場、島村抱月と松井須磨子の芸術座などが新劇の黎明を告げ、関東大震災直前の東京には、おもなものだけでおよそ三十の劇団が簇生して、新しい演劇を模索しつつ活発な活動を繰り広げていた。そのエネルギーが遙か十蘭たちに伝わっていたわけだが、十蘭個人に対して、より直接的な影響をおよぼしたのは、築地小劇場の出現と岸田國士の登場であった。

一九二三年の関東大震災を契機にして、小山内薫と土方與志《ひじかたよし》が築地小劇場を設立した経緯はよく知られている。土方は祖父の伯爵位をひきつぐとともに早くから演劇に関心をもち、大学卒業後は小山内に師事して演出を学んだ。震災当時、彼は日本の商業演劇をきらってベルリンに演劇留学中であった。焼け野原となった東京ではそれまで厳しかった劇場建設に関する法的規制が緩和され、平屋建てのバラックならすぐに許可されることになった。それを知った土方は、残った留学費用で小劇場を建て、そこを根拠地とする劇団を組織しようと決意、ただちに帰国する。小山内がこの意欲的な計画に応え、とにかく初めて新劇の常設館が確保される運びとなった。劇場といっても文字通りバラックで、薄い壁は外の物音を通すし、雨風の強い日にはトタン葺きの屋根が、舞台上の青空にそぐわない音をたてたりもした。しかし内部の設備は十分考え抜かれ、ホリゾントや照明も〈演劇の実験室〉と称するにふさわしい最新式であった。そして何よりも小山内と土方を中心とする同人六人（両人以外に、友田恭助、汐見洋、和田精、浅利鶴雄）の新しい演劇への熱意があって、日本の新劇運動の根拠地がここに築かれる。

一九二四年（大正十三年）の創立第一回公演は、ゲーリング『海戦』、チェーホフ『白鳥の歌』、マゾー『休みの日』をプログラムとし、とりわけ『海戦』は、土方の演出がセンセーショナルであった。彼自身の回想（『演出者の道・土方與志演劇論集』未來社）によれば、意識的にドイツ表現主義を直輸入するつもりはなかったらしいが、きわめてテンポの速い水兵たちのせりふと動作が観客にショックを与え、新しい表現主義的演出と評価された。

築地小劇場では、開幕を告げる合図に銅鑼が初めて採用された。舞台奥のほうで異様な響きが始まる、近づきながら次第次第に激しく乱打された銅鑼の音は最高潮に達すると突然途絶え、沈黙の時。「劇場全体が呼吸をつめ、天地に声なく、物みなことごとく消え去ったようであった。続いて打ちんとした中で、私一人だけが幕の揚がるの待っているような気のする数秒間だった。続いて打ち破るような一打で客席は闇になり、次の一打で幕がスルスルと揚がると、ぶっつけるようなせりふが舞台から飛んできた。『海戦』が始まったのである」

これは一観客でありながら分裂前の旧築地の公演をすべて観たという浅野時一郎《ときいちろう》の回想（『私の築地小劇場』秀英出版）である。フランス演劇革新の旗頭、ジャック・コポーのヴィユー・コロンビエ座あたりでは、観客も落ち着いて芝居を楽しむ風情であったようだが、〈築地〉は特別であった。浅野の手記からは、第一回公演に対するファンの期待と興奮がひしひしと伝わってくる。開幕の銅鑼は、演劇集団としての築地小劇場の出発を強く印象づけるとともに、日本の新劇の新しい出発を告げるものでもあった。

築地小劇場初の北海道公演が、それから三年後の一九二七年（昭和二年）八月に実現し、函館では武者小路実篤『愛慾』、チェーホフ『熊』が上演された。土方與志をはじめとする劇団員は、〈劇談会〉と称して地元の報道関係者や演劇愛好者らと親しく面談する機会を持ったので、記者阿部正雄・十蘭もその場に居合わせたに違いない。俳優の薄田《すすきだ》研二の回想によれば、阿部の案内で土方ともども夜遅くまで函館の町を飲み歩いた、という。後年の彼と土方とのつながりは、このときから始まったものと思われる。十蘭が編集する『函館新聞』文芸欄も特集を組んで歓迎の意を表し、彼自身ペンを執って「未だ見ぬ「築地」」（同年八月十五日）を書いて、期待のほどを語っている。


私はまだ築地を見ない。もし見たとすれば、行きずりに横目でちらりと見た、あの灰色の入口に過ぎない。〔中略〕、私は築地に対して漠然とした「怖《お》つかなさ」を感じてゐるらしい。遠いもの、何か非常に精巧なものに対する、小供らしい危惧の念に似てゐる。しかし、友田恭助氏の芝居はたしかに見てゐる。古い話だが八年程前に畑中蓼坡が有楽座で「青い鳥」を演《だ》したとき、友田氏は犬になつて出て来た。ぼんやり見てゐるうちにその犬が好きになつて困つた。

話は飛び飛びになるが「愛慾」もまだ読んでゐない。武者小路氏の戯曲は私にとつてやはり「怖つかない」もの、一つである。私の嗜好は朝顔の蔓《つる》の如く、断じて向陽性なので陰湿なもの、厳粛にすぎるものを明かに敬遠してゐる。

記事のなかで『青い鳥』に出演の友田を有楽座で見たのは八年ほど前、とあるが、畑中の新劇協会が同作を初演したのは一九二〇年（大正九年）二月であり、記憶曖昧だったのか一年ずれている。この年の十一月には函館の音楽会で大活躍する十蘭だが、二月の時点では、まだ東京にいたと推測される。

築地小劇場の函館公演は、観客動員において「殆ど函館の知識階級を網羅した観がある」と報道されるほどの盛況ではあったが、一方では歌劇団の公演と間違えたり、〈小劇場〉というから子供の童話劇、と誤解する人がでたような状況もあった。それでも十蘭の期待は裏切られなかったようで、『愛慾』の野中英次役、友田恭助の名演技などは、身振りを加えて自分でなぞりながら人に説明していたという。また彼がやみくもに〈築地〉讃仰ではなかった証拠に、「小劇場の光の効果を物理的に広さの違ふ劇場に、そのまゝ延長してゐるかに思はれる点」も、公演後の記事で指摘している。「怖つかない」と言いつつ、まさに「どんらんな」好奇心を持って舞台を見上げていたことをうかがわせる。同じ年の十一月、演目にロマン・ロラン『狼』とゲーリング『海戦』を携えて、築地小劇場は第二回函館公演を打った。それに関して十蘭は『函館新聞』に「つまらぬ『狼』」と題して、こんな観劇記を手短に書いている（十一月二十一日）。

「海戦」の台詞《せりふ》とは、聴きとり難いことの代名詞のやうに言はれてゐましたが、私が聴いた分では第三水兵、小宮譲二君の台詞を除く以外、全然わからないものではなかった。〔中略〕わかる、わからぬはテンポの遅速より歯切れのよしあしの問題だと思ひます。事実、もっと明瞭に発音出来るものならテンポはもつと早くともいゝでせう。
この演劇を見て、表現派演劇といふものが些《いささ》かわかつたやうな気がします。劇越粗笨な形式のうちに感じたものは、一に搏力のすばらしさであつた。勿論、其処で私はあらゆる種類の、劇作上の新しい啓示を受けましたが、要するにそれらはどうだつてい、。久米氏の言ふ如く胸づたひにわかるといふ気持ち、それで充分だと思ひます。〔中略〕
舞台上の明暗《ニユアンス》の統整のすばらしさを、今にして、つくづくと感じ、土方氏に敬意を表します。全く恐ろしいことだ。

『海戦』については、先に引いた浅野時一郎の回想に、戯曲を下読みしてから見ても全部のせりふは聞き取れないほどだったが、ホリゾントにあたる光の効果、戦闘場面の音の効果、せりふの速さと律動的な動きなど、意識的な演出の力が明瞭に発揮され、「突き動かされるような衝撃」が感じられたとある。十蘭の記事はこの回想よりずいぶん以前に書かれたものだが、言うところは共通している。せりふをめぐっての一般的評価に沿いつつ、戯曲そのものより土方の演出に対して、十蘭は珍しく率直に最大限の評価を与えている。『狼』に対しては、記事のタイトルにもあるように、十蘭は自分なりの見方をはっきり打ち出してくる。友田や薄田研二ら数名をのぞいて俳優の演技の稚拙な点を指摘し、さらにロマン・ロランの作品自体に疑問を呈して「日本に於ける「戦艦三笠」とか「森有礼」とかの如く歴史劇としての興味と存在価値しか持つてゐない」と片づけている。遊戯の気配を残していた〈芝居〉の域を越えて、十蘭の演劇熱が本格的なものになってきたのは、おそらくこの頃であろう。

あるいは彼の「つまらぬ『狼』」との評価には、文学から演劇の独立をめざすべき築地が〈文学的臭味〉の多い〈非戯曲的〉戯曲を上演したとする、岸田國士の痛烈な『狼』批判（「ロマン・ローランの戯曲――築地小劇場の『狼』」一九二四年）が影響していたかもしれない。

そんな推測を立てたくなるのも、土方與志とともに彼の演劇上の師となる岸田國士に、当時すでに十蘭が注目していた形跡があるからである。周知のとおり一九二三年（大正十二年）、岸田は三年半のフランス留学を終えて帰国し、すぐさま翻訳・戯曲・評論・エッセイと、めざましい活躍を開始する。岸田のデビューの華やかさについては、あれが小説家だったら〈文壇的闇討ち〉を食らったに違いない、と岩田豊雄が書いたほどであった。そしてジュール・ルナール、ジョルジュ・クールトリーヌ、アンリ・ルネ・ルノルマン、ポール・エルヴィユーなどたて続けのフランス戯曲紹介も、この国の文学に親しんでいた十蘭の目を惹くに十分であった。

事実、十蘭の書いた新聞記事にはルノルマンの名が引用されている。もっともこの記事は、ルノルマンを論評したというようなものではなく、自分の担当する文芸欄の年末最終回（一九二七年十二月十九日）に「歳晩祈念（佐藤春夫の『新年の祈禱』に媚《なら》ひて）」と題して、紙面の一部を私物化したともいえる〈祈り〉を書き並べたものだ。「わが母の、来年こそは全く腎臓を病むことなく」といった調子で始まり、「来年こそは度々風呂に入り、忘れずに爪を剪《き》ることが出来ますやうに」とか「よき戯曲が書けますやうに」などという〈祈り〉もある。いずれにせよ、のちの十蘭からは想像できないほど自己およびその周辺を外に出している。その最後に「わが文芸週欄の、かのナポリなる長春樹《ミルテ》のごとく育ち、愛する寄稿家のうちより、ルミ・ド・グウルモンの如き詩人の、ルネ・ルノルマンの如き劇作家の、鱈《たら》のはらら子の、その数ほどに産れいで来れ」とある。

自分が編集をまかされていた紙面で、しかも一部読者の顔ぶれも想像できるような狭い場であるがゆえに、思いつくまま気楽に筆を執った。そうした側面があるのはたしかだが、すでに

『生』に戯曲「九郎兵衛の最後」を発表し、同じ文芸欄（「喧嘩無常」）で、榎本武揚を戯曲に仕立てるつもりで難渋していることに触れているように、十蘭は実際の演劇活動と平行して、文字通り「よき戯曲」を書こうとしていた。ピランデルロの作品なども読み漁ったようだ。岸田國士の翻訳と紹介によって知られたルノルマンの名は、何気なく十蘭の口を突いて出たように書いてあるが、気にかかる戯曲家として彼の頭にあったのだ。

ルノルマン作『落伍者の群れ』と『時は夢なり』の岸田訳（一九二五年）を手にした十蘭は、一読強く惹かれるものがあったはずだ。

暗澹たる雰囲気のなかで、それが宿命であるかのように潜在意識に引きずられて盲動する人物たち。作品自体の出来は別として、舞台をオランダの一旧家にとり、〈水〉をめぐって生起する悲劇、『時は夢なり』が印象的だ。すべてに懐疑的で、自分が生きている感覚さえ頼りない少年が自殺を企てて、未遂に終わる。成人した今も、時間というものに囚われた人間的運命を呪い、死こそが覚醒であるという思いを捨てられない。雨とも霧とも分かちがたい灰色の水煙が幾日も続き、運河の表面を水草が覆い尽くす土地の風景は、そうした想念を強めるばかりだ。そんなときに彼の婚約者が、霧の流れる池におぼれ込む彼の顔を幻影に見た。いつしか彼女の不安が主人公へ染み伝わったかのように、彼は淀んだ〈水〉の底に真理がある、と病的なまでに思い始めた。そんな彼をこの土地から引き離そうという計画が齟齬をきたした隙に、彼はわれとも知らぬ足取りで池に近づいて行く。彼が向かったところを知らされたヒロインは、自分の幻影が現実化するのを悟って、「池の方へ？……ああ……」と叫ぶばかりだった。

この幕切れのヒロインのせりふは十蘭の耳に鳴り響いたであろう。というのも、彼自身深く意識しないまま、〈水〉に浸された作家であったからだ。最初期の「蠶《かいこ》」や「亡霊はTAXIに乗って」、中期の「花賊魚《ホアツオイユイ》」、最晩年の「肌色の月」などは、それぞれ舞台が海、沼、川、湖と水辺であることによって作品が成立している。いや、作品のタイトルを一瞥しただけでも、「湖畔」「海豹島」「春雪」「巴里の雨」「海難記」「川波」「奥の海」、さらにいくつかの〈漂流記〉もの、というようにたっぷりと〈水〉を含んでいる。「キヤラコさん」「顎十郎捕物帳」「西林図」「十字街」「母子像」など、物語の節目に浸透する〈水〉の存在を無視できないものも少なくない。

このように立ちこめる〈水〉の気配からすれば、十蘭の意識下に流れる水脈があって、それが湧きだし溢れることによって物語が動き始めたと考えられる。しかも作中人物のアイデンティティや肉親愛が絡むとその動きが強められる傾向があり、十蘭における〈水〉へのこだわりは、彼自身の物語、作家としての出自にまで関わってくる（本書所収「水の物語」を参照）。ここでは〈水〉のテーマを通じてルノルマンの『時は夢なり』は、頭での理解だけではなく、十蘭の内奥の感覚、意識されざる意識を突くところがあったことを指摘しておこう。

十蘭が岸田に注目したのはもちろん翻訳だけではない。岸田本人の戯曲も刺激的で斬新な作品に見えたからである。フランス語で書いてジョルジュ・ピトエフに評を求めたという『黄色い微笑』の邦訳『古い玩具』、そして『チロルの秋』『ぶらんこ』『紙風船』、帰国後わずか二年ほどの間に発表されていずれも大きな反響があったものだ。

これらから受ける印象は、たとえば菊池寛の『父帰る』とくらべてみれば分かりやすい。菊池本人が初演の際にあたりをはばからず涙を流したというエピソードがあるように、『父帰る』にはいわゆる〈ドラマ〉があって、まさに感動的に観客の耳目を捉えた。先に述べたように十蘭たちの素劇会もこの作品を上演したことがあるので、当然彼は十分に読み込んでいる。

その目で岸田の『紙風船』を見たとしたら、むしろはじめは戸惑いのほうが大きい。新婚まもない夫婦のありふれた日曜日、ふたりはすることもない時間を持て余している。妻の口からは「日曜日がおそろしいの」といったせりふも出てくる。そしてドラマらしいドラマもないまま、最後に隣家の子どもの紙風船が、ふたりの無為を救うように色鮮やかに転がり込んできて終わる。ここにあるのは、彼らの微妙なせりふのやりとりだけである。

岸田は『純粋演劇の問題』(『現代演劇論』白水社)のなかで、観客側は「進行」を終始期待するのではなく、瞬間ごとの「影と動き」に注目すべきであるといい、演劇に携わる者は「まあ、待て、この先が面白くなるのだ」という気持ちを払拭しないと、新劇の進歩はないと説く。そうした意味では『紙風船』は「進行」を持たない劇といっていい。同様のことを『演劇の本質』(岸田前掲書)では、ドラマティックな戯曲を否定するわけではないが、今まで「所謂〈劇的感動〉の大小を以て、直ちに戯曲の本質的な〈美しさ〉が云々されがちであった。これは演劇そのものの発達を致命的に阻止していた」と書いている。彼にとって、戯曲の本質的〈美しさ〉とは、あらゆる意味での「語られる言葉」の魅力に由来するものであり、それと「行われる動作」が「もっとも韻律的に」組み合わされたときに生まれてくるものである。

著者が読者に委曲を尽くして直接語り得る小説と違って、人物の言葉と動作で心の動きを暗示的に表現するのが戯曲である。その暗示の仕方に戯曲のみが持ち得る魅力がある。だとすれば日本の劇作家も俳優たちも、あまりに「語られる言葉」に鈍感だし、翻訳劇を上演しても西欧の実生活の機微を無視していないか。岸田は築地小劇場の活動をも念頭に置きながら、このように新劇界を批判した。彼がフランス留学中師事したジャック・コポーも、舞台の上で発せられる言葉の価値を重視したことで知られるが、岸田の論拠はコポーによるところが大きい。

当時の十蘭がどの程度コポーを理解していたかをうかがう材料はない。だがのちに作家として言葉にこだわり続け、また演出家としても語り草になるほど厳しくせりふを指導した十蘭である。岸田が、たとえばフランス語の **Tu as raison.** というせりふを日本語に移すときの例を挙げて、「おまえの考えは正しい」から始まって「おおきに」にいたるまで、じつに三十九通りを列挙し、しかも前後関係によってそのうちのどれかひとつに決定されるというとき、(「舞台の言葉」岸田前掲書)、十蘭は納得を通り越して嬉しくなったであろう。あるいはまた岸田の『落葉日記』のように、登場人物がアナトール・フランスの『花咲く人生』をフランス語でえんえんと朗読する戯曲を読めば、こんなこともできるのかと彼の実験精神は疼いたに違いない。

大正の末から昭和にかけての演劇の活況期、築地小劇場を身近にし、岸田國士の実作と理論双方での活躍に注目していた十蘭が、さて自分周辺の演劇的雰囲気を見たとき、とてもつきあってはいられないと感じるようになったとしても不思議ではない。同時に彼の周囲の文学的世界も、いわゆる〈郷土文芸〉的な自己満足を抜け出ていないと彼には思われた。あるいはまた「一生懸命に骨を折って原稿を書いたり編集をしても、この函館新聞の文芸欄を読むものが、一体何人あるか」と友人に慨嘆の言をもらした十蘭には、こうした新聞記者という自分の仕事への疑問もあった。

最終的には、「地方的な文芸はあつても郷土文芸といふ、あまりに主観的なご都合主義な文芸上の分類があり得ようと私は信じないから、どうでもいゝのだが、郷土の露路から通俗普遍な事件が起きて露路に消えてしまふやうなのが郷土文芸では何と退屈なことであらう」(「蛇の卵――別辞にかへて」)といった言葉を残して、十蘭は東京に出る。岸田國士に批評を乞うべき作品を抱えていたといわれるが、とにかくこれ以後、作家久生十蘭としてふたたび故郷に帰ることはなかった。

一九二九年、パリへ

函館といえば、あえて〈世界一の夜景〉を謳っているが、これは観光客誘致用の、いわば街ぐるみのイルミネーションであり、土地の住人にとってはそれほど珍しいことでもないだろう。往年の函館人は、津軽海峡をわたる青函連絡船のデッキに立つと、故郷を強く意識したという。市影が視界から消えていくとき、また視界に入ってくるとき、ハリストスをはじめ聳え立つ教会の尖塔は、季節に応じて濃淡さまざまなシルエットを見せた。今なら海底トンネルをくぐる列車か航空機を利用すれば、感傷に浸るまもなく故郷を離れることになる。

久生十蘭も、故郷の海から見た教会の美しさを好んだ。涼しく澄んだ空を背景に、夕日を浴びて立つカンパニーレ（鐘楼）を、「不思議な幻のなかの塔」のようだ、と書いたこともある。そんな彼が海峡を越えるとき、遠ざかる函館の町を見ながらいささかの思いがあったろう。周囲の〈郷土文芸〉的雰囲気を嫌って、「東京へ永住する」と彼が宣言したのは一九二八年（昭和三年）

三月のことである。

それからまもなく上京し、彼はめざす岸田國士のもとを訪ねた。そのときに一篇の戯曲を直接携帯したのか、あらかじめ送っていたのか、またいかなる作品であったのか、今となっては知る由もないが、岸田への傾倒ぶりは明らかであった。十蘭の友人の証言によれば、「阿部君、日本には岸田國士は一人だけで十分だ」、これが持ち込まれた作品を読んでの師の言葉であった。意気盛んな十蘭も、岸田独特のあの峻厳と慈愛の眼差しを前にして否定的評価を甘受するほかなかった。

それでも岸田は、阿部正雄・十蘭のなかに見込むところがあったのか、ちょうど創刊を準備していた月刊演劇雑誌『悲劇喜劇』の編集担当者として採用している。同じ頃、岸田のもとに出入りしていたのが、中村正常《まさつね》、阪中正夫《さかなかまさお》、今日出海《こんひでみ》である。中村の回想(「『悲劇喜劇』創刊の頃」)によれば、阿部も加えた四人は岸田邸の客間でよく談論風発し、のちには戯曲勉強会と称して各自作品を持ち寄って、朗読、批評し合った。そして作品発表の場を望んでいたときに、折よく『悲劇喜劇』創刊の話がもちあがった。予約購読を主とした豪華雑誌で初版六千部、岸田門下第一期生を自任していた四人のうち、就職して勤務のあった今日出海をのぞいた三人が編集を分担することになった。一人三十円の手当が支給されたという。張り切って上京した十蘭には恰好の仕事であった。

今日出海は阿部と同郷、同世代で、これ以降、晩年の鎌倉時代まで長い交友関係となる。ただし、当時は「粗い縞の着物に鳥打帽子、田舎の兄ちゃんのようにも見えるし、小粋な兄ちゃんと見えぬこともない。無表情で、無口で、真面目な人だと思った（「十蘭憶い出すまま」別冊『宝石』七十八号、一九五八年）というのが、今の十蘭観であった。

十蘭の人を煙に巻く趣味は相変わらずで、岸田邸からの帰りに編集仲間と歩いていると、急に通りすがりの酒屋に入り、コップになみなみと注がせた冷酒を一気に飲み干し、口を拭って戻ってくる。ひと言「失礼しました」だけであとの説明はなし、また皆と歩き始めた……。とても〈真面目な人〉とは思えない仕草だが、日頃は愚痴とか告白めいたことを口にせず、むしろ孤独を守っていた。それまでつねにグループの中心人物として派手な存在であった十蘭は、微妙な演技性を発揮しつつ、〈変な奴〉という評価を進んで招き寄せたのである。

こうして彼は、さしあたり〈無表情・無口〉で学びの姿勢に徹する。外見はともかく、周囲からあらゆることを吸収しようとする気持ちには切実なものがあった。岸田は『悲劇喜劇』という雑誌は、「劇を談ずるだけが能でない芸術的酒場《キャバレ・アルチスチック》である」（「『悲劇喜劇』広告」『岸田國士全集』二十一、岩波書店）と宣伝したが、旧制中学を中退以来独学できた阿部正雄にしてみれば、編集者であると同時に、二十六歳にして、錚々たる教授陣を揃えた大学に入学した気分であったろう。実際今度の仕事は、以前の文芸欄担当記者の限られた狭い世界とは違って、先端的な知識や情報に満ち、視野の広がりが実感されるような世界であった。

この雑誌には岸田の人脈につながる人たち、とくにフランス文学関係者が次々に筆を執った。

岩田豊雄は「蝙蝠座の回顧」「ギウ・コロンビエ運動」など毎号のように執筆し、辰野隆《たつのゆたか》、山田珠樹《たまき》らもしばしば登場する。渡辺一夫が、学術雑誌に発表してもおかしくないような論文風のエッセイ「仏蘭西の笑劇」を寄せ、鈴木信太郎はマラルメを、小林秀雄はヴァレリーを翻訳している。ほかにも斎藤茂吉、与謝野晶子、日夏耿之介、久保田万太郎、山本有三、舟橋聖一、村山知義など、十蘭がまばゆい思いで見るような人物たちが数多く寄稿した。

『悲劇喜劇』は、主宰者岸田の個性を強く反映した雑誌であり、日本の新劇運動にひとつの新しい方向を与えるという高い目標を掲げた。岸田は「『悲劇喜劇』の編輯者として」や「『悲劇喜劇』発刊について」（いずれも前掲の全集）のなかで、意図するところを明らかにしている。映画館や音楽会には足を運び、読書家で戯曲もよく読むけれども、芝居だけは見に行かない、そういう人たちを読者と想定すること。新しい演劇に対して、有力な支持者となり得る存在であり、なかには将来指導者となる可能性もある彼らの関心を演劇に向けること。したがって演劇通のための純然たる演劇専門雑誌ではなく、「あらゆる芸術への出口をもつ一種不可思議な迷宮」としての演劇への案内書の役割を果たすこと。そのために、小説も詩論も、美術批評も掲載し、それでいて「色彩の不鮮明な趣味雑誌」に堕することなく、また従来のような外国の作品紹介と演出記録にとどまることのない新劇研究を重んじること。創作は岸田自身の作を含めて「佳いものがあったら載せる」主義で行くこと、等々、「微々たる一雑誌」とか「一部私の貧しいノオトである」といいながら、きわめて意欲的な雑誌創刊であった。第十号で廃刊されたとはいえ、当初の狙いはかなり具現化された、といっていい。

阿部正雄の名が初めて『悲劇喜劇』に見られるのは、第五号「独逸劇・仏蘭西劇比較座談会」の筆記者としてであるが、もちろん彼の発言はないし、記録の仕方に彼らしさが出ているというわけでもない。だが第六号（一九二九年三月一日発行）になると、巻頭の木下杢太郎「黛玉葬花《たいぎよくはなをはふむる》」に次いで、戯曲「骨牌遊びドミノ」（五幕）が阿部正雄の名前で掲載される。演劇人として、彼の初めての仕事らしい仕事であった。

同誌は、岸田門下の劇作家たちにとって作品発表の場でもあったわけだが、十蘭と同じく編集に携わっていた中村正常の「赤蟻」、阪中正夫の「鳥籠を毀す」がすでに創刊号に掲載されていた。前者は都会的な恋愛スケッチというべき作で、「ユウモアとかペーソスとかいふ言葉では現し難い一種の遣瀬ない可笑味」（岸田「中村・阪中二君のこと」）をもったところが特徴的であった。後者は、結核を病む青年に対して、彼の年長の友とその恋人という明暗の構図があり、死の側から生を見るのと、逆に生の側から死を見る二つの立場の交錯のなかに、岸田の言を借りれば「生命のシンボル」を抽出しようとしている。二作いずれにも不満な部分を残しながら、作者たちの今後を期待して岸田が採用したものだ。ただ「赤蟻」のモダンな印象にしても、そのままたとえば『新青年』誌上に掲載されてもおかしくない作品であり、目を瞠るほどの新鮮味はない。阪中の場合、登場人物の方言がいい意味での抵抗感を惹き起こす代表作「馬」にくらべると、「鳥籠を毀す」はやや平板である。いずれにせよこの目標の高い演劇雑誌の、しかも創刊号巻頭を飾ったにしては、内容、構成ともに納まりの良い分、迫力不足の注文がつきそうだ。

それからすると十蘭の「骨牌遊びドミノ」は、同時代の舞台を「哲学もどきの長談義」とか「審美至上派的な独りよがり」「有害な「笑ひ出し茸」」と批判するかと思えば、イタリア人を登場させてイタリア語のせりふを言わせたり、ロシアの演出家メイエルホリドをもじったり、〈無表情・無口・真面目〉なはずの作者にしては、読者に「おや？」と思わせる出来上がりである。満を持して書き下ろしたという気配濃厚なのだが、それだけに作者の肩に力が入っている印象は否定できない。

まったく売れない劇団が〈舞台監督〉を中心に芝居を作っていく過程を一応の経糸とし、〈劇作家〉〈支配人〉〈道化役〉そしてイタリア人の元ピアニスト、マルチニ・ロッシといった男たちが、ちょうどドミノゲームのようにヒロインのリリを中心にして結びつく。彼女は、舞踏家で美人で気まぐれでちょっと残酷な女というひとつの典型的存在で、男たちはそういう女に惹かれる四つのタイプを示し、これが緯糸を構成する。〈舞台監督〉は〈劇作家〉の戯曲を演出するのだが、観客の受けや予算上の制約を先行させ、芝居を作り上げていくよりむしろ壊して別のものとしてしまう。が、ともかくも舞台で上演した直後、ロッシとリリはふたりして姿を消し、〈舞台監督〉も所在不明、仕方のなくなった〈劇作家〉と〈支配人〉はそれぞれ「わたしは家へ帰るんだ」となり、「考へて見たら、手前には、帰るところがござらなかつた」〈道化役〉がひとり舞台に残って幕となる。

「骨牌遊びドミノ」が発表された『悲劇喜劇』の同じ号に、岸田は彼のコラム『無地幕』の一項目として「阿部正雄君のこと」と題する短評を寄せた。創作は「佳いものでなければ載せない」方針の同誌であったが、相当に手厳しい調子で始まっている。


阿部正雄君の戯曲「骨牌遊びドミノ」を紹介します。

阿部君は、なかなか世間を知つてゐる。そして、少しばかり、世間を甘く見てゐる。一応、客観的態度を取り得る修業も出来てゐる。しかし、さういふ自信の方が強い場合もある。これが、その作品中の人物に対して、動もすれば、作者としての感情的デリカシイを欠く理由である。

阿部君は才気の人である。此の才気が、観察と想像の方向に働かずして、それらの速度に働く傾向が著しい。作品に近代的テンポを与へることに成功し、此の題材にも拘らず比較的新鮮なトーンを添へるに至らない原因である。


若手の劇作家の作品に対して、岸田は率直に問題点を指摘するのが常だが、ここでも例外ではない。引用にも見られるように批判のポイントは二点ある。

ひとつは作品の登場人物に対して「感情的デリカシイ」を欠いているという点である。試みに、ヒロインをめぐる男たちを見てみよう。〈劇作家〉と〈支配人〉は対照的なキャラクターだが、ふたりともリリに恋愛感情を抱いているようでありながら、じつは各自のリリ的虚像を一方的に夢想しているだけだ。リリの夫と設定されている〈道化役〉も、その種の虚像を捨てきれないが、少なくともそれが虚しい像であることは承知している。ロッシだけがリリの虚像からは自由だが、彼はしかしピアニストとしての壊れた夢を引きずっていて、彼女とのつながりはその埋め合わせだ。強引を承知でこう図式化してみれば、リリ的存在の周辺に考えられるべき男たちのタイプはひと通り出揃ったことになる。しかしそうしてみると、彼ら四人、とりわけ演劇青年の域を脱しきれていない〈劇作家〉や、キリスト教団体のビルを差配する人情の機微にも世知にも疎い〈支配人〉は、型どおりに過ぎる。作者の頭のなかで寸法を取りあらかじめ裁断されたままの人物で終わっていないか。岸田の第一の批判はこの点を突いたものと思われる。

批判の第二点を見る前に、タイトルをもう一度思い出してみよう。「骨牌遊びドミノ」。十蘭の頭にあったのは〈遊び〉であり、同じ数字の牌がつながっていく〈ドミノ・ゲーム〉である。作中人物たちを、一枚ずつの牌（ドミノ）と見立てれば、それぞれの関係のなかでメカニカルに動かすことができ、歯切れの良い「近代的テンポ」が与えられる。もしそこで「観察と想像」が十分であれば、人物たちはドミノでありながら「感情的デリカシイ」を失わないであろうし、劇団という小世界内部の人間関係に対する諷刺も生きてくる。

ただ〈舞台監督〉だけは一枚のドミノであるにとどまっていない。ことさら演説口調で演劇界の現状を批判し、メロドラマ風の〈劇作家〉の作品をとんでもないものに作り替え、劇団運営をほしいままにする。このような〈舞台監督〉は二面性をもたされていて、演劇の世界を諷刺するとともに当時の舞台監督という存在そのものに対するパロディともなっている。彼の動きが、ほかの人物たちを挑発してその内部までうかがわせるようであったら、作品に「新鮮なトーン」が伴なわないという、岸田の第二の批判は無用なものとなったであろう。しかし以上のような「やや本質的とも云ふべき欠点」を認めたうえでなお、岸田は「整然たる一編の生活史であり、豊かな色彩とメロディアスな情緒をもつ風刺劇として私の興味を惹いた」とこの作品を評価した。『悲劇喜劇』には、岸田自身の「是名優哉」など、ほかにも数篇の戯曲が発表されたが、「骨牌遊びドミノ」は、たしかに「豊かな色彩とメロディアスな情緒」で際立ち、新しい意匠のなかで演劇の現況に批判を投げかけた点に、その存在を主張し得る作品であった。

同じ寸評のなかで岸田はまた、当時の十蘭にジュール・ロマンやルノルマンの影響を見て、次のように書いている。

> 阿部君の中のジユウル・ロマンは、ルノルマンは、扨ては、少しばかりのアンドリエフは、今に影をひそめるだらう。しかし、さうなつても、阿部君には、阿部君が残つてゐる筈だ。その阿部君は、一種の感傷的虚無主義以上のものであることを、私は信じてゐる。

二葉亭四迷の名訳でよく知られた「血笑記」のロシア作家アンドリエフ（レオニード・アンド

レーエフ）について、岸田と十蘭の間で話題にされたこともあったのだろうか。ここでは十蘭とフランス文学とのつながりも考え併せて、あとのふたりに注目してみよう。

ジュール・ロマンに関しては、すでに岩田豊雄が「ル・トルアデック氏の放蕩」や「クノック」を訳出し、「翻訳戯曲の類を絶したもの」と岸田から無条件の讃辞を得ていた。高名な大学教授が舞台女優に恋焦がれて右往左往するスラプスティックな作品「ル・トルアデック氏の放蕩」は、ストーリーが現実的辻褄を無視してつねに予想を越えた展開をする点で、またその展開の節目に勘違いや人違いという古典的な手法を駆使した点で、十蘭の「ノンシヤラン道中記」や「黄金遁走曲」を思わせる。

一方、クノックという名の贋医師が山間の町の住民を手玉に取って、健康人を病人に仕立てあげていく話「クノック」も、十蘭の関心を惹くに十分であった。健康信仰、医学信仰が現代的巫術であるとすれば、それに宣伝効果を相乗した商業主義がクノックの戦術である。時代の落し子でもある彼に人々は踊らされる。作者として一見のどかな喜劇的世界に、微量だが強烈なイロニーの毒を混ぜて、クノックというひとつの人間的典型を創り出したのである。

十蘭にもユーモラスで円満な作品があるが、「クノック」のような時代に対する毒を滲ませたものも少なくない。たとえば「カイゼルの白書」。カフカの「変身」のパロディを思わせる書き出しで始まるこの作品は、カイゼル髭で有名な皇帝ウィルヘルム二世が、ドイツ軍のポーランド侵入の報に接した翌日、復権を謀るべく亡命先から総統ヒトラーに送った〈白書〉という体裁をとっている。

すでに八十歳の皇帝は、〈白書〉の意味もおぼつかぬまま、昔日の輝かしい思い出をうわ言のように書き連ね、最愛の恋人だったミンゲッティ伯爵夫人への幻滅を口走る。三十年ぶりに再会した彼女は、謁見室の大肘掛椅子におさまった一羽の駝鳥、「どこもこゝも骨で突ツ張つた、蘇格蘭《スコットランド》の袋笛《バッグ・パイプ》」と化していたというのだ。もちろん彼女に劣らず、皇帝本人も十分萎びているはずだが……。彼はヒトラーに、君、君と呼びかけて親愛の情を示しながら、ヒトラーの演説に**Ich**が五十二回も出てきたのには笑わせられたとも言う。読者は噴き出しながらも作者の放つ毒を感じないわけにはいかない。作品の執筆が一九三九年の九月か十月、ナチス・ドイツの電撃的膨張とリアル・タイムである。一方では日独枢軸の形成が加速されつつあったときだ。十蘭は「そんな時代に、退位後すでに二十年を閲《けみ》した〈時代錯誤〉の存在カイゼルを出しにしてヒトラーを諷した作家」（中野美代子「刻鏤無形」、教養文庫版『久生十蘭傑作選Ⅲ』解説）であったし、この作品は十蘭がヒトラーの正体を透視させた〈白書〉であった。

岸田國士が、本格的作家活動開始前の十蘭にジュール・ロマンの影響をみたのは、単に「骨牌遊びドミノ」にとどまらず、彼の言動の裏面にユーモアと諷刺の喜劇的精神を認めていたからと思われる。しかし十蘭は、身近にいた岩田豊雄（獅子文六）のようなユーモア作家には成りきれなかった。その方向へ傾斜することを阻んだ要素のひとつは、岸田が指摘した十蘭のなかのルノルマンというか、ルノルマンの作品に惹かれる十蘭自身の心性である。フロイトの精神分析の流行を背景として生まれたルノルマンの作品は、前章でも言及したように、「落伍者の群れ」「時は夢なり」「夢を啖うもの」などいずれも、作中人物本人にも不可解な宿命的な力に引きずられる悲劇的状況が描かれている。

のちの十蘭の作品には、過酷な運命が待ち受けていると知りつつ、魅せられたようにその運命に立ち向かっていく主人公たちが登場する。また彼が繰り返し描いた、肉親愛を主題とする作品でも、宿命的としか言いようのない力がしばしば働いている。その種の力学に敏感であった十蘭は、新進劇作家としてのルノルマンを演劇史的な見方で云々し、論評の対象とするより、彼の作品そのものに自分で意識する以上に惹かれるところがあったのだ。こうした意味では岸田の指摘した阿部正雄におけるジュール・ロマンとルノルマンは、十蘭作品に見られる風刺的喜劇と運命的悲劇というふたつの傾向を早い時期に告知するものであった。

同世代の劇作家小山祐士の好意的評価があったものの、「骨牌遊びドミノ」に対する反響は、作者の思いとは裏腹にいまひとつであった。それ以後も『悲劇喜劇』の編集を担当したが、一方で阿部正雄はもうひとりの師、土方與志のもとにも出入りしていた。常識的には、築地小劇場に拠る土方と『演劇新潮』に近かった岸田とは、むしろ対立的な立場である。ただ、岸田が築地の役割を一定に評価していたこと、また一九二八年（昭和三年）から翌年にかけて岸田が直接舞台に関係したのは二件に過ぎないことなどを考慮すれば、阿部は演出のいわば現場を学ぶ気持ちがあって、函館以来の土方との接触を保っていたのであろう。

築地小劇場は周知のように小山内薫の死をきっかけに一九二九年（昭和四年）四月に分裂し、土方が中心になって新築地劇団が結成される。倉林誠一郎『新劇年代記・戦前篇』（白水社）によれば、その旗揚げ公演（同年五月）の金子洋文『飛ぶ唄』、片岡鉄平『生ける人形』、六月に新築地が帝劇で上演したゴーリキー『母』、さらに七月、小林多喜二「蟹工船」をもとにした北村小松・高田保『北緯五十度以北』および高田保『作者と作者』、いずれも演出は土方であり阿部は演出助手あるいは舞台監督を務めている。

上京後の彼が舞台を手がけた最初の仕事であったが、そこに思想的な傾向を見るべきではないだろう。この一年半ほど前、まだ彼の『函館新聞』記者時代に、プロレタリア劇場（日本プロレタリア芸術連盟演劇部）の函館公演が当日になって禁止されるという決して小さくはない事件があったが、紙面でみる限り彼は事件を自分に関わるものとは受けとめていない。文芸欄担当者として、〈築地〉を迎えたときの阿部の態度とくらべれば、その差は明らかだ。なぜ左翼的色彩の新築地で仕事をしたのか、その真意は測りがたいが、土方から演出現場で吸収できるものを探っていたということであろう。七月からフランスへ向かうまでの数か月は、新築地劇団の公演に加わったという記録は残されていない。

『悲劇喜劇』のほうも一九二九年七月の第十号をもって廃刊され、さしあたり十蘭は演劇的場を見いだせないことになった。ちょうどその頃、函館時代の友人が渡仏し、彼の頭のなかでもパリ行きが現実味を帯びてくる。もっとも岸田の周辺にいた彼にとって、いずれはフランスへという思いは痛切だった。というのも岸田が「舞台の言葉」にこんなことを書いているからである。原作戯曲をフランス語で読んで分かっていたつもりでも、その舞台はまた別であり、パリジャンのひとりとして生活するうちに、言葉の細かいニュアンスや仕草の意味が分かってくる。その時あらためて戯曲を読むと、「白《せりふ》を云ふ人物の姿、顔、表情、身振、手真似が悉く眼に浮かぶ」ようになる。それから舞台を見れば「あの女は、あれくらゐに泣いておけばい丶のか」といったことまで分かってくる。つまり舞台の上でその戯曲、その作家の文体、芸術が〈分かる〉のだ。岸田は自分が深く実感したこれらの経験を、問わず語りに口にしたであろうし、十蘭は自らの理解度を顧みつつ、フランス戯曲をパリの舞台でと思ったに違いない。

そしてまた、『悲劇喜劇』の編集者として彼が接する寄稿家たちの多くはフランス留学の経験者であり、普段からパリ演劇界の話題に事欠かなかった。彼らが居合わせたパリは、現代フランス演劇黄金時代のただなかにあり、ジャック・コポーを先頭にシャルル・デュラン、ルイ・ジューヴェ、ジョルジュ・ピトエフ、ガストン・バティの四人の演出家が活躍を始めたときであった。演劇学校でのコポーの座談の魅力、学者タイプで猫背気味の彼の後ろ姿、ヴィユー・コロンビエ座内部の独特の清々しさ、その閉鎖を語るシャルル・ヴィルドラックの口ぶり、そして舞台には付き物の「あのときの彼の演技は……」という名優たちの思い出。これらは当時パリに滞在した彼らが生々しく見聞した事実であり、単なる土産話や懐古談ではない。五十年に一度という〈演劇の時代〉が孕んでいた熱気が、彼らに伝染した結果であった。このような環境にあった十蘭が、当面活躍の場を失ったとしたら、フランスへ向かうことを決断するのはむしろ自然のなりゆきである。

十蘭の愛読者にはよく知られているが、いかにも彼らしいエピソードなので、この章のはじめでも触れた今日出海の回想から引いておくと、『悲劇喜劇』廃刊から数か月後、岸田夫妻が編集担当者たちの労をねぎらうべく小宴を催す機会があった。話が弾むうち、十蘭がふと「では、これから一寸フランスへ行って来ます」とまるで近所にでも出かけるように席を立つ。事情を知っていたのは岸田夫妻だけで、友人たちは半信半疑のまま東京駅まで送る羽目になる。ほかに見送りもなく、十蘭は表情を崩さず「無感動な様子で発って行った」。彼がパリに姿を現すのは、その年の末、一九二九年十二月のことであった。

パリ風景

僕の少年のころは、洋行といえば、同盟国の英京ロンドン、学術の都ベルリン、それからアメリカ諸方の都市で、フランスのパリを志すものは少かったものだ。その頃は、まだ日露戦争のほとぼりがほかほかしている時分で敵国ロシアの同盟国というので、子供ごころにも、フランスをばかにしていたほどで、人気のないフランスへ洋行するものは、腰ぬけか助平ときめこまれていた。

こう断定してしまうのは『ねむれ巴里』（中央公論社）の金子光晴だが、彼によれば時代が明治から大正になると様変わりして、「美術家はもちろん、文芸家にとっても、パリはあくがれの聖地になった」という。このような雰囲気は、昭和はじめの円本ブームにより懐具合のよくなった文士たちの訪欧で強められた。文士だけではない、各界のじつにさまざまな人たちがこの頃のヨーロッパを訪れている。金子自身はすでに大正半ばにベルギーとフランスを訪れており、パリ再訪を果たしたのは、十年後の一九二九年（昭和四年）のことである。詩人の彼には円本ブームも無縁で、「吸う息もとぼしい」（『人非人伝』）ような極貧生活に陥ることを薄々予感しながら、マルセイユの港に降り立ったのが十一月の末であった。ちょうどその頃、久生十蘭もシベリア鉄道経由でパリの北駅に向かっていた。

十蘭が乗った列車は、ウラジオストックを発ってアムール川沿いに走り、チタへ向かう。折からのロシア・中国紛争のため、満州を横断してロシアへ入るルートはとれなかった。台湾とほぼ同じ面積を持つというバイカル湖を右手に見ながら、列車はシベリアの原野を抜けて行く。ウラル山脈にさしかかると、丘陵地帯に白樺や黒松の樹林が続くようになる。欧亜の境界に位置するこのあたりで、交通の要衝になっているのがスベルドロフスク（エカチェリンブルグ）だ。十蘭が通過するわずか十年余り前に、ロマノフ王朝最後の皇帝ニコライ二世が赤軍の手によって銃殺された土地である。

十蘭の旅立ちと同じ年に、一年三か月におよぶ欧州旅行から戻った長谷川海太郎（谷譲次）も往路はシベリア鉄道を利用している。彼の旅行記『踊る地平線』には、スベルドロフスクについて「ニコライ二世はじめロマノフ一家が殺された町である。宝石アレキサンドリアを売っている。皇帝の泪《なみだ》が凝り固まっているようで、淋しい石だ。ウラルの風。」とか、「廃帝ニコライが聞いたであろう寺院の鐘をきいた」というコメントが残されている。『中央公論』に連載された海太郎のこの軽快で饒舌な旅のレポートを、十蘭は愛読したに違いない。ソヴィエト・ビザの取り方、旅の必需品、列車内の心得まで、さまざまな情報が面白おかしく紹介されている。

ただし『踊る地平線』のとくにシベリアの記述に関しては、同じ旅を経験した勝本清一郎の痛烈な批判（『赤色戦線を行く』新潮社）がある。海太郎が鉄道省発行の『西伯利亜経由欧州旅行案内』を引き写したため地理的に事実と異なる記述があり、シベリア旅行の生活面についても「反動的既成概念に囚われ過ぎて」いるという。たしかに誤りと思われる点や誇張的な表現が見られるが、勝本が日本プロレタリア作家同盟代表として渡独する旅であったことは念頭に置いておくべきだろう。いずれにせよ、シベリア鉄道の旅においても海太郎は十蘭の先行指標であった。そして十蘭自身が、車窓から事件の舞台となった町を眺めたとき、やはり同じように歴史的悲劇を思い遣ったであろう。

周知のようにロマノフ王朝の崩壊をめぐっては、四人の皇女のうち第四皇女アナスタシアが、さらに皇太子アレクセイもあるいは生き残ったという説があり、事件から七十年以上経過した一九九一年になって、ロシア大統領エリツィンの指示であらためて遺体の発掘調査が行われた。その結果、皇帝以下王族全員の遺体確認の報が、慌ただしく世界に向けて発信された。しかしまるで待ちかまえていたような否定意見が出され、二十世紀の歴史上の謎は、依然として謎のままとなっている。

夢野久作の「死後の恋」は、この事件をヒントにしているが、十蘭ものちに「皇帝修次郎三世」（一九四六年）と「淪落の皇女の覚書」（一九四九年）で、この稗史性に富んだ出来事をとりあげている。タイトルからして奇妙な「皇帝修次郎三世」は、戦後まもなく雑誌『新風』に連載された。日本人の母とロシア人の父を持つ青年修次郎が、死を免れたロマノフ家の皇女のひとりと結ばれてニコライ三世を称したのもつかのま、敵の手で葬り去られる、そんな展開を作者としては考えていた。幼くして父親と別離した青年が、朧気な印象のまま瀕死のロシア人を父と思い込むあたり、またかと言われそうな十蘭的場面も垣間見られるが、しかし飛躍甚だしいこの構想にまとまりをつけるのは難しかったのであろう。〈長篇伝奇小説〉と銘打たれながら、七回の連載で〈第一部 了〉とされ、実質的には中断したかたちとなった。

それに対して、いわゆるノンフィクション・ノベルのひとつとして知られている「淪落の皇女の覚書」の方は、第二皇女タチアナとアレクセイが死を逃れて、パリに逼塞していたという設定になっている。タチアナがエカチェリンブルグ（作品ではエカテリネンブルグ）へ出発するところで終わるこの作品を執筆しながら、十蘭の眼底にはウラルの町はよみがえってきただろうか。彼自身は、シベリア鉄道の旅について、渡辺紳一郎との対談で一度だけ言及している（「話の泉」『別冊週刊朝日』一九五五年四月十日）。

どうしても朝鮮やシナを通りたくない。往きはシベリアで行って、帰りは船にしよう、と計画を立てていた。その時、ロシアのルーブルの国内の公定相場は、一ルーブル一円十銭だったが、函館の日魯漁業へ行くと、三十六銭という闇ルーブルが買える。〔中略〕金がどうだというんじゃない、そんな冒険をしてみたかった。事実、露見すれば、ウラジオストックの砲台監獄へぶちこまれるんだが、それを承知でやったんだ。

長谷川海太郎をはじめ多くの人に倣って、ハルピン経由で満州里からロシアに入れば距離的に近いのに、朝鮮やシナを通りたくないというのは、先に触れたように中・露紛争のせいで、国境付近の情勢が険悪であったからだ。函館で安く買えた闇ルーブルについても十蘭の発言どおりで、「ウラジオストックの砲台監獄へぶちこまれる」かどうかはともかく、外からルーブルを持ち込むことは厳禁、禁を犯せば処罰は厳しかった。このような発言からも、初の海外旅行を前にした十蘭が、具体的な準備にいろいろ心を砕いたであろうことが察しられる。岸田夫妻らに見送られた東京出発に際しては、それこそ感慨なきにしもあらずで、たとえ無感動な様子に見えたとしても、それはことさらの装いであった。そしてパリに向けての本格的な旅の始まり、シベリアを横断する長い長い汽車の旅に関して、対談相手の渡辺から様子を聞かれた十蘭はこう答えている。

よかったよ。冬の初めでね、客はいないし、第一次五カ年計画の完成した年だから、食べ物もよかった。一等のカテゴリーAだから、二人の個室で、ボーイが一人付いてた。こいつが怠け者で、脚でドアを開けたてするというひどい、〝オブロモフ〟だったが、退屈だから友達にして、シベリアの固いチーズで、サイコロを三つ作って、二人で床の上にあぐらをかいて、朝から晩まで、そればかりやっていた。

谷譲次『踊る地平線』には、「食堂にはオムレツのほか空気がある。停車駅で老婆や娘の売っている鶏は油がわるくてむっとする。単調とあんにゅいの一週間を救うには、車外に進展する沿道の風物以外何ものもないのだ」とあるが、十蘭も持て余すであろう時間のことは先刻承知していた。チーズのサイコロばかり振っていたとは、彼らしい話しぶりだが、気楽なひとり旅という面はたしかにあった。モスクワでは列車の乗り換え時間を利用して、近代美術館まで足を伸ばしたという。十蘭の作品に現れる〈美の始源《オリジン・ド・ボオテ》〉と表現された高貴な面差しの女性の原イメージだろうか、美術館で出会った「バルチックあたりの小国の王女」らしい少女に見惚れたり、修学旅行中のポーランドの女子学生とビールを飲んだり、少々の尾鰭をつけた海外旅行談としてよくある話だ。「いつも監視されてるみたいだったけど」気にすることもなく、新興ソヴィエトのシベリア旅行は、彼にさほど「単調とあんにゅいの一週間」を感じさせなかった。

ポーランドのワルシャワを経由して、ドイツのベルリンを過ぎれば列車は速度を増し、一路パリを目指す。およそ二週間の旅を終えた彼は、前触れもなく友人たち（竹内清、石川正雄）のホテルに姿を現した。旅の途中、モスクワの消印で十二月十二日、絵はがきを母親あてに出しているので、パリ到着は十五日頃であったろう。突然のことで適当な宿もなく、しばし男三人の雑魚寝というありさま。函館での音楽活動盛んな時期に面識のあった音楽家夫妻がパリにいて、その紹介で、まもなく隣のパンシオンに十蘭は移り、小さな石油コンロを買って自炊を始めた。こうして、ともかく彼のパリ生活がスタートしたのである。

ほかの時期と同じく、彼はフランス滞在についても私的なことはほとんど書き残していない。わずかに当時の写真十数葉、夫人が保管していた十蘭の遺品に含まれているだけである。初めてのパリ生活は彼の目の前にどのような風景を繰り広げてみせたのであろうか。彼に成り代わって、しばらくこの町を歩いてみよう。

十蘭と同じ年に、やはりシベリア鉄道を利用してパリに入った考古学者の中谷治宇二郎《なかやじうじろう》は、第一印象をこう書いている。

朝まだき、走り行く自動車の中で、私はシベリアの野に慣れた眼を開いた。打見る家々の、車の奥は霧に煙っているが、道路の両側には溷々《こんこん》たる流れを注いで、道路掃除人が一日の清めをかけている。家は一様の燻色《いぶしいろ》に、もしその一個を取り出したならば、さながら山上の城を想わすものであろうが、ここでは程よき地位を得て、互に身を聳《そばだ》てている。

（『考古学研究への旅――パリの手記』六興出版）

彼はまた、近代都市として建築物の調和が保たれている点を讃嘆しつつ、「パリ人士の都市に関する愛と強い意志とを見た」とも書いている。彼の実兄で物理学者の中谷宇吉郎がすでにパリに留学していたし、具体的な予備知識が豊富だった中谷だからこその言で、こうした初印象はどちらかといえば珍しいほうである。漠然とした憧れを抱いてパリのリヨン駅や北駅に着いた日本人は、まず暗く汚れた街という印象を持つことが多かった。もっとも、大震災後のバラック建築や新しい建物が多かった当時の東京から、どこを見ても古びた石造りのパリに来れば、対照的な佇まいに違和感を覚える人がいても不思議ではない。十蘭の「野萩」では、マルセイユから着いたばかりの母親は、あきれ顔で煤ぼけた駅前の広場を見まわし「子供のとき、世界一周唱歌で、花のパリス来てみれば、月影うつすセイン河、なんて、うたつたもんだけど、まるつきり、絵そらごとだつたよ」と失望を隠さない。この母親像は、このころ実際にパリを訪れ、およそ半年滞在した著者本人の母親を下敷にしているが、十蘭自身もはじめは案外な思いで街並みを眺めたのではないだろうか。

　久生十蘭がフランスに滞在した一九二九年（昭和四年）から一九三三年（同八年）は、よくいわれるように両大戦間（entre-deux-guerres）と形容された時期の中程であり、また狂乱の時代（les années folles）と称された二〇年代が終わったところだった。第一次大戦の〈戦後〉が落ち着きを見せ、あらたな〈戦前〉の気配が漂いだす時期である。一九二九年といえばニューヨークの株式市場が大暴落し、世界恐慌という不気味な大波がうねり始めるのだが、経済情勢にタイム・ラグがあったために、フランス経済にはまだ影響がおよんでいなかった。再登場したポワンカレ首相が、二八年にフランの五分の一切り下げを断行し、いわゆるポワンカレ・フランが通貨危機を救済して、フランス経済の浮揚に貢献する。〈繁栄政策〉とか〈第二の産業革命〉といった言葉が口にされ、とくにルノー、プジョー、シトロエンを擁する自動車産業が経済全体の推進力であった。自動車の生産台数でも保有台数でも、アメリカについで世界第二位を誇るようになったのもこの頃である。

フランスは相対的な安定期にあり、パリはつかのまの繁栄を謳歌していた。三〇年に封切られて大評判となった『巴里の屋根の下』では、アルベール・プレジャン演じる大道歌手が「幸せに、ふたり仲良く暮らせるだろう」と歌い、アンリ・ガラは『天国の道』の主題歌で「夢みるときは、何でもできる」と囁きかける。戦勝国とはいえ甚大な被害を被ったフランス国民、パリジャンたちには、大戦の傷跡をしばし忘れさせるメロディであり歌詞であった。十蘭のような外国人滞在者にとっても、フランの切り下げや経済的社会的安定は好都合だ。十蘭が、贅沢さえしなければヴァカンスを楽しみ国内旅行ができたのもこうした状況のおかげである。

ところが恐慌の影響が工業部門に波及した三二年になると、失業者の急増とともに社会的安定が揺らいでくる。銀行の破産があいつぎ、大統領の暗殺事件まで起こった。総選挙で左翼連合が勝利を収めても、短命な内閣ができては潰れるという事態を繰り返すばかりだった。隣国ドイツではナチスが第一党になり、アジアでは日・中の関係が危ういものとなる。内外ともに先行き不透明なときに、アンリ・ガラは、今度は「言いたくないが、人生はほんのつかのま　楽しくおや

りよ　狂ったように」（「楽しくおやり」）と歌うようになる。わずか数年のうちに、陽気で明るかったパリジャンはこの歌を口ずさみながら、早くも運命の暗転を感じはじめていた。

時代の行く末を見ることを恐れる彼らのあいだに、ヨーヨーとケン玉が爆発的にはやりだす。大人も子供も、男も女も、社会のあらゆる階層の人たちが、ただひたすら手元を凝視して興じるさまは尋常ではない。シモーヌ・ド・ボーヴォワールの回想によれば、アンドレ・ジッドやポール・ヴァレリーなどまでヨーヨーを手にし、ジャン・ポール・サルトルにいたっては一日中夢中になっていたという。だが同じころ日本でも、永井荷風が「裏通の角々にはヨウヨウとか呼ぶ玩具を売る小娘の姿を見ぬ事はなかつた」（「作後贅言」『荷風全集』第九巻、岩波書店）と昭和七、八年の銀座風景を描いたように、このたわいもない玩具が大流行していた。あらたな破壊と殺戮の時が近づいているのを、人々は本能的に知っていたらしい。

ちょうどこの時期にパリで発表されたセリーヌの長篇「夜の果てへの旅」は、彼自身の大戦従軍体験を核にして、人々のそうした不安をさらに挑発するような汚辱と憎悪と呪詛に満ちた作品であった。現在の読者にとってさえ、内容、文体ともに衝撃を薄めることのないこの作品は、当時において文学の世界にとどまらない反響を惹き起こした。

社会的反響という点では、同じ三二年に『新フランス評論』誌上に公開されたジッドの日記も一種の事件であった。ソヴィエトの成功のためには自分の生命さえ提供する、というようなソヴィエトに対するあからさまな共感を表明したのである。H・R・ロットマン『セーヌ左岸』によれば、当時の文学界において中心的な位置を占めていた彼の発言だけに、新聞や雑誌がこぞってとりあげたという。ジッドの名前は十蘭の作品に何度か引用されているが、彼のパリ生活でジッドの言動が仲間うちの話題になることはあっただろうか。

もちろん街角のカフェでも噂されるようなこれらの〈事件〉とは別に、三〇年代前半の政治の季節のなかで、フランスの文学的地図にはアンドレ・ブルトン、ルイ・アラゴンなどシュルレアリストたち、フランソワ・モーリャック、ポール・クローデルらのカトリック作家、アンドレ・マルローやアントワーヌ・ド・サン＝テグジュペリなど新世代の作家たちが、それぞれ並行したり交錯したり反発したり複雑な軌跡を描いていた。

ただし一滞在者としての久生十蘭が、これらの文学的状況にどこまでついて行ったかは疑問である。次章でも触れるように、三二年には一時的とはいえ精神に失調をきたした彼であるし、工芸学校（?）へ通うかたわら芝居や映画を見てまわる日々には、落ち着いて新刊書を読むようなゆとりはなかったろう。文学の世界はともかくとして彼のパリの日常生活には、今までスケッチしたようなフランスの国内情勢が影を投げかけていた。そこで見聞した事実に彼独特の観察眼はどのように反応したか、一例として「犂《カラスキー》氏の友情」を見てみよう。

主人公の文学博士山川先生は、ベイエの道徳社会学（蛇足ながらソルボンヌの社会学教授アルベール・ベイエ著『フランス道徳史』の出版は十蘭滞在中の一九三〇年のこと）を専攻している勅任官で、簡単に言えば「道徳は進歩するものか退歩するものかといふ、一見、迂遠な学問に憂身を窶《やつ》して」いる人物。退歩説をとる拠り所として、犯罪の実例をパリ留学中に収集しようと、静寂閑雅なパッシイにあった高等下宿から、新市域の貧民街へ引っ越してしまった。怪しげな人間たちとつきあい、自分も大風呂敷を広げて悪党を気取っていると、肺病やみで犂の柄のように瘠せたロシア人カラスキー・ゴイゴロフから押し込み強盗に荷担することを持ちかけられる。進退窮まった先生に助けを求められた語り手が、ゴイゴロフに会ってみると、予想に反して沈鬱慇懃な青年であった。彼はモスクワで道徳社会学を学んだことがある白系ロシア人で、身の危険を招きかねない先生の悪党気取りをたしなめるために、押し込み強盗という一芝居を打っただけなのだ。

話にはもうひとつ仕掛けがあって、じつはゴイゴロフは大統領ポール・ズーメを暗殺したテロリストであることが最後に判明する。暗殺者の自分に対するひそかな配慮に気づきもしない先生は、「仏蘭西の大統領なんぞは、外国の方を向いて立つてゐる、一種の社交的人物にすぎないんだから、そんなものを殺してみたつて何の役にも立ちやアしない。実際あの気狂ひ野郎のやりさうなこつてすよ」といきり立つ。事情をよく知っている語り手としては、どうにも虫がおさまらないので、先生をへこませるべくこんな言葉をぶつける。「カラスキーは、あなたを大統領暗殺のお先棒に使ふつもりだつたのですね。こいつアどうも際どかつたですナ。ノソノソ後を喰つついてでも行つたら、否応なしに断頭台《ギヨチーヌ》の上から巴里にさよならを言はなければならないところでした」

作品のなかには暗殺事件の号外が引かれているが、この事件は一九三二年五月六日にパリで実際に起きている。当時の記録によれば大統領ポール・ドゥメール（作品ではポール・ヅーメ）は、ロシア人ファシスト、ゴルグロフ（犂とかけてカラスキーとしたのは十蘭の洒落）の凶弾に斃《たお》れた。時間と場所は作品に示されたとおりで、犯人は四か月後に断頭台で刑死している。大統領が白昼、しかも衆人の見守るなかで撃たれたのだから、センセーショナルなニュースである。号外を奪い合ってパリジャンが身振り手振り激しく声高に騒ぐ姿が目に浮かぶ。そんな光景を十蘭は見つめながら、日頃の自分のさまざまな思いと突き合わせていたであろう。

二〇年代のパリは、本当の戦勝国民で富裕なアメリカ人と、革命を逃れてきたロシア人（三十万から四十万人といわれる）が目立っていたが、二九年の恐慌でアメリカ人が次々と去ったあとでも、ロシア人はとどまることが多かった。政治活動に身を挺しながら祖国に帰る日を待つ者もあったし、パリという都市にとけ込むことを考えた者もいた。カフェの従業員すべてロシア人で、品のよい老婦人が店を取り仕切る様子は、チェーホフの芝居を見るようだった、という回想もある（河盛好蔵『巴里好日』河出書房新社）。

当時のロシア人亡命作家の生態に関するあるエッセイによれば、一般にパリでは白系ロシア人に対して無関心でよそよそしい、少なくとも暖かく迎える雰囲気が乏しかった。その理由を十八世紀末以来のフランスの革命的、共和主義的伝統に求めて、君主制の残っていたイギリス、ベルギー、スペインでの空気と違うものを感じ取るロシア人もいたという。フランスのインテリ層はマヤコフスキーの詩、エイゼンシュタインの映画、トロツキーの永久革命論など、新しい芸術文化、新しい思潮の先端的都市としてモスクワを注視する。彼らのなかにはいわば〈モスクワ神話〉があった。他方亡命者の側からすれば、ストラヴィンスキーがなぜパリにとどまらねばならないか、ディアギレフがなぜヴェニスで死を迎えたか、エレンブルグがなぜ旧作を再出版しないかを、フランス人に問うてみたくもなる。〈モスクワ神話〉はあくまで神話に過ぎないというわけだ。

亡命文化人でも、すでにある程度社会的地位を得ていた人々は異国での生活もまだ凌ぎやすい。しかしロシア革命勃発時にまだ学生であり、ついに祖国を捨てた若い文学者などは、逃れてきたパリで物質的にも、精神的にも悲惨な生活であった。朝から何も食べていないにもかかわらず、一夜を明かすためになけなしの金で一杯のコーヒーを注文する、そんな光景も見られた。モンパルナスに集まる彼らは祖国も、言葉も、家族も、生活の資もなく、結核に侵されたり自殺に追い込まれたりする者も珍しくない。十蘭の描くカラスキーもかつてモスクワに学び、パリで結核の熱に悩まされる青年である。実際のゴルグロフは精神を病んだ白系ロシア人ファシストであったが、彼によるフランス大統領の暗殺は、当地の亡命ロシア人の小世界に文字通りパニックを惹き起こした。彼らは誰も街には出ずにじっとパリジャンの反応をうかがう、人によっては中世宗教戦争時の〈聖バルテルミーの虐殺〉の現代版さえ危惧したというから、亡命者たちの息を詰めるような生活ぶりが推測される。

ロシア貴族の血を引くウラジーミル・ナボコフがパリに住むのは三七年であるが、彼の自伝

『記憶よ、語れ』に描かれた祖国の美しい自然への思いは、亡命者に共通のものであろう。そうした思いはドニエープル川に沿った故郷の夏、茫漠とした草原に咲き乱れる連翹《れんぎょう》色の花を、一瞬、憑かれたように語るカラスキーに通じるものがある。暗殺事件の起こったのは五月のはじめ、パリに鈴蘭の香りが溢れ冬の終わりを告げる頃である。花売りの声に十蘭も故郷の丘一面のむせかえるような鈴蘭を思った、と想像を逞しくしたくなる。パリの五月の記憶、そして十蘭の知見範囲に去来した亡命ロシアの青年たち、それらを手掛かりにして大統領暗殺事件の犯人を繊細な友情を見せる犂氏に仕立てあげるのが十蘭の観察眼である。

彼のこの眼は、パリに棲息する日本人にも向けられていた。「犂《カラスキー》氏の友情」の面白さの一部は、短軀、猪首、猫背で丸まっちい主人公山川先生のキャラクターによるのだが、先生、先生と呼ばれる勅任官のほほえましさのなかには、作者の皮肉な見方も含まれている。セーヌの右岸と左岸の微妙な対立に見られたような、日本社会をそのまま縮図にした同胞たちの姿を、十蘭はひとつのパリ風景として正確に捉えていた。その結果は帰国後の作品にも活かされることになろう。

*シャンソンに関しては、ピエール・サカ著、永瀧達治監修・訳『シャンソン・フランセーズ』（講談社）を参考にした。

*ロシア人亡命作家の生態に関しては、André Kaspi, Antoine Marès 編『異邦人のパリ Le Paris des étrangers』（Imprimerie nationale）所収、Ewa Bérard-Zarzycka「二十年代パリにおける皇帝派および革命派のロシア人作家たち Les écrivains russes -Blancs et Rouges- à Paris dans les années 20」を参照した。

パリの日本人群像

巴里の町の街燈は、未だに瓦斯を使つてゐる。区間正しく置かれた街燈に灯がはいると、光の都といふ名が全く適しい。数多ある街燈のことゆえ、さぞかし汚れたのも硝子にひゞのいつたのもありさうに思へるが、そんなのは一本もない。〔中略〕冬の夜など、倫敦に劣らぬ深い霧に包まれて、これらの大通りの街燈があちこちと光輪をつくつてゐるのは、詩人ならずとも誰しも夢のやうだといふに違ひない。〔中略〕

そんな霧の夜、音楽会やオペラから更けてのかへり人に突きあたらぬ用心から「ごめん、ごめん」と懸声をしながら手さぐるやうに歩いてゆく。

のちに詩誌『詩と詩論』や『四季』の同人として活躍した詩人、竹中郁《いく》の「季節をしらぬ随筆」(『巴里のてがみ』編集工房ノア)の一節である。彼は一九二八年(昭和三年)から三〇年にかけてパリ生活を送った。コクトーの素描展やディアギレフ率いるロシア・バレエに足を運び、絵心を活かしてサロン・ドートンヌに出品、入選したりもしている。いくつかのエッセイによる彼の何気ない日常生活の報告は、当時のパリを彷彿とさせるものがあるが、〈Pardon〉と声をかけながら彼が下宿に戻る霧の夜更けには、灯火の輝きが夢のような美しさを見せた。深夜人通りの絶えた四辻でガス灯と広告塔が静かに言葉を交わしているような場面、明かりを背後から受けて霧のなかで彫像となった娼婦。ルーマニア出身の写真家で、ひたすらパリを撮り続けたブラッサイのモノクロ作品にもそうした光景がうかがわれる。

昭和初頭にパリを訪れた日本人には、このガス灯が印象的であったのか、「蛍のような」とか、「ため息のような蒼白い灯」とか思い思いに表現されている。作家の林芙美子は、コンコルド広場の噴水が紫色の光に浮かび上がって雪崩のようだと形容している（『巴里日記』）。煤けて黒々とした石の建物とガス灯の街には、まだ辻馬車さえ見受けられた。かと思えば、闇夜にエッフェル塔のイルミネーションが光の滝のように〈CITROEN シトロエン〉の文字を放ち、人の目を惹いた。島崎藤村が滞在した頃の路面電車は、自動車の時代を象徴するようにバスにとって代わられていたが、久生十蘭を迎えたパリはこうしたモダンとアンチ・モダンが並存する町でもあった。

当時のパリには、観光客以外におよそ二千人にのぼる日本人が生活していた。第一次大戦前にはわずか数十人といわれていたのだから、いかに急速に日本人がこの国際都市に進出したかがわかる。そうした同胞のなかで、久生十蘭はもっとも自由な生活を送る種族に属していたし、現にフランス滞在を満喫した彼だが、同時に周囲の日本人たちの生態を観察していた。もちろん十蘭はその観察結果を、旅行記とかエッセイに仕立てて物思わし気に語ることはしなかった。われわれ読者には、すでに触れた「犂氏《カラスキー》の友情」のような作品がいくつか残されただけだ。ここでは、十蘭から少し離れて、それらの作品のヒントになったパリの日本人群像を見てみよう。

時代はちょうどエコール・ド・パリの全盛期、〈芸術の都〉といった紋切り型表現のままに、昭和初年代のパリ在住日本人の十人に一人、時期によってはそれ以上の割合を占めていたのが美術関係者であった。

画家だけでも藤田嗣治《つぐはる》をはじめとして、佐伯祐三、岡本太郎、荻須高徳《たかのり》、東郷青児、岡鹿之助《しかのすけ》、小磯良平、宮田重雄……と挙げていけばきりがないほどだ。挿絵画家として人気のあった松野一夫、蕗谷虹児《ふきやこうじ》らも渡仏し、松野は雑誌『新青年』の表紙用に、大胆にデザイン化したエッフェル塔を描いた。西洋人の特徴をつかんで国籍ごとに描き分けるといわれた彼は、「サ・セ・パリ」などいかにもパリらしい街頭風景を同誌に載せている。地下鉄や喫茶店の匂い、カフェオレの香りやゴーロワーズの紫煙が立ち昇ってくるようなスケッチである。挿絵からの脱皮をめざした蕗谷虹児はサロン・ナシオナルやサロン・ドートンヌに入選を果たし、シャンゼリゼの画廊で個展を開いたりもしている。

当時を回想したさまざまな人たちのエッセイに必ずといっていいほど登場するのが、高村光雲門下の彫刻家戸田海笛《かいてき》である。豪放無類の怪人で、パリでは浪曲師風の長髪に大漁旗のような半纏を着て、鯉など魚ばかり描き「魚の戸田《ポワツソン・トダ》」を自称していた。とにかく、有名無名とり混ぜて一時は三百人以上の日本人画家がひしめいたこの町では、エピソードに事欠くことはない。

少数の例外をのぞけば、みんな極貧状態である。靴が買えなくて足を黒く塗って外出したという話もある。食料調達に窮して、固くなったパンに熱湯を注ぎ塩を振ってパリのおかゆと洒落る、これはよいほうで、アパルトマン周辺の木の芽をなめるように食べ尽くした豪傑もいた。十蘭の「十字街」の主人公小田も貧しい画学生だが、彼が冬の夜にいかにも旨そうにありがたく食べた、あの野菜屑と牛骨の髄が入った一杯のスープなどは大変な贅沢ということになる。ひと言で衣食に困るといっても、当時のパリで生活費が底をつくとこれは本物のどん詰まりであった。自分の義歯の金を外して売ろうと口を血だらけにしたとか、嘘のようなほんとの話が数多く伝えられている。果ては自殺者まで出たというが、いっぽうではどこか貧を楽しむような気風もあった。

美術関係者のなかでは、第一次大戦前からこの土地に腰を据えていた藤田嗣治がなんといっても別格で、彼の知名度は広くパリの市井の人々にまでおよんでいた。タクシーの運転手が日本人客と見れば「フジタを知っているか」と愛想をいい、街角のショー・ウィンドウには、例のお河童頭に眼鏡をかけた藤田そっくりのマネキンが立っていた。モンパルナスの彼の住まい（当時はモンスリ公園近くのアパルトマン）には、男女、国籍、職業を問わずいろいろな人種が出入りし、たとえば金子光晴は「パリでがっちり生きてゆくには、あくまで日本人であることであり、フランスかぶれのした日本人などフランス人には何の興味もないという所説も拝聴した」（『ねむれ巴里』)。この頃、藤田は、エーテルを嗅いで意識を混乱させるようなことを口にしたりもしたらしいが、金子はシュルレアリストとして出発したロベール・デスノスとここで知り合っている。

一九一〇年代から二〇年頃までは、モンマルトルが繁華な土地柄であったのが、二〇年代も半ばになると、その賑わいはモンパルナスに移っている。日本から来た画家、作家、詩人たちも多くモンパルナス界隈に住み、なかでもダゲール街周辺には、ほとんどの部屋が日本人画家のアトリエとなっている建物があった。

荻須高徳のアトリエはそこの、和風にいえば六畳ほどの屋根裏部屋で、電気も水道もなく、たくさんの手製カンバスばかりが目立っていた。飲むと滲んだように舌が赤く染まる安葡萄酒と粗末なメニューで食事を済ませ、彼はひたすら絵筆をとった。金子光晴や林芙美子も、ダゲール街にひととき居を定めている。林の場合は確たる目的もなく、むしろやみくもにやって来たパリであった。和服姿でアリアンス・フランセーズに通ってフランス語を学び、映画や絵画、芝居を見て約一年を過ごした。着物を質屋へ持ち込んで珍しがられたり、原稿を慌ただしく東京へ書き送ったり、安穏な留学生活ではなかったが、自分が住むセーヌ左岸には「あまりつんとした方たちはお住いにならない。つんとした方たちは皆セーヌの河むこう」(「下駄で歩いた巴里」)と書いている。

左岸と右岸の対照的な性格は、現在のパリにもあることで珍しくはないが、当時滞在した人たちにとっても、いわば〈棲み分け〉のようなものだった。フランス文学者丸山熊雄によれば「大使館とか商社とかの、ちゃんとした人は大抵右岸に」住み、左岸の住人にとって「向こうは紳士」「こっちはルンペン」、つきあえる相手ではなかった（『一九三〇年代のパリと私』鎌倉書房）。金子や林だけではない、当地の文芸誌に「日本のダダイスト」と漫画入りで紹介された辻潤も、パリ到着後やはり左岸の住人となっている。ただ左岸といっても、各国の学生館が立ち並ぶ大学都市、その一隅に薩摩治郎八、通称バロン・サツマの寄附で完成したばかりの日本館は、和風城郭を模した外観の珍しさに散歩がてら見物に来るパリジャンも多かったが、ここに入居できた学者や公費の留学生たちは、〈ルンペン〉というには恵まれていた。

前章でも触れた中谷治宇二郎はパリ生活をこの学生館で送っている。十蘭と同年齢の中谷は、十八歳で同人雑誌に書いた短篇が菊池寛や芥川龍之介に認められた文学青年であったし、新劇活動に惹かれたこともあった。しかし最終的には学究の道を選択し、彼独自の考古学的方法論を確立しようと近代考古学の先進国のひとつであったフランス留学を決意した。パリ人類学会やフランス先史学会の会員に推された彼は、仏、独の学会誌に論文を発表するかたわら、学者たちの集まりの席で講演をしたり、ブルターニュ地方やドルドーニュ地方の調査旅行に同行したりしてフランス人研究者との交流を深めた。同じ頃、彼が親交を結んだ数学者岡潔とは、毎日のように往き来している。ふたりしてサン・ミシェル大通りのクリスマス・イヴを楽しみ、大晦日にはモンマルトルまで出かけ、クリシー大通りの夜店の様子をこう書いている。

レストランからは赤い灯とジャズの音楽がしきりに洩れていた。このシーズンに、ダンスの出来ない人間は、何か置き去られた人形のようでわびしかった。通りの夜店はどこの縁日にでも見る、定った種類のものだったが、そこに一貫した系統があった。運動に関するものと勝負に関するもので殆ど占められて、多少の色気と食気がまざっていた。射的はまだ高等の方で、天井の孔に玉を当てると、下の寝台が倒れて、中から下着一枚の女が転げ出すなぞというようなものもあった。

夜店の種類に〈一貫した系統〉を見るのは、土器の型式の分類法を研究していた考古学者ならではだが、ほかにも鉄板を張った電気自動車をぶつけ合い飛び散る火花に女たちが大騒ぎする〈衝突用自動車〉などがあり、映画の一場面のような下町風景であった。中谷らが朝の地下鉄で日本館に戻ると、居合わせた仲間はおめでとうの挨拶を交わしながら〈新粉《しんこ》臭いお雑煮〉で新年を祝った。年末に限らず日本の縁日を思わせる夜店の賑わいは、当時の留学生たちが夕食のワインのほてりを冷ましながら、そぞろ歩きを楽しむのに恰好のものだったようだ。専門こそ異なるものの岡潔は、中谷の本当に気のおけぬ友であり、のちに異邦の地で胸を病んだ中谷を支え、病身のままの帰国にも同行している。三十四歳の若さで逝った中谷に対する彼の友情は美しいと形容するほかない。

フランス文学者の河盛好蔵が落ち着いたのも左岸のパンテオン近辺で、ソルボンヌの講義を聴講する一方、コメディ・フランセーズに通った。美術館や音楽会によく足を運んだ彼は、日本人として初めてパリ高等音楽院に学んだ作曲家池内友次郎と、コルトーのピアノ演奏会で知り合っている。場所はこれも当時の回想記の類によく出てくるサル・プレイエルであった。河盛の『巴里好日』にはパリで交流のあった多くの友人知人が登場するが、詩人の竹内勝太郎もそのひとりである。彼は河盛としばしば音楽会に出かけ、また彼自身貪欲なまでにこの町の文化的エネルギーを吸収しようとした。ついには「来る日も来る日も劇場とサールとミュゼエ、それから古本屋あさり」「見るものも聞くものも考えることも、もう沢山だ」(「西欧芸術風物記」『竹内勝太郎全集』第三巻、思潮社)と書くにいたったのも、彼の日記を読めば無理からぬこととうなずける。

それでも時代を感じさせるのは、彼らにせよ、冒頭に引いた詩人の竹中にせよ、映画に関心を示している点である。当時は、グラン・ブールヴァールに映画館が軒を連ねたほか、規模からいえば世界最大を称した新装ゴーモン・パラスとパラマウントが双璧をなし、また〈映画の実験室〉というべき小規模の映画館(ステュディオ・デ・ズュルシュリーヌ、ステュディオ28など)もあった。

数年にわたって続映されパリジャンなら全員が観たといわれたチャップリンの『黄金狂時代』、アベル・ガンス監督の『ナポレオン』、コンラッド・ファイト主演の『プラーグの大学生』、そしてフランス初の本格的トーキー、ルネ・クレール監督『巴里の屋根の下』。こうした大作人気作品だけでなく、シナリオをフランシス・ピカビア、監督ルネ・クレール、音楽エリック・サティ、出演者ピカビア、マルセル・デュシャン、マン・レイ、サティなど、興味深い顔ぶれがそろった『幕間』、あるいはシナリオが詩の形式をもつ『ひとで』（監督マン・レイ、詩はロベール・デスノス、出演者にデスノスやモンパルナスのキキなど）といった、いわゆるアヴァンギャルド映画も少なくなかった。

日本にいた頃からマン・レイの仕事に興味を持っていたという竹中は、『ひとで』の難解な映像に戸惑うパリジャンをよそに新鮮な魅力を認めているし、帰国してから彼自身〈シネポエム〉の形式に則った詩作を試みている。河盛が語るのはブニュエルとダリによる『アンダルシアの犬』を観たときのショックである。十五分ほどの短い作品だが観客の神経を逆撫でする有名なシーンがあるからだ。目に剃刀が当てられ細い雲が折からの満月を横切ると同時に剃刀も横一文字に動いて目を切る。眼球からは貝の剝き身のように水晶体が露出する。あるいはドアにギュッと挟まれた手のひらが蟻の巣となって、無数の蟻が真っ黒に湧き出る場面等々、上映されたときには拒絶反応が大きかったが、ブニュエルらの野心的な試みは、映像の持つ威力を見る者に突きつけた初の本格的シュルレアリスム映画となる。若きサルトルとボーヴォワールもステュディオ28でこの挑発的作品を見て衝撃を受けている。河盛など日本人留学生に限らず、フランス人にもシュルレアリスムなるものの一面を端的に知らしめる作品であった。

航空機や自動車という移動手段、ラジオや電話というコミュニケーション手段の発達により、生活のテンポが一気に加速されたこの時代である。スポーツではスリルあるボクシングが、音楽ではジャズが人気を博し、クラシック・バレエよりも動きの急激なロシア・バレエが話題となった。従来の演劇にくらべて、場面転換も容易でスピード感に富む新しいメディアとして映画もまた、アメリカ、ドイツ、ロシアからの作品をふくめて観客を集めた。旧来の寄席的な芸人ではなく銀幕のスターの時代となる。林芙美子がジャン・コクトーの『詩人の血』を観たのがヴィュー・コロンビエ座であったように、かつてジャック・コポーの演劇革新運動のメッカであったこの劇場はすでに映画館に衣替えしていた。大戦後の〈演劇の時代〉は早くも傾きはじめ、映画が演劇を駆逐する場面も見られたのである。

セーヌの右岸は外交官や商社員、銀行員らがテリトリーとしていたわけだが、いまひとつ駐在武官という存在も無視できないものであった。たとえば先に触れた藤谷虹児は、当時の駐在武官蒲穆《かばあつし》少将の世話で国際連盟会議室の壁画を描くことができたし、金子光晴が貧窮邦人救済を名目に資金援助を受けたこともある。

時期的にはもう少し早いが、パリ到着後まもなく昭和への改元を経験した遠藤三郎は、フランス陸軍大学校へ入学しド・ゴール元大統領の二期後輩として卒業している。武官当時、大杉栄虐殺事件で故国を逃れるようにパリへ来た元憲兵大尉甘粕正彦の面倒を見たのも彼である。遠藤は当初、華やかな夜会の席でもダンスが始まると「この寒中に婦人は薄絹一枚にて肩から先はまったく裸体にて、脇下の毛も露出し煙草を吸い酒を飲み、頭はほとんど全部断髪、これにては女という様な感も起こらず午前二時に到るも乱舞をやめず。予は早く席を離れて帰る」（宮武剛『将軍の遺言』毎日新聞社）と、まるで幕末の使節団の一員であるかのような感想を漏らしている。

陸軍幼年学校、士官学校、砲工学校、陸軍大学校とエリートの道を首席や優等でひた走ってきた遠藤が、駐在武官という立場で欧州を、パリを知ったことは〈純粋培養〉の彼に異質な何物かをもたらすことになった。オーストリア人の父と日本人の母を持つ政治学者クーデンホフ・カレルギーの〈汎ヨーロッパ主義〉に注目したのもその現れである。カレルギーの欧州連邦構想は、その後の世界不況で挫折せざるをえなかったが、周知のようにこの統合案が旧ＥＣの、ひいては現ＥＵの起源となっている。遠藤は主権の一部を互いに譲って連邦を組織するという発想に共鳴し、参謀本部にその研究を進言したという。彼は最前線で地を這うような苦しみを味わった一兵卒ではない。良きにつけ悪しきにつけ帝国陸軍の指導部にいた将官であり、その思想と行動に限界があることは否定できない。しかし前記宮武の著作によれば、随員として参加したジュネーヴ軍縮会議や間近に接したパリ不戦条約の締結など、遠藤のフランス時代の経験は、太平洋戦争で陸軍中枢部に連なる軍人として行動した際にも、また戦後日・中国交回復運動や護憲運動に力を注いだときにも活かされた。

のちに演劇の世界で十蘭とも接点のある岩田豊雄が、獅子文六名義で一九三七年に発表した「達磨町七番地」。パリの日本人留学生の二つのタイプがユーモラスに描かれた。それに向こうを張るかのように、翌年三月十蘭は彼らしい軽快な小品「花束町壱番地」を書いている。「一九二八年から三十三四年頃までの間ぐらゐ巴里に日本のお嬢さんが氾濫したことはなかつた。ひとつきりは三十人を超えたことがある」という件《くだり》がそのなかに見られるが、この頃の滞在記や回想記を読み漁っていると、たしかに何人もの日本人女性が登場する。「花束町壱番地」では彼女たちを身分や仕事に応じてこんな風に列挙してみせる。

帽子屋さん、衣裳屋さん、香水屋さん、タイピストさん、舞踊さん、お妾さん、画描きさん、大学入学資格者《バシユリエ》さん、眼科医さん、ヴイオロンさん、速成仏蘭西語学校《アリアンス・フランセエズ》さん、ピアノさん、演劇さん、文学さん、閨秀作家さん、ただのお嬢さん……。これは単なる普通名詞の羅列に止まるのではない、それぞれ歴つきとした固有名詞の振仮名がつく。

こう列挙されると固有名詞の振仮名がなくとも、彼女たちがパリという都市空間を同時的に生き生きと動くさまが目に見えてくる。作家も医者もお妾さんもただのお嬢さんもみんなひとしなみにパリジェンヌ。彼女たちがパリの活況を養分としたなら、逆にパリは彼女たちをエネルギー源の一部とした。「花束町壱番地」のヒロインは三人、まだ修業中の画描き、ピアニストそれに洋服を買いにはるばるやって来たお嬢さんだ。金に飽かして暮らしていられる身分だから、本来セーヌの右岸におさまってもおかしくない人物たちだが、「大使館の小癪な俗官どもが見下げはてたやうな口調で、河向ふに住んでゐる奴ら、と言ふ、そのセエヌ河の左岸《リーブ・ゴーシユ》、モンパルナツス」あたりのアパルトマンに住んでいた。ところがものの弾みで三人寄り合うようになると、たしかに地図上では右岸に違いないが、およそ〈右岸〉らしくないパリの北のはずれまで跳んで行ってしまう。

ひと口に言へば四谷の谷町と言つたやうなところで、早く寝て早く起きる勤勉な界隈《カルチエ》。そのかはり町並はひどく汚い。古い家を取壊したあとが建ち代らずに広い空地《テラン・ヴァーグ》になり、近隣の芥捨場と餓鬼どもの遊び場に利用されてゐる。夏ならば乏しい草の間で昼間からチンチロ虫の声が聞かれようといふ。歩道はごろツた石で、これが年中乾くことがない。尿やら汚水やら、その他さまざまの流動物が合流して丸石の間をチヨロチヨロと音を立て丶流れる。道路の両側にはいづれも壁に亀裂の入つた陰気な建物が立ち並び、天気のい丶日にはその上へ蜥蜴が日向ぼつこに出てくる。早い話が、「巴里の屋根の下」。

彼女たちは西洋婦人と手を携えて街を歩く日本人男性を相手にせず、「巴里の人情を探ぐる」と称して辺鄙な街へやって来た。で、たちまちのうちに市営バス車掌、タクシー運転手、地下鉄の切符切りといった三者三様の恋人を獲得して「勇ましさ」を発揮する。「今まで十重二十重にひツかぶつてゐた猫ツかぶりの皮を脱ぎ捨て悠々たる原始《プリミチフ》に」返ったのである。
「花束町壱番地」はコミカルに仕立ててあるが、ヒロインたちが後にしてきた祖国が旧道徳の遺風から抜けきれず、女性の権利に厳しかったことを思えば、彼女たちの解放感も分かるというものだ。モボ・モガといっても、ふたり連れで歩いていて警察官に誰何《すいか》されることがあった時代である。だから三人のお嬢さんは日本へ帰れば「家庭にをさまつてそれぞれ善良な夫人」になる。しかし自由なパリ生活に馴染んだときには、「眼にみえない縛縄がぱらぱらとちぎれてゆき、頑なモラルでしばられていた女が、当然の権利をつかもうと」（金子光晴『ねむれ巴里』）しても不思議ではない。その分、恋愛も、疑似恋愛も華々しかったが、何も恋愛の場合に限らず、当時のパリの日本人女性は、セーヌの右岸と左岸の対照を軽やかに超えて往還する華やかな存在であったようだ。

作家の深尾須磨子、画家の長谷川春子、ピアニストの原智恵子、女優長岡輝子らの名が浮かぶ。たとえば長岡は、若い女性として恵まれた留学生活のひとつの典型を示しているが、もともと演劇研究を目的としていたので、シャルル・デュランのアトリエ座の研究生となっている。デュラン夫妻が指導する研究所は、モンマルトルにあるまさに寺子屋式の演劇学校で、デュラン夫人が幼い子どもを連れて来たりしていた。十蘭はよくデュランに師事したといわれるが、長岡が通っていた一九三〇年の春から夏にかけて、この演劇学校で彼女が十蘭を見かけたことはなかったという。

十蘭が滞在した時期のパリの日本人群像を瞥見してみると、以上のような人々がめまぐるしいほどに現れては消えていく。ほかにも、パリの日本人社会でスキャンダラスな存在であった作家武林無想庵・文子夫妻（十蘭の「モンテ・カルロの下着」では焼林ブン子とされている）、この地で客死した文芸評論家の平林初之輔、ル・コルビュジェのチーフ助手を勤めていた建築家坂倉準三、時のフランス大統領の前で藤田嗣治と組んで柔道の模範演技を披露した石黒敬七、本場のショー・ビジネスを学ぶべく宝塚歌劇団から派遣された白井鐵造、邦字新聞発行のかたわら日本文化を紹介しのちに読売新聞パリ支局長になった松尾邦之助など、各界各様の人物たちが出没している。若い芸術家が多かったせいか、あるいはラテン的な気質が伝染したのか、同じ時期のベルリンやロンドンにくらべて、パリの日本人世界は自由闊達で面白味があったといわれる。

しかし彼らの多くが、パリ生活を始めてしばらくすると精神的に不安定な状態に陥ったのも事実だ。とくに冬、北緯五十度近いこの町では、午後三時頃には日が暮れたようで霧が街を包む。石の建物や冬の雨は冷え冷えとして、暗く、寒く、葉を落としたマロニエの並木がまるで黒い骸骨の列とさえ思える。フランス人との話が少しこみ入ると通じない言葉がもどかしいし、多少の予備知識はあっても日常の具体的な些事がいちいち気になってくる。フランス文学者の丸山熊雄でさえ、日常茶飯事のなかに知識外の経験がたくさんあり、日本でならば一日の経験をある程度その日のうちに整理できるのにパリではできない、それが毎日つみ重なってひどく憂鬱になったという。通過する観光客ではなく生活するとなると、フランス人のメンタリティに違和感を覚え、日本人社会のなかでの残酷なまでの階層性、経済力の違いも気に障るようになる。

久生十蘭のように将来の見通しがついていなかった場合、こうした圧力はいっそう厳しく感じられたかもしれない。彼も精神的な失調に悩まされたひとりであったが、他方でパリを、フランス国内を歩きまわり、みずからの感覚の広がりを経験するとともに、パリでは独自の留学生活を送った。

パリの十蘭

鎌倉駅からバスで十五分ほどのところに、この土地ゆかりの作家らの遺品を収蔵した鎌倉文学館がある。遠くに海を望む静かな文学館は、旧前田侯爵家の別邸を改装した洋風建築で、ちなみに三島由紀夫の『春の海』で松枝清顕がシャムの若いふたりの王子を招いた松枝家別荘はここをモデルとしている。鎌倉文士と言われたように、明治以来鎌倉に居を定めた文学関係者は多い。そのなかには、流行作家となってから〈御殿〉と称されるほどの大邸宅を構えた長谷川海太郎もふくまれている。

久生十蘭は一九四七年（昭和二十二年）に疎開先の銚子から転入して歿するまで、戦後十年ほど鎌倉の住人であった。その縁で文学館には、彼が受賞した直木賞正賞のスイス・ロンジン社製懐中時計や、愛用のキセル、最晩年に癌研究所の病室まで持ち込んでいたといわれるルーレットのミニチュアなどが収められている。そのほかに写真が一葉、遺族によって寄贈されており、

「一九三〇年（昭和五年）頃、国立パリ高等技芸学校演劇部卒業記念」という説明がある。二列に並んだ人たちに混じって、やや緊張した姿勢で前列中央に座っている十蘭の写真は、彼のパリ時代をうかがわせる貴重な資料である（口絵参照）。

しかしながらこの写真が、いつ、どこで、またいかなる機会に撮影されたのか、じつはまだ確定されていない。先に述べたように十蘭の遺品のなかには、ほかに十数葉の写真も含まれているとはいえ、自分の足跡を搔き消して遁走する十蘭のファントマぶりは、そのフランス時代にもっとも鮮やかに発揮されている。作品はもちろん、久生十蘭という人物自体にも魅せられてしまった読者は、絶えず期待を裏切られ、はぐらかされることも楽しみとしながら、新聞記者ファンドールやジューヴ警部よろしく、このファントマにつきあわねばならない。

一九二九年十二月、十蘭がパリに着いてとりあえず旅装を解いたのは、前にも触れたとおり函館時代の友人石川正雄、竹内清の滞在するホテルだった。彼らふたりの断片的な回想によれば（同人雑誌『海峡』三十七号、七十一号）、幸い隣のパンシオンに空きがあって、十蘭は石油コンロ持参で引き移り驚くほどつましい自炊生活を始めた。石川はまもなく帰国し、竹内もドイツへ向かったので十蘭と終始行動をともにしたわけではない。ただ格別親しかった竹内とは文字通り青春を謳歌し、当時封切られたルネ・クレールの『自由を我等に』を彷彿とさせる行状であった。夜店のクジで当たったシャンパンをふたりで飲みながら、宿を追われるのを覚悟で放歌高吟、郷愁の憂さをはらす。かと思えば、ヴァカンスには大西洋岸のエトルタで海水浴、セーヌ川河口ル・アーブルのカジノではたまゆら黄金の夢を見た。パリに舞い戻ってはみたものの無一文で行く先に窮し、救世軍経営の簡易宿泊所へ転がり込んで、とにかくベッドと食事だけは確保する。そんなこともあった。

十蘭の読者ならここで「十字街」を連想するであろう。スタヴィスキー事件に巻き込まれて翻弄される主人公小田孝吉は、パリ十三区コルドリエール街のこの宿泊所を根城としていた。雨天体操場のような広いところに、低い板壁で仕切っただけ、背伸びをすれば隣が見えてしまう個室のようで個室ではないスペースがあり、ベッドなど必要最低限の設備は備わっている。「すぐそばのラ・サンテ監獄から放免された出獄者は、みなここを定宿にしてゐる」と「十字街」にはあるが、貧窮の画学生小田にとっては生命線を確保するありがたい宿であった。この収容施設は現在もやはり〈民衆の宮殿〉の看板を掲げて同じコルドリエール街に残っているが、おそらく建て代わったのであろう、外観は学生寮のように小綺麗に整っている。十蘭・阿部正雄も二食付き一泊十フランの安さに惹かれて世話になったのだが、救世軍の経営ということで、朝食後は〈神の御名〉において働きに出ることが義務づけられている。したがって親友とふたり、金もあてどもないまま何はともあれ外出しなければならない。

バクチに負けたジャポネのバガボンド二人はなすこともなく、天気のいい秋空の日は郊外までテクッて、草枕の昼寝に時を過し、パリ郊外の旧蹟を訪ねたり、カマボコ型の鉄の被いをした陸軍の射撃場を眺めたり、郊外通いの屋根の上にベンチを列べた二階建てのヘンチクリンな汽車をぽかんと眺めたり出来たが、ひとたび雨の日ともなれば全く惨めなものだった。

（竹内清「阿部の思い出」）

パリ時代からおよそ三十年後、阿部正雄・十蘭の訃報を聞いての回想である。すでに初老の域に入った往年の友にとって、秋空や草の匂いや雨の冷たさまでまざまざとよみがえってくるような種類の思い出であろう。若気の至りの無茶なエピソードを連ねながらも、竹内はそれだけで阿部が誤解されるのは不本意、「彼の長所を真ッ先に取り上げて、彼の真骨頂を伝える」として、責任感強く友情厚く人情味豊かな男、仕事に熱中し命がけで取り組むいっぽう、金を上手に使い盛大に遊んだ男であったと書く。遠慮無用の若いときからの悪友が見た十蘭には、こうした一面もあった。

実際、函館の新聞記者時代は、茶目っ気たっぷりで向こう見ず、女性関係も華やかで「阿部といえば不良少年の典型」と思われていた。パリでこの親友と再会した十蘭は、岸田國士のもとでの修業時代から一足飛びに函館の青春時代に戻り、〈自由を我等に〉とばかり友と肩を組んで町を闊歩したことであろう。竹内の回想の行間には懐かしさが溢れているが、十蘭にとっても留学生活のなかでは心からくつろげたときであった。

竹内の紹介でパリ滞在中十蘭が親しく交際したのが、画家青山義雄である。青山は一九二一年

（大正十年）二十七歳のときに渡仏、ニースで開いた個展で色彩の美しさがアンリ・マチスの目に止まり、以後青山はパリと南仏のキャーニュを中心に一九三五年（昭和十年）の帰国までフランスで活躍した。戦後、ふたたび日本を離れてキャーニュやニースにアトリエを持ち、戻ってきたのが九十歳を過ぎてからだから、前後約半世紀にわたってフランスを活動の場としたことになる。一九九六年（平成八年）百二歳で亡くなったが、老いてなお毎日キャンバスに向かう画家であった。

長いフランス生活のうちには、たとえば大正時代の木下杢太郎や大杉栄など画家以外との交友も多かった青山だが、パリ十五区ベロニー街七番地にあった彼のアトリエには、十蘭がよく来たという。しかし当初はなかなか打ち解けず、口数も少なかった。当時、エコール・ド・パリの作品をはじめとして著名な絵画蒐集家で日本人画家の後援者的な立場にあり、いわばサロンの主的存在であった福島繁《しげた》太郎《ろう》・慶子夫妻に紹介しても、十蘭は逃げるように去ったりした。もっとも、帰国してまもなく十蘭が『新青年』誌上に「三十分会見記」と称するインタビューを連載したとき、その第一回に「世界夫人」としてマダム福島を引っぱり出し俎上に載せている。

青山宅を何度か訪れるうちに例の〈うそつきアベ〉の韜晦癖が頭をもたげだし、芝居がかった仕草を見せるようになる。人と喧嘩したといっては押しかけて事細かに報告する、廊下を大声で泣きながらやって来るからいったいどうしたのかと思えば、恋人に振られたという。後になって「じつはあれは嘘でした」などという場合もあるので、真偽のほどがはっきりしないまま聞いておくしかない。それでいてあるときには極端に引っ込み思案な面も見せる、とにかく一風も二風も変わった男、というのが青山の印象であった。

恋人といえば、竹内の回想にも言及されているが、パリで悲劇的最期を迎えた画家佐伯祐三の姪、杉邨《すぎむら》ていのことにも触れておかなくてはならない。まだ女学校の一生徒であった一九二七年、彼女は家族を説き伏せて佐伯の二度目の渡仏に同行した。叔父一家とパリに落ち着いたら洋裁を学ぶつもりであった。しかし一年も経たないうちに佐伯の肺結核が悪化し、ひどい喀血を見るようになる。肉体の衰えとは逆に彼の神経は高ぶり、それが極点に達すると看病していた友人の隙をついて夜明け前に病床を抜け出し、早朝のクラマールの森で縊死を企てた。未遂に終わったものの、それから彼に残されていたのは二か月足らずの時間でしかなく、パリ郊外の病院で三十歳の生涯を終えた。そのときわずか六歳だった愛娘彌智子《やちこ》もまた、あたかも父が手を差し伸べたかのように二週間後、同じ結核で亡くなっている。佐伯の妻米子は家族ふたりの遺骨を抱いて帰国することとなった。

初めての外国生活、予想もしなかった事態を目のあたりにしてショックも強かったであろうが、ていは日本へ帰る米子と別れて、パリにひとり残った。ていの実兄にあたる杉邨房雄の語るところでは、いっしょに帰国するよう電報を打ったが、ひとり立ちできるようになるまではと、どうしても聞きいれなかったという。

しかも叔父祐三がアパルトマンの一室でヴァイオリンを夢中で弾くのも影響したのか、ていは予定していた進路を急転換し、フランス人教師についてハープの奏法を熱心に学んだ。それまで彼女はフランス語や音楽について特別の知識はなかったのだから無謀というに近い試みである。しかし渡仏のときも、パリに残ったときも、両親の強い反対を押しきって自分の希望を貫き、帰国してからの彼女は当時きわめて珍しかったハープの演奏家として生きた。まだハープは日本に二台しかなく、弦一本切れてもフランスから一か月以上かけて取り寄せなければならなかったという。こうした姿勢からもわかるように、ていは遅疑逡巡しない強い性格で、しかも活発明朗な女性であった。

年のころは十八、九歳のお河童頭、「クリクリした黒い目玉は、眼窩の遙か奥の方で光つてゐるので、それらの印象が、なんとなく、穴熊とか狸」を連想させるヒロイン、〈タヌ子〉。お天気屋で喧嘩早く、百貨店の美しい売り子の前で、わざと相棒コン吉に恥をかかせるような悪戯心もある。彼女の気まぐれがひとつ弾けるたびに、きまって珍道中が始まり遁走曲がせわしなく奏でられる。「ノンシヤラン道中記」や「黄金遁走曲」でコン吉と絶妙なコンビを組んだ彼女が、ていをモデルとしているのは明らかだ。「男の人は頼りなく見える」と、生涯独身で自分の思い通りの道を歩いたていのたくましさは、ユーモアの粉飾をいっぱいにまぶして、これらふたつの作品のヒロインにふさわしいものとなった。

竹内によれば、十蘭とていは一時いっしょにアパルトマンで暮らした。十蘭の母、阿部鑑《かん》がパリに来たのが一九三一年（昭和六年）十二月、この時十蘭とていがどのような生活をしていたか定かではない。母親がこのときまでに息子の恋人の存在を知っていたか、あるいは知らなかったとしても、いずれにせよていは鑑にとって思案の種であったろう。ただ、十蘭夫人が保管していた遺品のなかに、やや硬い表情だが鑑とていがエッフェル塔の前でならんで撮った写真が残されているので、ふたりのあいだになんらかのコミュニケーションはあったはずだ。翌三二年五月、鑑が日本郵船の榛名丸で帰国するのに、ていは同行している。たまたま作家林芙美子と同室での船旅であった。途中の寄港地で、これら三人の女性と榛名丸の高級船員らしき人物たちがレストランで撮った写真も、遺品のなかに含まれている。帰国にあたって、十蘭、てい、鑑のあいだに何か話があったのか、あるいは単に自然のなりゆきだったのか、詳細は不明である。

同じく竹内の証言によれば、ていが先に帰国したので「独りぼっちになった阿部は、猛烈なホームシック」にかかったという。十蘭の言動に素早く的確痛快な反応を示したていの不在は、彼に一抹以上の寂しさをもたらしたことはたしかであろう。

ふたりは帰国してからも互いに連絡があり、十蘭は大阪の杉邨家を何度か訪れ世話になっている。女優杉村春子らが同行したことがあった点を考慮すれば、築地座の大阪公演のときであろう。杉邨房雄の印象では、座談をリードすることもなく、そんなときの十蘭は無口で温厚な紳士であった。その後ていは上京して本格的な音楽活動を開始したが、一九四四年（昭和十九年）、医療事情が悪かったこともあり盲腸炎がもとで亡くなっている。

十蘭パリ時代のもうひとつのトピックは、いま述べた母親の出現であった。彼女がはるばるや

エッフェル塔を背にした阿部鑑と杉邨てい
（三ッ谷洋子氏蔵）

林芙美子と食事をともにした阿部鑑と杉邨てい
（フランスから帰国する船旅の寄港地・上海にて。三ッ谷洋子氏蔵）

って来たとき照れくさいのかわがままなのか、型通りのパリ見物につきあうと、十蘭はあとの世話を青山に頼ったところがあった。パリ十五区キャスタニャリ街三十番地のアパルトマンに滞在したが、十蘭といっしょであったか否かは明らかではない。『函館新聞』に詩やエッセイを書いたりもしたこの母親は、生け花をよくし、青山に案内されたモンパルナスの大きな花屋のショー・ウィンドウを毎日のように飾って喜ばれた。まだ生け花がパリでは珍しくて注目されたのか、「花の芸術家」として新聞社の後援で二度の個展まで開催し、新聞記事にもなっている。約半年のフランス滞在中は和服で通し、ひとりで中央市場まで買い物に出かけたという。十蘭の「野萩」「「女傑《ラ・マゾーヌ》」号」に登場する日本的女傑ともいうべき母親像を考えれば納得されるものがある。

十蘭の母親については面識のあった水谷準や竹内らがその面影を伝えているが、父親については長らく不詳とされていた。国書刊行会版『定本全集』の編集準備段階で、祖父経営の廻船問屋の番頭頭小林善之助であることが判明した。のちに離婚して旭川に住み、十蘭の姉テルは子ども連れで訪れたこともあったという。孫の訪問を手放しで喜ぶ、温かく優しい感じの祖父であったようだ。青山の記憶では、あるとき十蘭本人が、両親が別れて父の行方がはっきりしなかったが、母には告げぬまま父親に会ったことがあると語ったという。どういう脈絡での発言なのか、事実かどうかもわからないが、少なくとも十蘭が父親の存在にこだわりを持っていたことを示す証言ではある。

フランスを扱った十蘭の作品を読みながら、地図の上でその舞台を辿るのも楽しみだが、

Plan-net版の『パリ街路図』を繰っていると、シャンゼリゼやオペラ座界隈という中心部のほかに十三、十四区そして十九区や二十区の街がよくでてくるのに気づく。郊外ではパリ南西のクラマールあたりが挙げられている。十九区といえば北東部で、あまり日本人には馴染みのない土地柄だが、のちに触れるように十蘭がオーベルヴィリエの映画撮影所に赴いたときには、このあたりを経由して行くことになる。

ダゲール街やカンパーニュ・プルミエール街などのある十四区は、前章で述べたように多くの日本人画家・留学生が住んでいた。市街からはずれたクラマールにも、佐伯祐三をはじめとして滞在した日本人は少なくなかった。青山義雄のアトリエをしばしば訪れた十蘭は、自分の住まいを話題にすることはなかったそうだが、彼が最初に住んだアパルトマンを世話したのも同胞であったように、彼の主たる生活圏は左岸のそれも十三、十四区あたりではなかっただろうか。母親が滞在したキャスタニャリ街も十五区だがすぐ近く、いずれにせよセーヌ左岸だ。「ノンシャラン道中記」のコン吉が師走の〈日光浴〉に震えながら、家路を急ぐ小学生の木底の靴音、また「第三版《トワシイム》・硬党新報《アントラン》、夕刊巴里《パリソワ》」という当時の留学生には懐かしい夕刊売りの声を聞いた〈棟割長屋《アパルトマン》〉は十一区のトロワ・スール街。杉郁ていとの住まいが、わずらわしい場合も少なくない邦人仲間との接触を避けて、右岸の目立たぬ界隈に位置していたことも考えられる。

パリの空の下というだけで特定されるはずもない十蘭の棲家はともかくとして、外出した彼が何をしていたのか、あらためて考えてみよう。竹内によれば、十蘭はメイエルホリドが劇団を率いてパリ公演（一九三〇年）を行ったのを観て、のちにその演目のひとつオストロフスキー（竹内はゴーゴリと記しているが）『森林』の翻案を試みたという。しかし最終的に仕上げて作品として残ったのか、確認できていない。

同じ年の五月（十蘭は秋と書いている）、元新派俳優の筒井徳二郎一座がパリのピガール座で「日本歌舞伎」と銘打って公演を行った。女形でなく女優を使い、スペクタル性を前面に出した演目で本来の歌舞伎とは遠いものだった。岩田豊雄が、あれは旅役者の芸で歌舞伎ではないと、シャルル・デュランあたりに力説しても、パリでの評判はわるくなかった。十蘭の「歌舞伎教室――その形式と演劇精神」（『文藝春秋』一九五二年五月号）によれば、彼もさっそく見物したようだが、のちに行く先々で「歌舞伎のスタビリザション」（見得を切ること）や「亀の子式《トルチユウ》のミーム」（六方を踏むこと）について質問されて迷惑したという。彼の留学目的は本来演劇研究であったから、ただの一度もルーヴル美術館には入ったことがないと嘯《うそぶ》く十蘭も、諸方の劇場にはまめに足を運んだに違いない。

しかし彼が滞在した当時のフランス演劇界は、岸田國士が師事したジャック・コポーはすでに第一線を退き、その志を受け継いだジューヴェ、デュラン、バティ、ピトエフの四人組も劇団経営に苦しむ状況であった。一九二七年の彼らのカルテル結成は、演劇革新運動のさらなる展開という積極面より、相変わらずのブールヴァール劇の隆盛を横目に防衛的な面があった。フランス劇壇の華々しさを期待していた竹中郁なども、盛時の反動で「衰弱症を呈している」と嘆いている。そのなかでも、劇作家ジャン・ジロドゥを盟友に得て作品を上演し続けたジューヴェと違って、デュランはもっとも経済的に苦しかった。シェイクスピアと同時代の英国の劇作家ベン・ジョンソン原作ジュール・ロマン脚色『ヴォルポーヌ』が二八年末に当たりを取って一年ほど連続公演したものの後続がなく、三二年ころは新作を上演できないほどであった。十蘭すなわちデュランのもじりといわれたように、親近感を抱いていた人物さえこうした状況である。意気込んでパリの演劇に相対した十蘭は、東京で聞かされていた活況との違いに意欲が殺《そ》がれるところがあったようだ。彼がその種の口吻を漏らしたのを、青山も耳にしている。

おそらくそこには言葉の問題もあっただろう。十蘭のフランス語は、作品中のフリガナによくみられるように、隠語、俗語のたぐいを含めて豊かな語彙を誇っている。ときにはフランス語がストーリーの展開を先導することもある。たとえば「黄金遁走曲」の〈言葉の遊戯〉〈Volé と Vélo のアナグラム〉や〈身体の記号〉の解読（斜視 Louche の死体から果樹園 L'ouche が導かれ、Louche は別に同義語の Bigle へ、さらにその同音異義語・猟犬 Beagle の意味に転じる）。語彙に限らず「ノンシヤラン道中記」でのフランス人兵士と主人公たちのやりとり、挿入されるフランス語の戯詩などを見ても、通りいっぺんの語学力でないことがわかる。しかし、第二の母語がフランス語であった青山の評価だから十蘭に辛くなるのはやむを得ないが、十蘭は読む方はともかく、話すのはそれほど堪能ではなかったというのが青山の見方である。とすると専門家として観劇するのに、事前にテキストを読んで準備できる古典的戯曲はまだしも、新しい創作劇となれば味わいの微妙なところでじれったい思いをすることもあろう。出発前に期待が大きく膨らんでいた分だけ、それが少々萎えたとしても仕方がない。

そうした意味では、口絵に引いた留学卒業記念写真(「国立パリ高等技芸学校演劇部卒業記念」という夫人による説明が遺されている)は再検討を要する。十蘭から聞き及んでいたことを夫人がキャプションとして付したのだが、なにぶん古い話だし、十蘭自身どこまで正確に語ったのかはっきりしない。「演劇部」に女性が一人というのも不自然だが、居並ぶ学生の容貌雰囲気も俳優という柄ではない。むしろ演出とか装置を対象とした部門の可能性がある。「国立パリ高等技芸学校」とあるのも難物だ。普通なら国立高等演劇学校(Conservatoire national supérieur d'art dramatique)、十蘭滞在時にはまだ国立高等音楽院のなかに含まれていたいわゆるコンセルヴァトワールを連想する。しかし十八世紀以来の伝統を持つこの教育機関は、名優ルイ・ジューヴェが三回受験して三回とも落ちた難関であり、十蘭には縁遠い。こう見てくるとこの写真は演劇に関係したものというより、十蘭自身が渡辺紳一郎との対談で「物理学校みたいなところ」に籍をおいたと語ったことに関係がありそうだ。

東京で演劇を学んでいた者がなぜ物理をという感じだが、来仏が決まった母親に十蘭ははがきを出したことがあり、日本から持参してほしい本を列挙している。そのなかに〈電気学の初歩〉と〈トオキイ〉の解説書が含まれているのだ。青山の証言によれば、十蘭は彼に一枚の図面を見せたこともある。専門外の青山には、格別の興味はなく見過ごしたままであった。しかし「物理

スチール写真用カメラの扱いを学ぶ十蘭（左から三人目横顔。三ッ谷洋子氏蔵）

学校」という言い方と考え併せてみれば、十蘭についてよくいわれる〈レンズ工学〉、それも映画撮影に関する原理と技術を学んでいた可能性は強まってくる。彼が女優田村秋子にインタビューしたときの記事（『新青年』一九三五年四月号「三十分会見記」）のなかに〈工芸学校《アールエメチエ》〉という表現があるが、国立の工芸学校（Conservatoire national des arts et métiers）は職業人を対象にした理工系夜間部を持ち、入学資格も年齢学歴を問わずゆるやかであった。もし映画の原理や技術を学ぼうとするなら十蘭には接触しやすい〈学校〉であったろうし、その準備過程なら最低一年、長くて二年で卒業できたはずだ。

以上のような事情を考えると、十蘭の遺品にふくまれる写真のなかに、映画関係の機器の扱いと現場での動きを学んでいる、と思われるものがあるのもうなずける。「十字街」の主人公小田が、地下鉄の窓ガラスに写った被害者の像を〈映画の軟焦点撮影〉式に二重になっている、と見たのも十蘭の既習知識の一端が示されたものだろう。

前章にも言及したとおり、二〇年代末から三〇年代にかけてパリ生活を経験した日本人の多くは、映画の人気を語り、みずからもよく映画館へ通っている。また当時の貧乏学生にとっては、映画は観るだけでなく、エキストラ出演の口がかかればささやかだが貴重なアルバイトでもあった。あの画家荻須高徳でさえ、エキストラどころかせりふのある役をもらって喜劇に出演し、ラブシーンの不味さを監督に怒られた経験を持っている。十蘭はパリ北東郊外、オーベルヴィリエの映画撮影現場を訪れたときの様子を、帰国後「野砲のワルツ——フランス・トオキイの楽屋」と題して報告したことがある（『モダン日本』一九三四年八月号）。ドイツのレマルク『西部戦線異状なし』が翻訳出版そして映画化され大成功したのに刺激されて、フランス側の代表的戦争文学、ロラン・ドルジュレス作『木の十字架』が映画化された、その際の撮影見聞記である。

急を聞いて雲霞《うんか》の如く馳《は》せ集つて来た自由民諸君、——すなはち、よなげ氏《パロシエ》、椅子直し氏《キヤナシエ》、吸殼屋氏《メゴシエ》、屑屋《シフオニエ》、なんて言ふ粋で高尚な諸氏を前にして、有合ふ手押車の上に立上り、滔々とエンゼツしてゐるのが、パテ・ナタン社の名監督レイモン・ベルナアル先生。

「テエ訳で、どうかこゝでひとつ仏独戦争をやつて頂きたい。日給は非常時の折柄であるからして曹長並で昼飯付の十五法宛《フランづつ》。〔中略〕諸君のですナ、ソノ天然にお汚れになつたお顔が、その儘、手入ずで塹壕兵の顔になるてエ訳です」

こういう調子で見学レポートといってもひとひねり利かせてあり、身分怪しげなエキストラを前にして、監督が次々に指示を出していく様子が痛快な文体でスケッチされている。現に学びつつある映画撮影の現場を知りたくてわざわざ出かけたのだろうが、すでに芝居の演出も経験していた彼は、カメラの動き、監督の進行ぶりなどをじっくり見ていたはずだ。晩年にも「自作自演出のものを自費で作りあげたいと思って、さまざまの構想」を持っていた、という夫人の証言もある。「母子像」や「肌色の月」「再会」「キヤラコさん」など映画化された彼の作品は一、二にとどまらない。それだけ映画的に再構成しやすいものがあったのであろう。事実「黄金遁走曲」は、いつでもスラプスティックな追っかけ喜劇映画にすり替わり得るし、「母子像」は少年和泉太郎の過去と現在が、映画のカット・バックの手法で効果的にスイッチされる。あるいはまた「勝負」のように意図的に一人称が曖昧にされたまま、語り手が映画のカメラのようになって状況を提示する独特の書き方をしたものがある。十蘭の映画への関心は、ちょうど当初興味が薄かった岩田豊雄が、フランス演劇の革新期の熱気に触れて演劇への目が開かれたように、フランス映画の本格的勃興期に十蘭が身をおいたことがひとつの刺激となったように思われる。

十蘭が帰国後、水谷準をはじめ複数の知人に、フランスでは映画と演劇を勉強してきたと言明したのは、彼一流の法螺でも韜晦でもなく言葉どおりに受け取ってよい。それにしてもその具体的な姿となると、あたかも入念に消されたかのように霧の中へ霞んでしまう。久生十蘭のパリ時代については、まだ不明な部分があまりに多く、それこそファントマの面目躍如というところである。だがこの快傑ファントマが弱気を見せたことが一度だけあった。

多くの日本人が程度の差はあれ、パリで生活するうちに神経の調子を狂わせたように、十蘭もまた神経を病んだ。恋人との別離による空白感だけが原因ではない。個人主義の徹底したこの町で、貧困と孤独感がもつれ合うと、〈得体のしれない憂鬱症〉に取り憑かれる。「月光と硫酸」は、テキストのなかに十蘭の名が出現して、著者との密着度の高い作品であるが、主人公は根を詰めた勉強がもとで白昼に幻影を見るまでになる。ダンディズムを奉じる十蘭も、口元の締まりさえおぼつかない状態となった。きっかけは何であれ、異郷の生活では、経済的はもとより精神的な〈窮死〉が事実として十分あり得る、という思いはつねに十蘭の心の底にわだかまっていた。自分がその危機の淵に立たされたと感じたとき、彼は青山の紹介を頼りにしてパリを離れ、南仏への転地を自ら試みる。そしてその頃から、十蘭には故国の影が次第に色濃く感じられ始めた。

コート・ダジュールの十蘭

久生十蘭は、短篇「月光と硫酸」（一九四〇年）を初めて発表したとき、ある人物の名前を記して献呈している。捧げるべき個人の名前を作品冒頭に明記したことなど、この作以外にはない。そんな名誉に浴した〈マレエ老夫人〉とはいかなる人物なのだろうか。

この作品は、語り手が〈十蘭さん〉と呼ばれている点でも珍しいもので、同じように語り手の正体が明かされるのは、愛すべきフランス人ベロオ氏が登場する「フランス感《かぶ》れたり」一作のみである。「月光と硫酸」という奇妙な取り合わせの表題は、ミステリー風に締めくくった話の然らしめるところだが、ミステリーはひとつのアクセント。むしろ十蘭にしては珍しく自伝的なエピソードをはっきり核に置き、フランス滞在のなかでも印象的だった南仏生活をおだやかなユーモアをまじえて素描してみたものだ。印象的というのは、何よりも彼が神経に失調をきたして苦しい時期があったからである。「月光と硫酸」の主人公も、ただひとりの日本人学生として必死に勉強し、「大試験《テルム》」を受けて「卅五人の順位《ラン》のドン尻に喰つ、いてやうやく第二級に進出」する。ところがほっとして気がゆるんだ途端、おかしなことになってしまった。

昼日中に幻影が見える。それも、生やおろそかなやつではない。猿が来る。梟が来る。薔薇の花が来る。天使がくる。……ひどい時は、もう一人の自分が、極東人種特有の曖昧な薄笑ひをうかべながら、すこし前屈みになつてノソノソ歩いてくる。

〔中略〕

自分では、これが幻視《まぼろし》だなどと思つてゐるわけではない。夢と現《うつつ》、と言はうより、正気と狂気の際どい境目を彷徨しながら至極泰平である。へんな奴がやつて来たぐらゐに思つて、ニヤニヤ笑ひながらのんきに眺めてゐる。

こうして彼は地中海沿岸のクロ・ド・キャーニュに転地療養し、のんびり蟻でも眺めて暮らせという医師の勧めに従うことになる。十蘭自身も同じ道筋を辿るのだが、青山義雄の言によれば、体には気を使っていた十蘭が彼のアトリエに来て、療養するための寄宿先の斡旋を依頼したという。すでにフランス生活が長く南仏にもアトリエを構えていた青山は、知り合いの婦人に十蘭の世話をたのんだ。それがクロ・ド・キャーニュのマレエ夫人（Madame Malet）であった。

本来パリの人で教養もあり心優しい彼女は、十蘭のわがままな振舞いを心得顔で見ていてくれた。彼の衰弱した神経が予想以上に早く立ち直ったについては、彼女の貢献を無視できない。「月光と硫酸」のなかで「この世の親切をひとりで背負つて立つたやうな世話ずきのお婆さん」とか「親身になつて、眼に見えないところでいろいろと心をつくしてくれた」、と表現された人物は彼女そのままである。

帰国後、印象鮮やかな生活のひとこまを作品化するにあたって、例外的に「マレエ老夫人に」と付したのは十蘭の謝恩の念のあらわれだ。同時に、ただ窮状を助けてくれた人というだけでなく、私心のない真率篤実な人柄にたいしてきわめて敏感な面があった十蘭には、彼女は共感すべきタイプの人であった。突飛な連想かも知れないが、あの〈キヤラコさん〉がそのまま年老いて、コート・ダジュールの陽光を浴びながらにこやかに笑み皺を刻むようになればマレエ老夫人、ということにならないだろうか。自作の始めに夫人の名を引いたのは、十蘭にしてみれば感謝の気持ちと、そうした人間を身近にしたことへの思いがあったからである。

「月光と硫酸」が自分自身の経験をもとにしているといっても、十蘭のことだから話はさまざまに膨らんでくる。引用した箇所では、ドッペルゲンガー的な分裂現象にも言及されている。この種の事態は、たとえばロンドンの夏目漱石が、向こうから背の低い妙な奴が来たと思えば鏡に映ったわが姿と日記に書いたのをはじめとして、すでに多くの日本人が西欧の街で経験し、繰り返し書いていることだ。また漱石の『思ひ出す事など』には「余は寝てゐた。黙って寝てゐた丈《だけ》である。すると医者が来た。社員が来た。妻《さい》が来た。仕舞には看護婦が二人来た」という一節があ

フランス留学時代（三ッ谷洋子氏蔵）

ったが、しかし「猿が、梟が、薔薇の花が、天使が」幻影となってやって来る、と畳みかけるあたりはいかにも十蘭らしい。

最初期の短篇「胃下垂症と鯨」、のちの掌篇「昆虫図」などでもこうした列挙の面白さを見ることができる。引用を省略した部分には、さらに西班牙《スペイン》扇をなよなよさせるエリザベス女王、天狗鼻を微風に吹かせるシラノ・ド・ベルジュラックまでが白昼のパリの歩道に列をなす。となればもう、神経を病んだ深刻な事情は脇へ措いて、著者の筆からは自在に言葉が呼び出されてくる。フランス語でタイプライターは machine à écrire（書く機械）だが、こんなときの十蘭は小気味よく作動する〈書く機械〉であり、増殖していく言葉が次々に打ち出されてくる。意味内容よりも言葉の動きの方が先行するこうした傾向は、十蘭愛読者のよく知るところだ。

十蘭が滞在したクロ・ド・キャーニュは、コート・ダジュール（十蘭流では碧瑠璃海岸または南方極楽浄土）のアンティーブとニースのほぼ中間に位置し、小さな港と古い素朴な教会のほかは、ぽつりぽつりと海沿いに家がある程度の漁村であった。海を見おろす丘には十四世紀に構築された城塞を中心にオー・ド・キャーニュの町があり、両者併せて一九二〇年代に入ってキャーニユ・シュル・メールと呼ばれるようになる。「山の上の村が、キャーニュ・シュール・メール（海のキャーニュ）というんだから、おかしい」とはのちに十蘭が口にするところである。

現在では完全舗装の幅広い自動車道路が海岸沿いに走り、近代的なホテルやヴィラも建っているが、三二年から三三年当時は、画家が絵を描きにくることで知られるくらいで、格別なこともない海辺の町であった。ただ「世界中の風光明媚を独り占めにしたやうな美しい海岸」が多くの画家に愛され、とくに晩年のルノワールは丘の中腹、オリーヴの木に囲まれたヴィラ・コレットをアトリエとして購入し、七十八歳で歿するまでここで描き続けた。今は記念美術館となっているアトリエには、リュウマチに苦しむ彼が身体の一部として愛用した車椅子が保存されており、その使い込まれた肘掛けのつやつやした光は画家自身の眼の光を映したかのようだ。一九〇九年、若き梅原龍三郎がパリからわざわざ訪れて、ルノワールと感激の対面を果たしたのもこのアトリエである。

クロ・ド・キャーニュの中心から少しアンティーブ寄り、広々した敷地のなかにマレエ一家は住んでいた。南仏でも十蘭と交流のあった青山の記憶では、その広大な庭にイチジクが豊かに実る果樹園があり、海からの微風に菩提樹の葉が揺れていた。十蘭は果樹園のかたわらの粗末な離れ屋に落ち着いたのだが、「月光と硫酸」のこのあたりの記述は懐かしい思い出をなぞるように現実と合致している。「十二月になるとミモザの花で山の斜面《なぞへ》が黄色く染まり、二月の初めになると、もう風の中にラヴアンドの馥郁たる香が交つてくる」、また地中海で獲れたばかりの「真鰯《サルディン》」や「もぎ立ての蜜柑《オランジュ》」が食の幸せを約束してくれる、という具合で、窮屈なパリの生活はいっきに明るく開豁な日常となった。周囲の人と自然に恵まれた十蘭は、こうして「癒りかけたとなると、とんと瘧《おこり》でも落ちたやうなあんばいで、一挙にまともな人生がひらけ」、早くも活動の自由を取り戻した。

ヴァカンスの時期には、パリから大西洋岸の町々まで出かけてカジノ巡りをしていた十蘭は、行動力を回復したとなると何となく落ち着かなかった。カジノの本家ともいうべきモンテ・カルロが、クロ・ド・キャーニュからバスで数十分のところだからである。モンテ・カルロのカジノは世界にその名を知られるが、ここで派手に討ち死にする人も多い。〈蝮《まむし》の周六〉の異名を持つ黒岩涙香なども、第一次大戦終結後のパリ講和会議の際渡仏し、賭け事の天才ぶりを発揮すべく準備万端ととのえてルーレットに挑戦したが大敗したという。帰国後の十蘭は、友人たちにカジノへの精勤ぶりを吹聴している。——片手には紙面全部数字だけでルーレットの出目を速報する『モンテ・カルロ・レヴュウ』を握りしめ、「亡者を地獄へ送り込む火の車のやうに、目覚ましい焔色に塗り立てた」バスに乗り、半年ほど毎日カジノへ通い詰めた。数学には自信があったから、対数表など引っぱりだして研究に怠りなく、「絶対というシステムを発見して、モンテ・カルロにモラトリアムをかけてやろう」……。

同じ頃、俳優滝沢修の実兄で、フランスを第二の故郷とし、十蘭よりはるかにこの国の実状を知る瀧澤敬一はこう書いた。「バクチ場の野心だけは捨てた方が利口である。五千や一万のはした金では損の上塗をするが落。市中の絵はがき屋にある必勝法の小冊子ではビール一杯の稼ぎもむづかしい」(『フランス通信』岩波書店)。

喋っているうちにクレッシェンドで膨らんでいく十蘭の話は聞き置くとして、彼がモンテ・カルロに何度か通ったのは事実で、青山と連れだって行ったときなど、ささやかな勝利をおさめたという。十蘭の師である岸田國士が、ハイフォンからマルセイユまでの船賃をトランプの賭けに勝って得たことは有名だが、十蘭自身も賭け事は嫌いではなかった。しかし『賭博者』を書いたドストエフスキーのようにルーレットに狂うまではいかない。十蘭のような一留学生に潤沢な資金があるはずもなし、モンテ・カルロのルーレットのかたわらにあって、彼は勝負よりも回し役の動作や口上、蝟集する人々の一心不乱ぶり、哀れ一攫千金の夢が消えた人の表情などを観察して時を過ごす方が多かった。

その結果、**jeton**(模擬貨、チップ)、**banquier**(胴元)、**mise**(掛け金)、**changeur**(チップ両替係)、**croupier**(玉回し)、などの用語はもちろん、**manque/passe**(さきめ・あとめ)、**paroli**(倍賭け)、**râteau**(チップ寄せの小熊手)、あるいは**Faites vos jeux, Messieurs.**(張り方を願いましょう)、**Rien ne va plus.**(張り方それまで)といったカジノ独特の表現を彼は頭のなかにストックしていく。このときの見聞は早速、「黒い手帳」「贖罪」「モンテ・カルロの下着」「ノンシヤラン道中記」の「南風吹かば——モンテ・カルロの巻」などでまことに所を得た活かされ方をしている。なかでも「黒い手帳」は、たんにルーレットの魔力に魅入られた人間とその最期を描いただけでなく、異郷における精神的な〈窮死〉の現実性まで感じさせるものがある。

「黒い手帳」の語り手は、始めから終わりまで〈自分〉と称している日本人留学生である。為替相場の急落で「これ以上穢《きたな》くては、人間として面目を保つことはできまいと思われる」ほどの安宿に彼が移ったとき、下の階には日系二世の若夫婦、上の屋根裏部屋には四十歳くらいの日本人男性が住んでいた。舞台を垂直に三分割したかのように、この作品の全場面は語り手をなかに挟んだ三つの部屋を上下して展開され、読者の眼は外にはずされることがない。屋根裏の男は、長年〈不退転の精進〉をして勇躍パリに乗り込んできた画家であったが、ルーヴル美術館の傑作群をまえに茫然自失、みずからの才能に見極めをつけて早々に絵筆を捨てた。その代わり、空費した青春の時を一気に回収しようとルーレットの必勝法の研究に没頭し、十年におよぶ研究の完成も間近か、必勝のための〈システム〉を〈黒い手帳〉にまとめているところだった。

〈賭博の絶対的な方則〉などあり得ないことをわきまえている語り手から見れば、この元画家はさらに人生の時を空費したことになり、哀れ深く眺めるしかない。しかしこの男は言う。〈システム〉の研究は〈卑劣な利慾心〉だけで始めたのではなく唯一残された選択であり、ルーレットはもはや「僥倖《ぎょうこう》を期待するあさはかな賭博」ではなくて無限の財産を確実にする手段である、と。そうであれば空費した青春の時の回収にとどまらず、彼のめざすところは結果として、堀切直人の指摘（「男は悲劇、女は喜劇」『日本脱出』所収、思潮社）にもあるように、〈運命〉の征服であり

〈運命〉の自由な操作である。偶然の僥倖の世界を〈システム〉導入により必然の世界に変えることになる。さらに言うなら、画家として自らの存在を証明しようとして果たせなかった男が、〈運命〉の征服者となり、偶然に満ちた〈生〉を統括する者として自分を際立たせることになる。それは身ひとつでパリまで来て周囲と一切の関わりを持たず、自らの〈商標〉を失った男にとって、新しくしかも完全な存在証明となるはずであった。

けれどもこの試みはカジノに赴くまでもなく、あっけなく潰え去る。語り手のいまひとつの観察対象である若夫婦が、後援者の破産で生活費にも苦しくなり、屋根裏部屋の男の〈システム〉を我が物として貧窮を脱しようと彼を夕食に招待する。食後、早速ルーレットのシミュレーションが始められたが、男は夫婦の前でひどく負けてみせれば彼らの無謀な計画を断念させ得ると考え、〈システム〉と無縁の出鱈目な組み合わせを告げる。ところがこともあろうに、男が負けようとすればするほど勝ち続ける結果となった。十年かけた必勝法にまったく価値がないことを、図らずも自分から証明したわけだ。

こうして彼は「勝負にたいして絶対に無関心な人間だけが、ルゥレットを征服できる」こと、〈システム〉を活用するには「純粋に恬淡な心が必要」であることを悟り、そのための心の修業まで始めようとする。「修業しぬく」といいながら彼はまた、「そういう高邁な精神を持つようになったら、ルゥレットなんかやる気はなくなるだろう」ともいう。つまり完成しても何の役にも立たぬ研究を続けようというのだ。それは時の空費によるマイナスを形式的に原点ゼロへ戻し、自分の存在の痕跡を残すためだけの行為でしかない。

ところが彼が征服しそこなった〈運命〉は、逆に思いもよらぬ仕打ちを彼におよぼすのだ。「芸術の夢と賭博の幻」にとりつかれた四十三歳の男にとって、それまで恋愛感情などは克服すべきものに過ぎなかったが、〈運命〉が彼の心の隙間に忍び込ませたのは、若夫婦の妻に対する唐突で熱烈な恋情であった。現実には思いを遂げられないまま、賭博の研究で消耗してしまうより「恋愛を感じ得るやわらかな情緒」が残っているうちに、彼は自らの意志で人生に終わりを告げようとする。それも未遂に終わってわずかの身動きさえ叶わなくなった男は、あらたに完成したと称する〈システム〉を書き込んだ手帳を残し、語り手の助けを借りて屋根裏部屋から墜落死する。

賭博にすがろうとした若夫婦について、語り手は断言する。「それ自身貧困である欧羅巴《ヨーロッパ》では、なんの生活力ももたない孤立無援の東洋人夫婦にとって、この場合、窮死は空想ではなく、極めてあり得べき事実なのだ」と。身体の自由がきかず金もなく友人もいない元画家となれば、悲惨のなかでの窮死は目に見えている。いやそれ以前に、この男はすでに精神的に〈窮死〉していたのではないか。悲惨な死はむしろその結果である。

「黒い手帳」の冒頭には、「自分は文学者ではないから、面白いようにも読みやすいようにも書くことは出来ない。が、ものを見る眼だけは、たいして誤らぬと信じる。自分は見たままに書く。これを書く動機は充分にあるのだが、それまでうちあける気はない。懺悔のためとも、感傷のためとも、勝手にかんがえてくれてよろしい」と語り手の断わりがついている。「黒い手帳」と同様閉ざされた空間を舞台とし、同じように文学者ではない語り手の報告のかたちをとっている「海豹島」にはこんな断わりはない。もちろん後者では、樺太庁の技師が海豹島での任務を終えてから二十数年後、東京の自宅で、当時の事情をありのままに記述してみようとするのに対して、前者では元画家の自殺を幇助してから二日後、肝心の手帳はまだ目の前に「薄命《はくめい》なようすで机の上に載っている」、その机で語り手は書いている。このような事件との密着度の差が、いま引用した断わりのひとつの理由ではあろう。

しかしそれにしては、動機はあるのに打ち明ける気はないとか、勝手に考えてくれとか、どこかあの屋根裏部屋の男に似た口ぶりが気になる。読む側から動機を詮索されれば〈懺悔〉のためとか〈感傷〉のためという答えが出ることもすでに予測してある。なるほど、生活苦に陥った若夫婦が男を謀殺してまで手帳を奪おうとする、その全過程を加害者と被害者双方につき窃視・観察して〈運命〉の遣り口を楽屋で見物、という語り手の態度は〈懺悔〉に値する。また恋を告白せぬまま、みずからの〈研究〉に決着をつけて死を選んだ男の姿に〈感傷〉の入り込む余地はある。けれどもそれらは留学生である語り手がこの報告を残す〈動機〉だったのか。

彼はギリギリ切り詰めた下宿住まいで留学本来の〈研究〉をしているはずだが、一方では起きようとする殺人事件を「千載一遇の機会」とばかり観察の対象に仕立てる。〈研究〉が一段落ついたからと断わってはいるが、一日全部の時間を観察にあて、「手帖を一冊用意して、医家の臨床日記のような体裁で、夫婦の言動にあらわれた犯罪的徴候を逐一」書きとめさえする。〈システム〉が書き込まれたあの黒いモロッコ皮の表紙ではなくとも、彼もまた〈手帳〉だ。若夫婦が毒殺をもくろめば自分も『摘要毒物学』を図書館から借り出して読む、必要なら亜砒酸を増量服用することも厭わない……、明らかに彼は本来の留学目的からはずれた〈研究〉に向かおうとしている。まるで画業に必要な絵筆を捨てて無益なルーレット研究に取り組んだ男のように。

そういえば彼は、男から「おれと貴様の間には、感応《かんのう》し合う電気のようなものがあるのかも知れぬな」と宣告されたことがある。留学生である彼もめざした〈研究〉に行き詰まり、「観念内の遊戯」と承知しつつ事件を弄ぶ羽目になっているのではないか。彼が終始一貫〈自分〉と称し続けるのは、その存在が揺らぎ始め、〈自分〉を見失うことへの恐れとも思える。彼には元画家の精神的な〈窮死〉は他人事ではないのだ。

彼には心身ともに身動きならぬ元画家の状態がよく分かるからこそ、自殺の幇助を依頼されると、すぐにうしろから強く押してやる。男は「勾配の強いスレートの屋根の斜面を辷《すべ》り、蛇腹の出っ張りにぶちあたってもんどりをうち、足を空へむけた妙な恰好で垂直に闇の中へ落ちて行った」。彼はとても人間の体と思えないほど軽かったのだが、それは男の肉体が語り手にとって払いのけるべき自分の〈影〉だったからである。事件を書いた動機もその点にあったはずだ。だからこの作品の最後はきわめて断定的である。「空が白んできた。このへんでやめよう。手帳はストーヴへ投げこみ、この出来事にキッパリとした結末をつけるつもりだ。二度と思い出すまい」。

語り手・留学生は、元画家の〈窮死〉の二の舞を演ずる危険性を感じていたから、「キッパリとした結末」をつけたい。過去のこととして思い出さぬよう封じてしまいたかったのだ。

ただし、文字通り読む限りでは、問題の〈手帳〉はまだストーブに投げ込まれてはいない。これを残していった男は、完成した〈システム〉を書いておいたこと、それは読めばすぐわかる簡単な方法であることを告げている。語り手の留学生がペンを置いてから黒い手帳を開かぬという保証はない。

さて「黒い手帳」執筆時から数年さかのぼってクロ・ド・キャーニュの十蘭に戻ろう。いうまでもなく彼はモンテ・カルロばかり気にしていたわけではない。コート・ダジュールの拠点ともいうべきカンヌやニースを足場に周辺をめぐって歩いたようだ。彼自身の語ったところによると、〈鉄仮面〉ゆかりの土地は努めて見ることにし、鉄仮面が幽閉されていたピニュロルの城やカンヌ沖のサント・マルグリートの要塞監獄などを訪れている。ピニュロルならばアルプスを越えてイタリアまで入らねばならない。カンヌの港から十五分ほどのサント・マルグリート島はサン・トノラ島とともにレランス諸島を構成する一小島である。リシュリューが築いたこの要塞監獄は断崖にそそり立ち、ユーカリや松が生い茂る周囲の美しい森やきらめく海とは好対照を為している。いずれにせよまだ阿部正雄であった十蘭はかなり精力的に動いており、いつの日か壮大な伝奇ロマンを、という気持ちがすでに潜んでいたのかとさえ思わせる。

1930年８月ブルターニュ半島沖合のベリイルランメール島での十蘭（三ッ谷洋子氏蔵）

ほかにも十蘭はベリイルランメール島を訪れたことがあり、そのときの写真が残されている。この島もルイ十四世治下の大蔵大臣フーケが城を築いたところで〈鉄仮面〉につながる土地である。ただ位置しているのが、北西部ブルターニュ地方であるから、わざわざ地中海沿岸から行くはずはなく、パリからヴァカンス・シーズンに足を伸ばしたのであろう。むしろこの島の名前がわれわれに思い出させるのは、あの「ノンシヤラン道中記」の幕が切って落とされたのがここだということだ。ナンセンスに徹した道中記は、日本人留学生コン吉とタヌ子がこのブルターニュの小島から始まってディジョン、マルセイユ、カンヌ、ニース、コルシカ島、さらにアルル、アルプスのモン・ブランを経てパリに戻る、まるで道中双六のような構成となっている。

ところが彼らの旅のきっかけは、神経衰弱に陥ったコン吉には地中海の太陽が必要と、転地療養を説く医師の勧告であった。何やら「月光と硫酸」と似た話だが、このまことにノンシャランな旅の報告は、クロ・ド・キャーニュ時代に十蘭がたっぷり吸収した太陽と空気と潮の香、そしてパリジャンとはひどく異なる南仏人気質の楽しさを言葉に変えて景気よく振舞ってくれたものだ。

　ドイツを旅行していた十蘭の親友竹内清が、日本へ帰る前にクロ・ド・キャーニュを訪ねたときのことを書き残している（『海峡』前掲書）。ちょうどカンヌのカーニヴァルの時だったのでふたりで繰り出し、道路に舞う色とりどりの紙吹雪《コンフエッチ》に驚いたり、「モーブ色に明け暮れる地中海の美しさ」に誘われて三月の海に入るかと思えば龍舌蘭のある砂浜で傍若無人にはしゃぎまわる。パリでの彼ら同様、まさに〈若かりし日〉であった。おそらくこれは十蘭のフランス滞在最後の年、一九三三年（昭和八年）の三月のことであろう。

　しかし十蘭にとって、カーニヴァルのあとの静けさがいっそう応える事情が出てきた。経済問題である。満州国建国が宣言された一九三二年の三月から翌年の日本の国際連盟脱退にかけて、国際社会で孤立した日本円の価値が二分の一、ひどい時には三分の一まで急落したのだ。「黒い手帳」の留学生さながらである。マカロニと安葡萄酒の日々で食費を切りつめても、十蘭は家賃の払いもままならない状況となった。

　帰国してから二年後（一九三五年）に発表した長篇「黄金遁走曲」で、十蘭は、大金を争うギャング同士の紳士協定の危機を国際連盟崩壊の始まりにたとえ、この危機が現実のものになると「今迄の反動で、想像以上の惨虐が横行闊歩することになる」と書いた。荒唐無稽なストーリーのなかに紛れ込ませてはあるが、あらたな破局、それも第一次大戦をはるかに超えた破局を彼は見通していた。その種の予感はフランス滞在最後の日々に身近に感じていたはずだ。中国への侵略を開始した日本人に対して、フランス人が向ける視線に棘が含まれるようにもなる。そして経済的に困窮したまま、予想以上に長引いた南仏生活を続けても、またパリに戻ったとしても将来的な展望は明るくない、いや精神の失調を経験した彼には「黒い手帳」に描くことになる世界さえ脳裏をかすめたかもしれない。帰国を決意する潮時だった。彼はマルセイユからの海路を取ったものと思われるが、日本上陸の日とともに詳細はいまなお不明である。ただ一九三三年（昭和八年）五月に劇団築地座の集まりに出席しているので、フランスを発ったのは同年三月か四月、およそ三年半のフランス生活であった。

阿部正雄と久生十蘭

一九三三年（昭和八年）、帰国した十蘭がさしあたり訪うべきは岸田國士であった。同じフランスへ留学した経験を持つ岸田に、十蘭は伝えたいことも多かったに違いない。と同時に、フランスで映画に関心を持ったとしても、まず具体的に仕事の手掛かりをもとめたのはやはり演劇界であった。帰国後の彼のこの世界での活躍については、川崎賢子「久生十蘭における劇的なるもの——ハムレットの系譜」（『蘭の季節』深夜叢書社）をのぞいてあまり言及されていないので、川崎論文を参照しつつ少々詳しく見ておこう。

三三年十月五日から二十五日まで、築地小劇場改築竣成記念公演『ハムレット』（坪内逍遙訳・久米正雄演出）において、十蘭・阿部正雄は舞台監督を担当している。帰国後の仕事として現在記録に残されている最初のものである。公演は新築地劇団をはじめとした新劇合同公演であり、すでに触れたように阿部が渡仏以前からこの劇団と関わりがあったゆえの仕事であろう。もっとも新築地の指導者で、彼が薫陶を受けていた土方與志は、阿部と入れ替わるように同年四月に国際革命演劇同盟世界大会など出席のため、病気療養とヨーロッパ演劇界の視察を名目にしてモスクワへ向かい不在であった。時の政治情勢から帰国が許されない事態をも考慮した土方は、出発にあたって築地小劇場の管理運営と改築問題をゆだねるべく築地小劇場管理委員会を設けていたが、改築竣成記念公演はこの管理委員会の主催であった。そのとき演出助手をつとめた今日出海の回想では、公演後阿部は新築地から排斥されたとされているが、くわしい事情は明らかではない。

しかし阿部正雄の名前は、この公演終了後の管理委員会のなかに見られる。委員会は期限付きのバラック建築であった小劇場の面目をどうやら一新し、記念公演も盛況のうちに終えたものの、その後経営的には苦しみ、改築費の支払いさえ滞った。阿部は改築竣成直前に死去した隆松秋彦の空席を埋めるかたちで委員会のメンバーとなっていた。

ところが小劇場の経営行き詰まりのため、管理委員会は三四年十二月に総辞職して劇場管理権を土方家に返し、暫定的に阿部正雄が小劇場の実務上の責任者となって事態の打開にあたった。新聞記者のインタビューに答えて、負債整理の目処がたったことを報告し「小劇場はまだまだ文化的な使命を持つてゐるので、今回の整理は将来飛躍する為の準備とも云へると思ひます」（大笹吉雄『日本現代演劇史・昭和戦中篇Ⅰ』白水社に引用の『都新聞』記事による）と語る阿部は、新劇発祥の地、築地小劇場の存続を賭けて事務方に徹したというところである。その結果〈演劇の実験室〉として出発した小劇場は、新劇上演を軸にしながら貸しホールとして改築後の存在をかろうじて全うしていく。

このような事情で阿部は、同じ三四年十二月の二十一日に岸田の主唱で実現した新劇界の広範な連合組織、日本新劇倶楽部の築地小劇場出身幹事として発足時の名簿にも名を連ねている(倉林誠一郎『新劇年代記・戦中編』白水社)。出自からして小劇場と深いつながりを持つ新築地劇団から遠ざかり、築地座へと活動の場を移した阿部が、築地小劇場の蘇生に努めたのはその重要性を認めていたからだが、それとともに新劇のために一粒の種を蒔いた土方與志にたいして、彼なりに尽くしたかったのであろう。すでに函館時代に築地小劇場のリーダーとしての土方に接していた阿部は、土方が政治的亡命者のようにモスクワにあって伯爵位剝奪処分を受けた今も、彼の演劇的情熱を疑うわけにはいかなかった。

その当時岸田は、友田恭助・田村秋子夫妻を中心に結成されていた築地座の顧問という立場にあった。その第十四回公演、小山裕士『十二月』(一九三三年五月)の演出を岸田は担当したが、その記念写真には帰国早々の阿部も写っている。翌三四年に、彼は十一月の第二十五回公演で上演四作品すべての舞台監督をつとめ、築地座の阿部正雄としてデビューした。

以後最終公演となった第二十九回まで一年あまり、毎回のように演出や舞台監督、あるいは舞台照明を担当している。二十八回公演小山祐士『瀬戸内海の子供ら』や二十九回公演内村直也『秋水嶺』は演出に岸田國士の名があるが、多忙な岸田に代わって直接演出指導したのは阿部であった。『瀬戸内海の子供ら』に出演した杉村春子は、阿部によって「台詞のリズムの流れの面白さ」を教えられたと述懐しているが(『女優の一生』白水社)、せりふの不味い俳優の前に阿部は台本をたたきつけて座り込み、わざわざ手を耳に当てて聴きながら納得できるまでは絶対に動かなかった。彼の指導を受けた役者たちは異口同音、その峻烈、執拗、辛辣をいう。

それは〈語られる言葉の韻律的波動〉を重視し、演劇にあらゆる意味での俳優の魅力を求めた岸田の姿勢を受けてのことであった。一部劇団員の脱退事件の際に発表された「築地座の進むべき道」においても、在来の新劇では不十分であった俳優の演技を重視すること、「俳優は台詞を暗誦しながら、思想を紹介する人形」であってはならず「己が肉体を以って空間に詩を描く生きた人間」であるべきことが言われている。したがって『秋水嶺』の稽古も型通りの本読みから始まるものではなかった。座員の太田克巳の記録によれば、まず作者の執筆意図の説明、演出者・俳優と作者の質疑応答、配役決定、十分間の猶予をおいて本読み、という手順であった。急な本読みに俳優たちが慌てても演出側からは「役の人物及び性格について、抽象的にも具体的にも決定的な暗示は絶対に与えない」(内村直也・田村秋子『築地座』丸ノ内出版)。つまり演出側から批判的誘導的忠告はあっても、俳優はあくまで自ら想像し研究することを迫られるのである。こうしたプロセスを岸田が阿部に任せたのは、それだけ信頼が厚かったのであり、『秋水嶺』公演に際しては次のような評価を与えている。

二ヶ月に近い稽古は、有意義に行はれた。演出者の目標に舞台を近づけることの困難は、一般に俳優がその責任を負ふべきものとされてゐるが、阿部君の演出振り——寧ろ俳優の指導振りは、正に、自分が全責任を負ふかの如き概を示してゐる。同君の熱意は、文字通り舞台を燃え立たせ、俳優諸君もよくこれに堪へた。人事を尽くしたといふべきである。

（『内村直也戯曲集』白水社）

実際、このときの稽古は俳優たちには苦しくも刺激的であったようだ。客演した古参俳優田辺若男《わかお》も「かつてみなかった稽古場の雰囲気」を感じとっている（田辺若男『俳優』春秋社）。明治時代の新派を振り出しに、川上音二郎一座、文芸協会、芸術座、新国劇、築地小劇場、と劇団興亡史のパノラマから抜け出てきたような田辺の感想だけに、いまだかつて経験したことのない雰囲気というのは本当だろう。ただし、友田恭助や杉村春子の演技が好評で『秋水嶺』は成功裡に終わったが、岸田の意向もあり築地座自体はこれを最終公演として解散へと向かう。

一方で岸田は将来を見越して、弱体の俳優陣の強化養成をはかろうと演劇研究所の創設を考えていた。その際にも阿部が岸田の意を体して活発に活動している。田辺によれば三六年（昭和十一年）二月はじめ、彼は友田に呼ばれて唐突に築地座解散を知らされる。そして二・二六事件の三日前、同じように膝をうずめるほど積もった雪のなか、杉並の岸田邸に田辺のほか杉村春子、中村伸郎《のぶお》、宮口精二が集まった。ひとりずつ書斎に呼び込まれては研究所について岸田から説明を受ける、修業中はラジオ出演禁止との申し渡しもあった。そばに控えていたのが「緊張した表情」の阿部であったという。いささか岩田豊雄のいう岸田的〈理想化ヒステリー〉が顔をのぞかせた感じだが、ともかく三月になって計画の具体化に向け、田辺のもとに阿部から来信があった。田辺はその一部を引用しているので、少々長いがそのまま引いておこう。なお省略箇所は田辺の原文のままである。

……研究所の最初の練習をまず雄弁術から始めたく、朗読の、その材料としてご自作の手紙をご用意願ひたい。……他人に自分の意志を正しく通じ、相手をひきつけ、一応自分の意見に同感させるために、いい雄弁もいい手紙も同じ効用を持つものとおもわれる。……俳優が舞台から自分のセリフを相手に了解させ、観衆を惹きつけるためには、その基礎にかういふ練習が必要だとおもわれる。……朗読、雄弁術の勉強のみならず、この自作の手紙は、その内容の高さ、低さ、文辞の選択その他にまで批評されることになりませうが、それは在来、役に扮する以前の人間としての俳優について批評されることのなかったことが、いろいろ俳優の自発性の発達を遅らせてゐたやうに思ひますので、今度は根本的にさういふ点にまで積極的にふれながら研究してまゐるつもりでございます。

「まず雄弁術から始めたく」と勢い込んでいるが、基本的には「築地座の進むべき道」を踏襲し、せりふ、演技、俳優の重要性を再確認するところから出発しようとしている。書簡に見られる「雄弁術」とか「朗読」などいかに物言うかへのこだわり、内容の高低と文辞の選択を同列におく見方は、阿部正雄が久生十蘭になるとき自分に降り懸かってくる問題でもあった。おそらく他人に説きながら脳裏に刷り込んでいたのは本人であったろう。彼が初めて十蘭を名乗って「金狼」を執筆し始めるのは、この書簡から二、三か月のちのことだ。

研究所の始動が四月、ちょうど阿部が明治大学文芸科の講師となり〈演出論〉などを講じ始めた時期と重なる。代々木上原の徳川侯別邸を会場用に借りてあったが肝心の友田恭助は参加せず、阿部を中心にした寺子屋式のものとなった。ジャック・コポーの演劇学校などの先例が岸田の頭にはあったのかもしれないが、現実の研究所はささやかな教室というところである。研究生には十代の女優の卵もふくまれており、新劇とは、俳優とは、といった議論から始められた。アルフォンス・ドーデ「風車小屋便り」を朗読して相互批評を行ったりしていたが、七月に入ると活動を停止しそのまま十月にはあっけなく閉鎖となった。

岸田國士、久保田万太郎、岩田豊雄の発意で文学座創立が決定したのは、翌年（一九三七年）九月であったが、その経緯についてはよく知られているので、ここでは阿部の動きにしぼって述べておこう。今まで見てきたようにフランス留学から戻った十蘭は、岸田の片腕的な存在として行動をともにしてきた。築地座の延長線上に位置する文学座の結成に参加したのも当然のなりゆきである。結成直後の新聞報道では、準備段階で想定されている演出スタッフに阿部が挙げられているが、彼の立場がいまひとつはっきりしなかったのか『文学座五十年史』の「創立時の文学座連名」には阿部の名前は見あたらない。

劇団の記録に残っているのは、まず創立二年目の第一回試演と銘打たれた催しにおけるジュール・ロマン『クノック』の演出者としてである。しかし阿部演出に対しては、批判的というよりむしろはっきり悪評のほうが強かった。とくに翻訳者であった岩田が非常に不満で阿部との間に対立、反目が生じたといわれる（伊馬春部「演劇との谷間で」、『久生十蘭全集』月報6、三一書房）。いうまでもなく岩田は文学座三幹事のひとり、劇団内で重きをなしていたから、彼のほうにふくむところはなかったにせよ、阿部にとって具合の悪い面もあったと思われる。

試演会が終わってまもなく、三八年四月に開設された文学座第一期研究所（翌年六月には閉鎖）の講師に就任した阿部は、研究生の荒木道子らを舞台に立たせるべく例によって厳しく指導した。しかし直接文学座の舞台と関わったのは、同年末の「新劇協同公演」にふたたび岸田と組んで『秋水嶺』を演出したのを最後とする。以後、文学座に限らずおもだった演劇活動から阿部正雄の名が消えるとともに、のちに触れるように作家久生十蘭登場の意志を告知し始める。演劇の主要場面から後退したのは、四〇年に岸田が文学座を退団して大政翼賛会文化部長に就任したのをはじめ、戦争へと走り出した時代が演劇の場を狭めたことも影響していようが、同時に作家としての創作活動のなかに、ある種の充実感を覚えたからでもあったろう。

では、阿部正雄が対社会的に久生十蘭となる場面を、執筆活動の側から見ておこう。フランス留学から帰国してまもなく、函館時代の友人である水谷準と出会った阿部は、水谷が当時編集長をつとめていた人気雑誌『新青年』に寄稿を求められた。それに応えてたちどころにトリスタン・ベルナールのコントを三篇翻訳、翌一九三四年一月号からフランスを舞台にする「ノンシャラン道中記」を阿部正雄名義で連載し大好評を博する。多士済々の『新青年』執筆陣のなかで、いわばフランス派として登場したわけである。

そして先に述べたように、築地座解散によって時間的余裕を得た阿部正雄は、一九三六年の夏前には「金狼」の構想を練っていたと思われる。周知のとおり、熟慮の結果である筆名をはじめて使用したのはこのときであった。「金狼」連載終了からわずか二か月後、同じ『新青年』誌に「黒い手帳」、そして同誌以外の雑誌への初登場となる「湖畔」(『文藝』五月号)を発表、初期十蘭の代表的短篇二作が、一九三七年には読者のまえに提出されたわけである。さらに初の本格長篇「魔都」の連載が始まり、レオン・サジイ『ジゴマ』、ピエール・スーヴェストル、マルセル・アラン『ファントマ』、ガストン・ルルウ『ルレタビーユ』の翻案的〈翻訳〉を役者さながらの口述筆記で、一気呵成に仕上げたのもこの時期であった。

『新青年』の別冊付録として呼び物となったこれらフランス人気小説の〈翻訳〉は、いかにも十蘭流であった。量的には原作の半分あるいはそれ以下で、ストーリーの軸を幹として枝葉はバッサリ切り落とす。原文にない鮮やかな描写があるかと思えば、何食わぬ顔して真犯人を原作とは別人にしてしまう。文体的にも地の文に和漢混淆のスタイルを生かすなど、まさに十蘭版ジゴマ、

1941年、中支従軍時代の十蘭
（三ッ谷洋子氏蔵）

ファントマ、ルレタビーユであった。

内村直也『秋水嶺』を「新劇協同公演」で岸田と共同演出してのち、演劇人阿部正雄の影が薄くなるのと反比例するように、小説家久生十蘭としての動きが加速する。一九三九年（昭和十四年）一月には「キヤラコさん」および六戸部力名義「顎十郎捕物帳」の連載開始、この年はほかに「海豹島」「妖翳記」「墓地展望亭」「地底獣国」（計画・Я《プラン・ヤ》）「犂《カラスキー》氏の友情」「カイゼルの白書」などなど、作品空間として日本はもちろん、オホーツク海の孤島からフランス、東欧の幻都マナイール、オランダの一小村、そしてあり得ぬ地底世界まで、また時間的には江戸時代や明治期、現今の時代の最先端から一億数千万年前のジュラ紀まで、時空を縦横に大きく取り、しかもすべて傾向の異なる作品を書き分けている。まさか「フランスの芝居なら、一日に一か所で一つの事件という三一致の法則なんてものもあるがね」などとは言わなかっただろうが、とにかく自由自在に伸び伸びと筆を振るうさまがうかがわれる。

作家として自らを律する覚悟が露わになってくるのがこの頃、しかし時局は危うさを孕んで第二次大戦へと突き進む。その余波は十蘭にも及び、まず一九四一年には、『新青年』編集部の要請で作家摂津茂和と中国戦線へ従軍、湖北省髄県の守備隊に滞在し、帰途には漢口から南京まで揚子江を船で下っている。ハワイ真珠湾攻撃のひと月半ほど前のことであった。翌年の『新青年』一月号では、摂津と「中支従軍対談会」を行っている。日本人は自国を基準にして非常に小さな縮尺《スケール》しか持っておらず、中国の広大と国情の複雑に思い至らないこと、近代的長期戦の実情に疎いこと、宣撫・文化工作のありかたを再考すべきことなど、要点を突いて活発に発言している。

渡仏を含めて三度目の海外生活となるのが、新婚六か月あまり、一九四三年二月に南方へ向けて旅立った海軍報道班員時代である。出発直前には、当時教壇に立っていた明治大学文芸科の学生たち十数名が送別会をしてくれた。阿部教授は才気煥発、なかなかダンディで、幾分自信過剰の気負いも感じられたが、講義は懇切丁寧で学生の受けも悪くなかったからである。そのうちの一人の回想によると、席上、阿部先生は真顔でこんなことを語った。「軍艦が魚雷を食らって、海に投げ出されることは覚悟している。そこで俺は、赤い六尺フンドシのうんと長いヤツを持って行くことにした。鮫というやつは、自分より長いものを見ると、俺より強い野郎かなと思って、食いついて来ないかも知れないじゃないか」。一同爆笑だったが、つぎの瞬間、静まりかえった。幹事役の学生が「阿部先生は必ず還って来られる、その日を待とう……」とつぶやいたという。

阿部は赴任地スラバヤ（インドネシア）滞在初期の自堕落な生活から、のちには自ら望んで戦闘の最前線におもむき、空襲による至近弾を何度も経験した。その間には、司令官や兵士から直接取材をしてノートをとったりもしている。一時は南方戦線で行方不明を伝えられたが、ほぼ一年を経て無事帰国を果たした。その派遣生活の一部は、貴重な「従軍日記」に垣間見ることができる。

フランス体験同様、これらの中支やインドネシアでの見聞は、「地の霊」「支那饅頭」「花賊魚《ホアツオイユイ》」や、「爆風」「第〇特務隊」をはじめとして「海図」「白妙」「効用」「少年」など報道班員の肩書をつけた作品、さらには「内地へよろしく」「要務飛行」「風流旅情記」「A島からの手紙」(のち「手紙」と改題)「天国の登り口」など、戦時、占領期、戦後をふくめて、その後の創作活動にさまざまなテーマと材料を提供することになった。

そうした実体験をもとにした作品もさることながら、文献を博捜して止まない十蘭は、先行作品を取り込んでわがものとし、あらたな創造の芽とすることも少なくなかった。のちには、こうした姿勢を自分独自の方法論として自覚するようになる。その明確なひとつの起点となったのが、一九三六年の「金狼」執筆であった。以下、「金狼」の成立事情を検証するとともに、それ以降、この方法意識がさらに深みと広がりをもって、ほかの場面でも生かされていく点を、いくつかの作品に即して見てみよう。

「金狼」とピエール・マッコルラン「真夜中の伝統」

十九世紀末フランスの傑作戯曲、エドモン・ロスタン作「シラノ・ド・ベルジュラック」が、辰野隆・鈴木信太郎の痛快な名訳で紹介されたのが一九二二年（大正十一年）、まもなく劇作家額《ぬか》田《だ》六福《ろつぷく》が翻案して、新国劇「白野弁十郎」として舞台化され、再演をくり返すほどの人気を博した。「十蘭前史」の章において触れたように、十蘭も早くからこの戯曲を愛読していた。彼の「シラノ」贔屓は、シラノのパロディ顎十郎の登場以前に、西洋講談「義勇花白蘭野《ぎにいさむはなのしらの》」（『新青年』一九三六年一月号）として早くも明らかにされた。

そこでは、ロスタン原作全五幕のうち、第一、二幕は要領よくまとめて第三幕「ロクサアヌ接吻の場」に焦点を当て、最後に第四、五幕の説明も加えて原作の筋をたどれるようにしてある。ロスタン作に無い場面の導入があるかと思うと、原作そのままのような表現も見られる。「夜風も薫る中空《なかぞら》に一声鳴いた夜鶯《ロツシニヨオル》」と、張り扇の小気味よいリズムにふさわしく口火を切り、十蘭は、読み込んだロスタン作「シラノ」を見事な西洋講談に仕立てた。おそらく原作を活かしつつ十蘭流を加味する面白さを感じたことであろう。まもなくピエール・マッコルラン「真夜中の伝統」をもとに「金狼」を構想することになるが、見方によっては「義勇花白蘭野」はその準備運動、肩慣らしであった。

「金狼」は、デビューしたばかりの阿部正雄が書いた「ノンシヤラン道中記」「黄金遁走曲」と違って、定評ある探偵小説雑誌『新青年』の常連作家や愛読者を意識したミステリ・ロマンでなければならなかった。〈久生十蘭〉を名乗っての第一作、晴れの舞台『新青年』に連載となり、彼はさまざまに想を練ったはずである。

ちょうどその頃、新聞のトップニュースとなるような事件が頻発していた。

一九三五年（昭和十年）のクリスマス・イヴ。人通り絶えない銀座で路上の靴磨きに足先を任せていた男がすっと離れる。数名の屈強な男たちがそれに続く。彼らの視線の先にはグレイのコート、つぎの瞬間、いっせいに跳びかかった。小柄なコートの男はポケットの拳銃を抜く間もなく、組み伏せられ、逮捕。翌朝の『読売新聞』は、「黒色の恐怖、解消」の大見出しを掲げ、迫真的に報じた。無政府共産党が惹き起こした東京目白の銀行襲撃、神戸における同志リンチ虐殺、その首謀者の逮捕劇である。神戸港から上海への高飛びが未遂となり、四十五日におよぶ潜行の果ての就縛であった。

この事件の前年には、共産党内の裏切りスパイ疑惑にからむ査問が〈赤色リンチ事件〉として社会的な注目を浴び、さらにその一年半前には共産党員三名がピストルで武装、東京大森の銀行を襲って多額の現金を強奪した。世間的には〈赤色ギャング事件〉として知られたが、のちに特高スパイの挑発によることが判明した。

「金狼」の執筆前に継起したこれら思想犯的な事件は、十蘭の注意を惹くに充分であった。そんなときに彼の脳裏をよぎったのがピエール・マッコルラン（一八八二〜一九七〇年）の「真夜中の伝統」（"La Tradition de Minuit" 以下、本節の引用は Gallimard, 1955 を底本とする。なお、残された十蘭のメモには本作が「深夜の交付《わたし》」と訳されている）である。

遺品としての十蘭の蔵書には、刊行時にパリで購入したと思われる「ファントマ」シリーズをはじめとして多くのフランス図書があり、調査の結果、そのなかの一冊として Pierre Mac Orlan, *La Tradition de Minuit*（Les Editions de France、一九三〇年）が含まれていた。十蘭本人の手になるものか確証はないが、同書には簡単な書き込みやアンダーラインがみられる。その刊行年からすると、彼がフランス滞在中に読んでいた可能性は強い。というのも、マッコルランは一九二一年の「女騎士エルザ」（"La Cavalière Elsa"）で現代的ジャンヌ・ダルクというべきヒロインをファンタスティックに描いて注目され、若きアンドレ・マルローやレイモン・クノーらの絶賛を博して、いわゆる両大戦間期に著名な作家であったからだ。また、マッコルランは、パリジャンとしての十蘭が購読していたのか作品中でも紙名を引用する日刊紙 *L'Intransigeant* 紙や *Paris Soir* 紙の常連的な寄稿家でもあった。おそらく四、五年前の読書体験をもとに、「金狼」構想時に書架からこの本を抜き出して再読したのであろう。

彼のアンテナに触れた事件がマッコルランの作品に触発されて「金狼」の基本構想が固まったと思われる。いずれにしても「金狼」はマッコルランの「真夜中の伝統」を下敷きにして、まさに換骨奪胎、十蘭的世界を展開したものである。折からマッコルランの作品では「女騎士エルザ」と「地の果てを行く」（"La Bandera"）が、「金狼」発表年の一九三六年に翻訳紹介された。二〇〇〇年には、「恋する潜水艦」（"U-713 ou les Gentilshommes d'infortune"）他二篇が翻訳され、二〇二一年からは全三巻のマッコルラン・コレクション（国書刊行会）が刊行された。その第三巻（二〇二三年）に映画『霧の波止場』の原作である「夜霧の河岸」（"Le Quai des Brumes"）などとともに「真夜中の伝統」（"La Tradition de Minuit"）が収録されている（渋谷豊訳）。

まず、「真夜中の伝統」の主要登場人物を簡単に紹介しておこう。

シモン・サン＝ティエリ、自己紹介では、両親はフランス人だがスペインのバルセロナ生まれの三十五歳。パリで医学をまなび、のちバルセロナにもどるが、ジャーナリスト志望のためパリ再訪を果たしたことになっている。しかし、これとは別の顔をもっており、ストーリーの展開とともに明らかにされていく。マリ＝シャンタル・フォスーズは、フランス東北部の都市ナンシーの薬剤師の娘で二十七歳。十九歳のときに父親が出奔し、母親がその翌年に亡くなったので、ひとりパリに出てきて歌手となった。この二人がヒーローとヒロイン役をつとめることになる。

彼らの周辺にいるのが、骨董店の経営者でじつは当該事件を担当している警察の捜査官エロワ・ミュテール、第一次世界大戦に出征して負傷し、兵役免除後に夕刊紙の記者となったリュシアン・フラオー、ダンスホール「パピヨン」の常連となっている労働者のルイ・フレポン、以前バルセロナでシモンと密輪関係の仕事をした仲間で、今回の事件にも関係しバルセロナからパリへ、さらに南米への逃亡をはかるファン・オルティロピッツなどの人物である。「パピヨン」の経営者で惨殺されたノエル＝ル＝カイドは、人身売買で莫大な利益をあげたことのある男、という設定だ。以上の人物を中心として、マッコルラン作は以下のような展開を見せる。

市電から降りたシモンがパリ十六区のはずれの庶民的なダンスホール「パピヨン」へ入る。先客はエロワとリュシアン、途中でルイが入って来たかと思うと出ていく。マリ＝シャンタルも入ってきて客となる。五人はともに初対面、遺産相続にからんで電話や手紙による謎めいた呼び出しを受けて「パピヨン」に集まったのだ。しかし呼び出し人は現れず、店の主人を呼ぼうと二階へ上がると店主のノエル＝ル＝カイドは惨殺されていた。

警察で各人が事情聴取された日の夜、ルイをのぞいた四人はいっしょに食事をし、それ以来、たがいに日常的な交流をもつようになる。そのうちにシモンは、マリ＝シャンタルに偽造の警察手帳を見せて自分の身分を明らかにしたことにし、求婚する。ふたりは結婚して、公務と新婚旅行を兼ねると称するシモンの申し出でバルセロナへおもむく。二十日間の滞在中、彼はファンと会って密輪がらみのあらたな仕事の話をもちかけるが、とりあってもらえなかった。

パリにもどると、シモンはそれまでのアパルトマンからの転居を提案する。彼の行動と収入に不信感をもったマリ＝シャンタルが警視庁へ問い合わせると、シモンという人物は在籍していないことが判明する。ふたりがアパルトマンをリュシアンにゆずって安ホテルへ移ったときに、マリ＝シャンタルはシモンの職業についての虚偽を暴露する。しかし、彼女からあえて彼との共同生活を崩すことはなかった。

事件後二年ちかく経過したころ、突然フアンがシモンを訪ねてきたが、逃亡資金貸与の申し入れでしかなかった。シモンに定収はなくマリ＝シャンタルとの生活は貧窮の度を深めていく。彼女は新聞記事で、フアンがノエル＝ル＝カイド事件の犯人のひとりと断定され警察に尾行されたあげく、銃撃戦で死亡したことを知る。だが、この報道には驚かなかった。事件の発端となった電話の呼び出しの声がシモンであることを、マリ＝シャンタルは確信するようになっていたので、彼を訪ねてきたフアンもこの事件にかかわって追いつめられた結果だと思ったのだ。

シモンはマリ＝シャンタルとの破局、訣別も覚悟するが、彼女は結局シモンと行動をともにすることを選択する。ホテルを追われたふたりは霧の夜のなかにさまよい出た。深夜、歩き疲れてベンチでうたた寝するマリ＝シャンタルのかたわらで、シモンは、いままで自分がたどってきた半生を振り返り、ノエル＝ル＝カイド殺害場面まで回想する。しかし、その背後にはすでに警察の追及の手がのび、エロワをふくむ捜査官たちと撃ち合ったシモンは銃弾に倒れ、マリは警察に保護されることになった。

こうした登場人物とストーリー展開を見ただけでも、「真夜中の伝統」と「金狼」の関係はあきらかである。「金狼」のヒーロー久我千秋とヒロイン雨田葵はシモン・サン＝ティエリとマリ＝シャンタル・フォスーズに重ねられる。乾峯人《いぬいみねと》はエロワ・ミュテール、西貝計三《にしがいけいぞう》はリュシアン・フラオー、古田子之作《ふるだねのさく》はルイ・フレポン、山瀬順太郎はファン・オルティロピッとなり、絲満南風太郎《はえたろう》すなわちノエル＝ル＝カイドである。主要な人物配置はマッコルラン作から借りている。ただし、「金狼」の乾峯人は久我と山瀬の正体を知って警察に密告する人物だが、じつは犯行の黒幕的存在でうしろ暗い顔をもっているのにたいして、マッコルラン作のミュテールは同じ骨董店主を装ってもその正体は対照的で、警察関係者である点は大きく異なる。さらに、役割の大きさから考えても朱砂《すさ》ハナと鶴《チル》は「金狼」にふさわしく人物造形されている。

この点は、十蘭が『新青年』という発表媒体を考慮してミステリ性を重視した結果である。「真夜中の伝統」も謎めいた連絡で集められた五人の戸惑いと殺人事件を発端として、最後にシモンの口から真相が述べられるので、ミステリのかたちをとっていることはたしかだが、物語の進行のなかでいわゆる伏線のようなものは見られないし、登場人物が探偵役となって、緻密な推理を展開するような箇所も見られない。むしろ、やや感傷的色彩に染められたフランスのロマン・ノワールにちかい雰囲気を帯びている。

いっぽう「金狼」であるが、さきに引いたマッコルラン作の梗概冒頭部分と比較してもわかるように、人名、地名の固有名詞が異なるだけでストーリーの大枠は共通している。市電から降りた久我は、越中島から枝川方向へ歩いて「十銭スタンド、那覇《なは》」へ入る。先客が乾と西貝、その細部にわたる特徴、たとえば酒焼けの赤鼻とか小官吏風とかネズミを連想させる風貌とか、そうした特徴までも引き写されている。途中で古田が入って来たかと思うとすぐ出ていき、入れ替わりに雨田が入店して客となる。五人ともやはり初対面、遺産相続にからんで電話や手紙による謎めいた呼び出しを受け、半信半疑で「那覇」に集まって来た。しかし当の呼び出し人は現れず、店の主人を呼び起こそうと二階へ上がると、店主絲満南風太郎は惨殺されていた。

なぞられたように共通しているのは以上の発端だけではない。主人公が偽造警察手帳を提示してヒロインと結婚することも、さらにスペインと関西の違いはあるがその後のふたりの旅行という枠組みも重なってくる。こうした傾向は、作品末尾のふたりの逃避行とヒーローの死まで受け継がれている。しかし、先行作品を下敷きにしたといっても、パリ十六区のはずれにたいして、越中島という地名が作品展開におけるひとつのトポスとしてなかなか効いているし、バルセロナとパリにたいして、糸満と東京が対置され、被害者絲満南風太郎が沖縄出身で北海道の築港工事に故郷から労働者を斡旋して暴利をむさぼったという設定に、同郷の朱砂ハナと鶴がからむ〈沖縄〉という軸も、この作品ではきわめて巧みに生かされた。沖縄糸満を結節点とした登場人物たちは、マッコルラン作のノエル＝ル＝カイドよりもはるかに実在感をもって生動している。

先に述べた十蘭によるミステリ性の重視という点でも、「真夜中の伝統」と「金狼」の相違は明らかである。「金狼」では、殺人事件の容疑者でもある五人が日常的な接触や交流をつづけながら、たがいに疑惑を払拭しきれずに相手の行動と心理を推理する場面もあれば、新聞記者の那須が、錯綜する事件の謎にかんして本格的な推理を試みる場面、あるいは自分が無実であることについて、久我本人がくわしく説明する場面など、マッコルラン作に見られない部分があり、探偵小説雑誌『新青年』の読者の期待に応えるだけの論理的展開を披露している。

さらに両作品の犯人像についても、十蘭は独自の展開を案出してマッコルラン作との相違をきわだたせた。シモン・サン＝ティエリが最終場面でみずからの無軌道な半生をふりかえり、ついには人を殺めるにいたったことを思うのにたいして、「金狼」では特異な登場人物である鶴が真相を明らかにして、ミステリとしての謎解きを果たす。しかしその直後に彼女は殺害され、真相が闇に葬られる可能性を残して、探偵小説的な大団円は肩透かしをくわされることになる。固定的なジャンルの枠をあえて突き崩す十蘭らしいこころみであった。

マッコルランの手になる先行作品を、十蘭は構成上どのように取りこんで「金狼」を組み立て、またそこにいかに独自性をもたせたのかを見てきた。それを踏まえて、両作品の相違と通底する部分をいまいちど、主人公シモン・サン＝ティエリと久我千秋の比較を通して検討してみよう。

シモン・サン＝ティエリはバルセロナ時代に密貿易を組織的におこなうグループに属し、ノエル＝ル＝カイド殺害もその犯罪集団のなかでの行動であった。霧の深い夜、マリ＝シャンタルと最後の逃亡をしながら自らの来し方をふりかえる彼の思いにはいささか感傷的な気味があるが、読者につかの間の真実を感じさせるのもたしかだ。パリ十八区、トロゼ街からクリシー大通り、ロシュシュアール大通り、と歩いてきてアンヴェール広場、疲れ切ったマリ＝シャンタルがベンチに倒れ込む。読者は彼らふたりの逃避行を地図上でたどりつつ、切実感を共有することになる。それというのもマッコルランは、作中で何度か第一次世界大戦の前と後を比較して、戦後の意味を強調しているからだ。たとえばノエル＝ル＝カイド惨殺事件は、発生直後のセンセーショナルな受け止め方にも拘わらず、すぐに世間から忘れ去られそうになるのだが、世界規模の戦争によって人が殺されることに抵抗がうすれた時代の空気、倫理観の麻痺を、マッコルランはそこに匂わせている。

よく知られているように第一次大戦は人類史上初の世界戦争として、無差別大量殺戮を日常化し、三千七百万人の犠牲者、フランスだけで百五十万人の死者を数えた。しかも一時はバラ色の未来を約束すると思われた科学技術の発達、その成果が爆撃機、戦車、潜水艦、毒ガスなど近代的最新兵器による無差別大量殺戮であった。この衝撃的事実とそれを戦場で、とりわけ苛酷きわまりない塹壕戦でじっさいに経験した人々の思いは、われわれの想像以上に深刻広範な影響を戦後社会におよぼしていった。マッコルランとも親交のあったロラン・ドルジュレスの『木の十字架』（*Les Croix de bois*、邦訳『戦争の溜息』山内義雄訳、新潮社、一九三二年）は、この塹壕戦の真実を兵士の目線で生々しく描き、多くのフランス国民に我が事として共感的に読まれた。マッコルラン自身も三十二歳で召集され、二年後に北フランスの彼の故郷ペロンヌちかくの激戦地で負傷し除隊した経験をもっている。

戦後社会とはすなわち第一次と第二次の世界大戦にはさまれた時代である。フランスでは **les années folles**（狂乱の時代）と称された一九二〇年代を経て、二九年のニューヨーク株式大暴落からはじまる世界恐慌がまだおよばない数年間は、平穏なひとときであった。しかしすぐに失業者の急増、銀行の倒産があいつぎ、十蘭が「犂《カラスキー》氏の友情」でとりあげている現職大統領ポール・ドゥメールの暗殺事件まで発生した。そしてあらたな破壊と大量殺戮の気配がただよい始めた時代であった。

ミステリとの関連に注目すれば、内田隆三『探偵小説の社会学』（岩波書店）などにすでに指摘されているとおり、一九二九年のヴァン・ダイン「僧正殺人事件」や一九三六年のアガサ・クリスティ「ＡＢＣ殺人事件」のように、第一次大戦後には無差別連続殺人を描いた古典的作品が生まれている。殺害の動機が犯人の内面に無いわけではないが、結果的にはマザー・グースとか列車の時刻表にもとづいて、恣意的に誰でもよい誰かがつぎつぎに殺害されていく。たとえフィクションのうえとはいえ、そこに世界大戦の大量無差別殺戮のアナロジーがみられるわけである。

これらミステリ史上有名な二作品は時期的に「真夜中の伝統」と「金狼」にちょうどかさなっている。「真夜中の伝統」は刊行が一九三〇年で「僧正殺人事件」の一年後であるが、作品末尾には **Décembre 1929**（一九二九年十二月）と明示されているし、「金狼」の発表年は「ＡＢＣ殺人事件」とおなじ一九三六年である。犯罪者シモン・サン＝ティエリの背景には、このような第一次大戦後の狂乱の時代を生きる青年層の不安とアナーキーな雰囲気があるように思われる。

いっぽう久我千秋は、一九二七年に中国の漢口でじっさいに開催された汎太平洋労働組合会議に参加した左翼活動家で、中国を十年間放浪して日本にもどってきたという設定になっている。帰国を知った元同志から無政府共産党の活動資金獲得のための銀行強盗をもちかけられ、それに加担したが失敗して逃亡中の身である。先に述べた赤色・黒色ギャング事件をヒントとした設定であろう。こうした事実と直接関係はないが、当時共産党の武装蜂起方針の指導者で中国にわたったことのある田中清玄は、年齢的には十蘭より四歳年下だが、故郷函館で少年時代交友関係にあったと述懐している。久我の人物造形に現実の思想犯的事件が裏付けとなっている面があるにしても、久我自身は主人公として否定的に描かれてはいない。

「金狼」が連載された一九三六年といえば、いうまでもなく二・二六事件勃発の年であり、翌三七年は盧溝橋事件から日中戦争へと雪崩落ちていくときである。久我は中国放浪中に、無為のみが人間の精神を自由にするというアフォリズムを我が物とした、とされているが、妻となった雨田葵にたいして繰り返す「われわれの文法に必要なのは、現在形と未来形だけだ」という言葉とともに、ことさらに自分たちに言い聞かせているふうである。

第一次大戦の戦後が終わりふたたびの戦前の気配濃厚のなかで、久我は追求してきた政治行動よりも雨田とのふたりの世界をまっとうしようとする。最終場面で彼は銃弾を受けて落命するが、雨田は警察に拘束され、久我の心情を汲んだかのように監房のなかであとを追って縊死する。彼女の表情は十蘭らしくストレートに「こんな幸福さうな死に顔つてあるものだらうか。唇のはしをすこし曲げ、まるで笑ひをこらへてゐるやうなあどけない顔つきをしてゐた。のぼりかけた朝日が、その横顔を桃色に染める……」と表現されている。「金狼」のこうした終局部分は、ミステリであると同時に、十蘭作品の一系列をなす〈純愛もの〉に変奏された、いわば道行であることをも示している。

このシモン・サン＝ティエリと久我千秋という二人の主人公を見てみると、片や殺人をも辞さぬ犯罪者であり、もういっぽうは殺人事件に巻き込まれた思想犯とはっきり異なっているが、むしろ両者ともに共感をもって描かれ、その筆致は共通しているようだ。両大戦間期を生きる人々、とくに青年層の絶望や不安、虚無的な空気をマッコルランは体感して作品化したわけだが、おなじ時期にパリの空気を吸っていた十蘭＝阿部正雄は「真夜中の伝統」に親密なものを感じて記憶にとどめていたのであろう。両大戦間期という時代意識にどこかふたりが共振するところがあったと思われる。そのうえで、謎めいた発端から幕切れまでミステリの構造的特徴を「真夜中の伝統」から借りて、さらに目の前の日本の現実を織り込み、「金狼」という作品が生まれたのだ。

ただ、この作品の評価については毀誉褒貶さまざまであり、三一書房版『久生十蘭全集』の編者中井英夫は、当初本作を採録しない方針であったが、読者からの強い希望もあって最終の第七巻におさめることになった。中井の評価も無理からぬ点があり、マッコルラン作に引っ張られたのか、とくに作品の構成に不自然なところがみられ、十蘭本人もさらなる改稿を考えていたといわれる。しかし他方では評価する声もあり、歌人塚本邦雄が結びの部分を引用して「定型詩の連用形切れに似たこの儚い終りやう。句点なしの最終句は溶け滲んで、あたかも死者と共に〈彼方〉に消え、読者をも巻添へにする趣がある」（「蒼鉛嬉遊曲《ビスマス・メヌエット》」）と熱っぽく支持したことが知られている。

作品の評価は別として、「真夜中の伝統」と比較することによって理解しておかなければならないのは、「金狼」というテクストの生成が、これ以降の十蘭的テクストの生成に示唆をあたえたという点である。マッコルラン作を換骨奪胎して自作を創り出す過程で、何らかの手応えを得たところがあったにちがいない。だからこそ、前章でも触れたようにファントマなどの〈翻訳・翻案〉において、原作を下敷きにしつつもみずからの設計図どおりに作業をすすめ、原作とおもむきを異にする文体ともども独特の十蘭版ファントマ、ジゴマ、ルレタビーユを世に問うことができた。さらにその延長線上に、ファントマ・シリーズ第五作「ファントマに囚われた王」から噴水が歌うという椿事や国王の入れ替わりなどのアイデアを借り、初の本格長篇「魔都」が生み出されたのである。

これら以外にも、のちに検討するように、戦後にはフランスの先行作品をもとにした「無月物語」「うすゆき抄」や「真説・鉄仮面」があり、戦前にもピランデルロ「エンリコ四世」を下敷きにした「刺客」や日本の先行作にもとづいた「新版八犬伝」などもある。先行作品と巧みにハイブリッドすることにより、あるいは先行作品の枠組みを壊すことにより、十蘭はさらに独自のあたらしい世界を作り出していった。

以上のように先行作品の本格的活用という十蘭的テクストの生成は、彼の創作歴を振り返った場合、ここでみたように「金狼」に始まると考えられる。その点に注目するならば、「金狼」を執筆するに際して久生十蘭という筆名が決定されたことは、象徴的である。「真夜中の伝統」が「金狼」というテクストに変成羽化していく過程で、十蘭自らがつかんだ換骨奪胎の技法は、その後の久生十蘭的テクストの生成のひとつの鍵となったからである。

スタンダールに学ぶ

若き日の十蘭が愛読していた芥川龍之介は、すでに大正期から「将軍」や「大導寺信輔の半生」などでスタンダールに言及していた。また芥川との論争で話題となった谷崎潤一郎の「饒舌録」には、最大級の讃辞で「パルムの僧院」「カストロの尼」「チェンチ一族」が論じられている。有名なこの論争を詳述するまでもないが、芥川への反論の過程で谷崎がスタンダールを持ち出し、それに対して芥川は「文芸的な、余りに文芸的な」で再批判を展開、スタンダールについても別の見方を提出する。雑誌『改造』誌上でのやり取りは〈文壇的事件〉であり、論争の行方が確然としないまま、半年後の一九二七年に芥川は自ら命を絶った。

その後まもなくして、谷崎は「カストロの尼」の翻訳（英語からの重訳）を試みて未完に終わった。しかしそのはしがきに、翻訳ではあるが完全に自分の文体になるまで彫琢をほどこしたので、創作と同様のものと見なしている、読者もそのつもりで読んでほしい、と付言している。おそらく十蘭は、この当時からスタンダール作品に親しんでいたものと思われる。それが戦後また、スタンダールがしきりに語られるようになり、あらためて彼の作品を熟読したであろう。『スタンダール研究』（桑原武夫・鈴木昭一郎編、白水社）の邦語文献書誌（栗須公正）によれば、スタンダールの移入・紹介はすでに明治三十年代からの歴史があり、敗戦直後から一九五〇年頃のスタンダール注目期には、主要作品はすべて翻訳され、全集（未完）の企画もあった。とりわけ「赤と黒」の人気はブームの感があり、大岡昇平のいうようにレストラン〈ジュリアン・ソレル〉まで銀座に出現している。ちょうどこの時期に十蘭が発表した「だいこん」「カストリ侯実録」「新西遊記」に「カストロの尼僧院長」や「赤と黒」が引かれるのも、読書人のスタンダール注目と無縁ではないだろう。

『定本全集』第八巻の解題（浜田雄介）でも明らかにされているように、十蘭の遺品のなかにスタンダール『パルリアーノ公爵夫人』（吉川静雄訳、斎藤書店、一九四八年）があり、「ヴァニナ・ヴァニニ」「チェンチ一族」（吉川訳では「チェンチ家の人々」）「パルリアーノ公爵夫人」など収録作品ごとに解体された状態になっている。一部に傍線、書き込みもあり丁寧に目を通したようだ。「カストロの尼」は収録されていないが、有名作品だけにほかで手にとったことはあろう。それというのも「カストロの尼」と「チェンチ一族」に基づいたことが歴然としている「うすゆき抄」（一九五二年）と「無月物語」（一九五〇年）を十蘭は書いているからである。

十蘭は長篇「だいこん」のなかで、「カストロの尼」の書き出しの一部分を引用している。十六世紀イタリアの歴史家がいかに権力に阿ったかをスタンダールが皮肉った箇所だが、十蘭はそこを「カストロの尼」の〈序文〉と称している。スタンダールは〈序文〉とはっきり書いてはいないが、本筋のエーレナとジュリオの恋物語が始まる前に置かれたスタンダールの言葉に、十蘭は強い印象を受けていたのである。

私はこの物語を、二つの大部な古文書から訳出する。一つはローマの、他はフィレンツェのものである。私はあえて危険をおかして、その古文書の文体をそのまま生かそうと試みた。それはわが国の古伝説の文体に近い。現代風の文体はあまりに繊細で節度がありすぎ、物語中の諸事件、とくに原作者たちの評言には、ふさわしくないように思われるからである。

（桑原武夫訳「カストロの尼」『スタンダール全集』第六巻、人文書院）

「カストロの尼」の冒頭で、こう前置きしたスタンダールは、周到な翻訳者として作業にとりかかる。ところがものの数頁も進むと、「ここで訳者は」と表面に出てきて原文を割愛した旨を告げる。あるいは、物語のなかでいきなり「私は説明をくわえておかねばならぬような気がする」と、訳者という但し書きもなく〈私〉で登場し、説明が終わると「その翌日、まだ日が暮れぬうちに」云々と何事もなかったかのように物語をつづける。あるいはまた、ジュリオの行動について、「なんとか工夫して尼寺に忍びこんだ。女装したのだと簡単に片づけておいてもかまわない」と断じてしまう。

こうなると翻訳という約束は棚に上げて、古文書を自在に料理するスタンダールの姿が浮かび上がってくる。印象強烈な結びの一節をはじめとして、ジュリオとエーレナの恋も彼の創作といわれており、内容といい、こだわった文体といい「カストロの尼」はスタンダールそのものである。これほどではないが、十六世紀末のイタリア語で書かれた物語の翻訳とされている「チェンチ一族」でも事情は似ている。

これらを熟読した十蘭は、心中深く納得するところがあったろう。マッコルラン「真夜中の伝統」を下敷にして「金狼」を世に問うたこと、「ファントマ」などフランスの人気小説を翻訳と称して大胆に翻案したこと、こうした試みにお墨付きを与えられたようなものだ。十蘭の作品では、著者が〈私〉として登場することはきわめてまれだが、先行資料の〈翻訳〉から大胆に独自の世界を作りあげるスタンダールの手法は、十蘭の創作上のヒントとなる。では当のスタンダール作品を十蘭は、どう〈翻訳〉したのだろうか。

十蘭は「うすゆき抄」の冒頭で、松月尼《しょうげつに》の「うすゆきものがたり」をもとにしたことを明らかにする一方、彼女の正体は不明とことわっている。松月尼作の主人公大炊介《おおいのすけ》は、十蘭によれば「男の中の男とでもいふやうな誠実な魂をもつた大丈夫」、ヒロイン行子《ゆきこ》は「自分の生きる道を愛の方則から学びとるほか、なにひとつ知らぬやうな純情無垢の女性」、このふたりはさまざまな妨害に出会いながら、「男は底知れぬ勇気と果敢な行動で、女はおどろくべき辛抱強さと機略を

もつて抵抗し」思いを遂げようとする。こうした表現は、誰とも知れぬ松月尼の手になるという
より明らかにスタンダール的情熱恋愛であり「カストロの尼」を連想させるが、事実十蘭の作品
の登場人物たちは「カストロの尼」に重なってくる。
まだ戦国時代の動乱が収まらぬ天正年間。乱波《らっぱ》と呼ばれる野武士の大将風摩小太郎《ふうまこたろう》の息子大炊介と、堺十人衆のひとり蘆屋道益の娘行子は恋し合うようになるのだが、ふたりの父親は仇敵同士の関係にある。行子の兄道長は大炊介の殺害を謀り、それがかなわぬと行子の母賀茂資子《もとこ》（初出では「加茂」）は大炊介を朝鮮遠征に派遣することを画策する……と見てくれば、大炊介＝ジュリオ、小太郎＝ジュリオの父、行子＝エーレナ、道益＝カンピレアーリ、資子＝カラーファ、道長＝ファビオ、と「カストロの尼」の人物配置を移植したことがわかる。
ただし冒頭で大炊介の人となりが明示されていながら、「うすゆき抄」で彼の活躍場面が少なく、むしろ道益の行動を追って物語が展開する点や、道益・道長父子の闇夜の同士討ち、行子が癩を病む点などストーリーの根幹にかかわるところで「カストロの尼」と異なる部分も見られる。十蘭自身、松月尼の作の後編から主人公ふたりの恋愛史が始まり、資子が「才女の才を発揮し、あらゆる方法で二人を堰《せ》きわける」と書いているが、内容的に「カストロの尼」の後半に相当するこの部分を十蘭は書かなかった。いや伝説的な遅筆家であった十蘭は、書きたくとも書けないまま苦し紛れの離れ技で作品を締めくくったのだ。
その点については、傍証ともいうべき事実がある。『オール讀物』（一九五二年一月号）に発表

された「うすゆき抄」初出では冒頭部分に、風摩大炊介と山伏の一党が「天皇の御寝殿に隣る曹《ぞう》司《し》（上臈の局）にホソリをかけ、加茂行子といふ皇后附の内侍《ないし》を奪回しようとした椿事」について、十数行に渡って記述されている。大炊介の果断な一面を垣間見させる一節であるし、行子との恋愛史でひとつの山となるはずの場面だが、再録にあたってはすべて削除された。この箇所は、「カストロの尼」では作の中程を過ぎたところでジュリオがカストロの尼僧院からエーレナを連れ出そうとする場面に相当する。つまり、スタンダール作の後半部の重要な一挿話を断念せざるを得ず、それにともなう削除であった。

そうした事実を裏付けるように、「うすゆき抄」に関して、『直木賞作品集』（講談社）の「あとがき」で彼はこんな発言をしている。

これも歴史小説ではない。贋作趣味から卒業して、小説らしきものの領域に一歩踏みこんだころの記念作品である。大伝奇小説を書くつもりで、何年かかるかわからないような大構想を立てたが、雑誌ジャーナリズムは毎月の目先を変えるのに忙しく、そんな悠長なつきあいをしてくれそうもなくて、そのために挫折した。この小説に「材料が生《なま》ナレである」という批評を頂戴したのには弱った。すべてウソっぱちで、材料というようなものは絶無だったのである。

十蘭の言葉を鵜呑みにするとひどい目にあうのは承知しているが、「うすゆき抄」後半の不自然さを考えれば、大伝奇小説を書くつもりで挫折したというのはそのままにとってよさそうだ。それに対して材料が〈絶無〉とは微妙な表現である。たしかに松月尼「うすゆきものがたり」は虚構の素材であろうが、スタンダール「カストロの尼」に触れもしないのは〈絶無〉という言い方が嘘になる。しかしあえて〈絶無〉と言いきる自信はあった。いずれにせよ「一身の成行も肉親の悲嘆もおかまひなく、愛本来の論理にしたがつて脇目もふらずに突進し、不朽の魂をつくりあげる」といった表現や、やっと可能になった再会の時に「大炊介の足音が下の階《きざはし》まで近づいて来たのを聞きつつ、天主閣から投身して死ぬ」行子の最期は、はっきりと「カストロの尼」によっている。しかし「小説らしきものの領域に一歩踏みこんだ」とか〈記念作品〉というあたりには、演出家阿部正雄とは別個の、作家としての久生十蘭の自負心と充実感が見られる。〈贋作趣味から卒業〉して先行テクストの〈翻訳〉の骨法を摑んだ自覚があるからだろう。

十蘭のスタンダール〈翻訳〉がいっそうはっきりし、成功しているのが「無月物語」である。周知のようにスタンダールの「チェンチ一族」は十六世紀のローマに起こった悲劇に基づき、やはり当時の記録を翻訳した体裁をとっている。政治が乱れ風俗が頽廃した法皇グレゴリオ十三世の時代にあってなお、ことさらに放埒な振舞いが目立つフランチェスコ・チェンチ。先妻の死後ルクレーツィアと再婚しても彼は常軌を外れたまま、息子の死にも無頓着で、それどころか娘のベアトリーチェに近親相姦的行為を迫る。思いあまった彼女は義母とともに父親の殺害を謀り、ことは上首尾に終わったが、のちに露顕し母子ともども酷い処刑死を遂げる。

十蘭の「無月物語」は、十二世紀の末、後白河法皇の院政時代が舞台である。スタンダールが近代的ドン・ジュアンとして描いたフランチェスコの魅力を、十蘭は十分意識していて、主人公泰文は仏教的偽善を蹴散らすような人物に設定されている。独自の時代背景を用意し、こなれきった独特の語彙を駆使しつつ、十蘭は登場人物、事件の運びともに「チェンチ一族」を巧みに模している。つまり主要人物は、藤原泰文＝フランチェスコ、公子＝ルクレーツィア、花世＝ベアトリーチェと重ね得る。それだけでなく人物の描写まで借りている箇所がある。スタンダールは当時ベアトリーチェを描いたと誤伝されていた少女像を見て、彼女の容貌をこう表現する。

まなざしは柔らかくそして瞳は非常に大きい。つまり、さめざめと泣いていた瞬間をふいに他人に見つけられた人のようなびっくりした様子をその瞳はもっている。

（生島遼一訳「チェンチ一族」『スタンダール全集』第六巻、人文書院）

一方、十蘭描く花世のほうはこんな具合だ。

眼差はやさしく、眼はパッチリと大きく、熱い涙を流して泣いてゐるうちに、ふいになにかに驚ろかされたといふやうな霊性をおびた単純ないい表情をしてゐる。

容貌ばかりではない。スタンダールは、娘に迫るフランチェスコの言葉をこう書いた。

父親が自分の娘と通じるとき、生まれてくる子供たちは必ず聖者でありローマ教会の尊崇しているもっとも偉大な聖者たちもみなこのようにして生まれてきた、つまり彼らの母方の祖父が彼らの父親なのだ。

「無月物語」では、泰文が花世に「父が自分の娘を知ると、生れて来る子供はかならず阿闍梨《あじやり》になる。聖人はみなそのやうにして生れでたもので、母方の祖父こそ、じつは聖人の父親なのだ」と語りかける。

以上のように、スタンダールのテクストを文字どおり〈翻訳〉してしまったかのような箇所は、ほかにも散見する。さらに十蘭は、前掲の『定本全集』第八巻解題に指摘されているように、「チェンチ一族」にはなかった泰文の先妻朝霞の密通をめぐる挿話を「パルリアーノ公爵夫人」から採り、まさに二作綯い交ぜの趣向を凝らして「無月物語」とした。その過程で文体的にも独自の工夫がなされ、スタンダール色の払拭に貢献している。

「チェンチ一族」は「カストロの尼」とくらべても会話が少なく、登場人物のせりふが発せられるのは、フランチェスコ殺害、事件の裁判、最後のベアトリーチェをはじめとする処刑、これら三場面に限られる。いずれももっとも劇的な部分である。これらのうち第一の場面に相当するところで終わってしまう「無月物語」でも、はじめは散発的なせりふが挿入されるだけだ。しかし朝霞が残忍な殺され方をするあたりは、まるで戯曲のようにテンポの速いせりふが交わされる。それから結末の泰文の死にいたるまで、一見せりふは少なくなるようだが、独白に類する書き方や、地の文章に見えてじつはせりふのような物言いをとけ込ませた書き方が目立つ。「後白河法皇の院政中、京の加茂磧《がはら》でめづらしい死罪が行はれた」と静かに語り始めた語り手は、次第に影を薄くしていく。眠りこける泰文の眉間に犬釘が打ち込まれるクライマックスまで、語り手が後退するのに比例して作品は徐々に、舞台で演じられてもおかしくない趣きを呈してくる。フランチェスコ殺害の場面と似ているようでありながら、まったく異質の劇的緊張を漲らせる。「チェンチ一族」がこのあとヒロインの裁判、処刑までつづくのに対して、断ち切るように物語を終えた十蘭の狙いもそこにあった。典拠が明らかにされながら、多くの人が傑作と評価するのも、その狙いが誤っていなかったことを示している。

先に引いた十蘭の自注的発言からすると、「金狼」執筆時はまだ〈贋作趣味〉の域を出ていなかったのかもしれない。だがスタンダールの〈翻訳〉の手法をまさに自家薬籠中のものとして、「小説らしきものの領域に一歩踏みこんだころの記念作品」と言い放つだけの作が「無月物語」や「うすゆき抄」であった。こうして十蘭は、先行する素材の変換・蘇生をさまざまなかたちで試みていく。素材が何であるかよりも、それをいかに表現し自分のものにするかの問題である。

いわゆる〈ノンフィクション・ノヴェル〉や〈漂流記〉ものがこの頃から増え、十蘭の戦後作品群の充実に結びついていったのもそのことと無縁ではない。

しかもこのようなテクストの生成運動は、先行するものが自分自身の作品の場合にも見られるようになる。雑誌に掲載された初出から十数年を経てなお大幅に加筆修正された「湖畔」「黒い手帳」、七種もの異稿の存在が確認されている「海豹島」、あるいは初出タイトルがたとえば「鶴鍋」から「西林図」へ、「ユモレスク」から「野萩」へと改められる過程での改稿など、十蘭が既発表の作品に彫琢をくわえたことはよく知られている。作家的良心に従って作品の完成度を高めるという意図もそこには見られよう。しかし、戦前作の「刺客」が、戦後「ハムレット」となってよみがえったのは、両作ともにピランデルロ「エンリコ四世」をもとにしながら、それぞれ別個の作品とする試みの結果である。単なる彫琢ではなく、その域をはるかに超えた執筆姿勢であった。

『定本全集』第七巻の解題（浜田雄介）では、十蘭の自作の再活用方法が〈彫琢、変奏、嵌入、抽出〉の四パターンに定式化されているが、「刺客」→「ハムレット」は〈変奏〉の代表例として挙げられている。実際、十蘭の作品を通読していて、一種の既視感にとらわれることは珍しくない。先行作品の一場面が新作に取り込まれて新しい意味を帯びる〈嵌入〉、逆に、すでに自作の一部で用いたエピソードをとりわけて短篇に仕上げる〈抽出〉、こうした事例がよく見られるからである。短篇作品を長篇に組み込むのは、志賀直哉「暗夜行路」がよく知られている。雑誌発表の「憐れな男」がのちに一部改稿されて「暗夜行路」前篇最終章に〈嵌入〉されている。十蘭の場合、たとえば長篇「氷の園」には、発表二年ほど前の「スタイル」、一年前の「おふくろ」の一部が活かされており、いっぽうで「姦」「白雪姫」「雪間」「雲の小径」の諸作は「氷の園」における場面をそれぞれ抽出してあらたにまとめ上げたものである（『定本全集』第七巻、沢田安史解題参照）。ほかにも「黄昏日記」と「虹の橋」、「春の山」と「勝負」、「風祭り」と「巴里の雨」と「川波」などなど、相互の関連を指摘し得る作品が多いし、先の四パターンが複数絡み合った例もしばしばである。

同じ文言の再登場といっても、愛読者にとってはむしろ期待にたがわず楽しめることもある。一例をあげれば、「先づお吸物だが、こいつは鯛のそぼろ椀」と始まる凝りに凝った和食の献立。「顎十郎捕物帳」〈菊香水〉では、豊後の大名の留守居役の招きで、顎十郎が江戸随一〈橋善〉の板場の手になるその料理を堪能する。かと思えば、海軍報道班員の画家松久《まつひさ》三十郎が活躍する「内地へよろしく」では、毎日爆撃される最前線の分遣隊でまともな食事があるはずもなく、この同じ献立は、松久描くところの数枚の絵で味わうことになる。「従軍日記」に食べる楽しみは「骨髄に沁みてゐる」と書いたことのある十蘭だが、同じ料理が引かれても、江戸時代の大名屋敷で顎十郎が口にする超一流のそれと、戦時の南方海上の軍人が目だけで食するそれとの対比は鮮やかだ。薄手な〈グルメ〉に対する辛辣さえ感じられる。

以上みてきたように、十蘭は、自作他作を問わず先行テクストをさらに変成展開し、場合によっては突然変異をもたらして、あらたな作品を生み出していった。先行テクストとの葛藤は、かならずしも完成度の高まりにつながるとは限らず、むしろ動的エネルギーを帯びて言葉を活性化することになる。既製のテクストをスプリング・ボードとしながらも、あらたなコンテクストにおけるあらたな表現を求めつづけた。

一九五二年、十蘭の直木賞受賞の際、選者のひとり井伏鱒二は、表現に細心の注意が払われていることを指摘したうえで「表現に苦心することによって、その場その場の創作意欲を煽らうとしてゐるかと思はれる」と実作者ならではの評価をしたが、この選後評は、十蘭的テクストの生成運動の一面を捉えているといえよう。先行テクストの彫琢・変奏・嵌入・抽出による新しい表現の創出は完成しても次の運動を止めることはない。そうした姿勢には、十蘭の出自が演出家であったことも関係していよう。ひとつの戯曲が演出家の手によってまったく別の相貌を持ち得る、その面白さをよく承知していたはずだからだ。

十蘭的テクストの生成については、『定本全集』の完結を経てはじめて、全体的に俯瞰し検討することが可能になった。彫琢をきわめた珠玉の短篇小説、といった従来の十蘭像とは別のイメージが今後さらに共有されることになる。

戦争と十蘭

一九三七年七月の日中戦争の勃発から、日米開戦を経て太平洋戦争となり、一九四五年八月の無条件降伏まで、日本はまさに戦時モードであった。さらに十蘭の戦後作「だいこん」には、国際公法では進駐軍が駐留しているあいだは連合国と〈交戦中〉という件《くだり》もあるが、講和条約発効で形式的に占領が終了する一九五二年四月二十八日までの期間は、とりわけ戦争の影響が色濃く残っていた。この十五年間は、十蘭の本格的な執筆活動が一九三四年から一九五七年の二十三年間ということを思えば、かなり大きな部分を占めることになる。その間、多かれ少なかれ戦争が絡む作品が目につくが、十蘭がじっさいの戦場を知らない時期、報道班員として戦場と戦闘を知ってから、そして占領期と三区分していくつかの作品をとりあげ、戦争に対する彼の立ち位置を見てみよう。

十蘭はすでに早く「戦場から来た男」（一九三八年）で戦闘場面を描いていた。戦場は、真実と血の飛沫が溶け合う場、社会で穢された魂が鉄火の火花で焼き清められる場であると位置づけている。社会復帰した登場人物は、そうした戦場への郷愁さえ口にする。真に迫った描写もあるが、じつはこの時点で十蘭は現実の戦場を経験していない。「戦場から来た男」発表のひと月後に国家総動員法が公布され、翌年一月から「キヤラコさん」の連載が始まる。ヒロインが退役軍人の娘であることをはじめとして戦時色をまとった話題がしばしばだが、作品自体はそれを裏切る側面を見せている。ストーリーは国内有数のリゾート地をめぐって贅沢に展開し、インターナショナルな交友と混血児の登場があり、英仏独といった外国語も頻出して、硬直した国粋主義とは程遠い。作者の言によれば、これからの国民の母胎となる若い女性のために書かれたこの作品だが、「産めよ殖やせよ」の掛け声を意識しつつも、それ以上に自律した魅力的なヒロイン像が打ち出された。

十蘭が国際感覚を生かして時の世界情勢に注目、その思いを込めたのが「消えた五十万人」(一九四二年)である。ミッドウェー海戦での敗北が戦局の転機になった重大時期の執筆だが、この作品はウクライナの一貧農の戦争体験であり、直接日本とは関係がない。軍隊生活のほうが恵まれた暮らしと感じるほど貧窮をきわめていた主人公は、無条件絶対服従という軍上層部の命令にも、唯々諾々と従う。ウクライナのスターリングラードに配属された彼は、演習と称して派遣された広大な盆地に五十万人の兵士たちがひしめき合うのを目の当たりにする。彼の属する歩兵師団もその周辺にとどまるのだが、今後の方針が何もわからぬまま右往左往。ドイツ軍と対峙して盆地のなかに封じ込められたところに敵の爆撃と集中砲火をあび、五十万の兵士が死に絶えた。対独第二次ハリコフ攻防戦における旧ソ連軍の敗北の姿である。その悲惨をきわめる敗北の実態は、ウクライナの泥炭地でかつかつ命をつなぐ文盲の農民の視点で描かれる。彼は落命して横たわる多数の兵士を遠望しても、みんな命令通りに〈伏せ〉をしていると思い込み感嘆するばかりだ。結末部分には、アンチ・ヒューマンな戦争そのものに対する作者の強烈な思いが込められている。

この作品が掲載されたのは『陸軍画報』で、陸軍省の指導のもと、作家中山正男が一九三三年に設立した陸軍画報社から刊行されていた。南京攻略戦を描いた中山の『脇坂部隊』が連載され、のち同社から単行本化、陸軍省とマスコミの協力で出版記念イベントを催すほど、戦意高揚を狙った出版であった。脇坂部隊の名は十蘭の「キャラコさん」にも引かれている。このような背景を持つ雑誌への掲載で、三国同盟の一員であるドイツ軍の圧倒的勝利を描いたこの作品は歓迎されたであろう。しかし壊滅的打撃をこうむった旧ソ連側から、それも最底辺の貧民の視点での語りは意図的であり、作者の国際的視野と冷徹な軍隊観をうかがわせる。戦況の全体を知らぬまま作戦の誤謬と指揮の混乱の犠牲となって数十万の兵士が地獄の死を迎えた、そんな事実が現にあった。その重みはドイツ軍の圧勝を描くことによって消すことはできない。

「消えた五十万人」を執筆した時点では、十蘭は戦闘自体を体験していない。『新青年』編集部の要請で中国戦線へ短期間おもむき、現地の軍隊事情を見学したにとどまる。戦争について彼の

報道班員時代、軍服姿の十蘭（三ッ谷洋子氏蔵）

書き方に微妙な変化が見られるようになるのは、一九四三年から約一年、海軍報道班員としてインドネシア方面の苛酷な最前線を訪れ、兵卒たちと生死をともにしてからである。

「海図」や「効用」（いずれも一九四四年）は、作者名のかたわらに報道班員の肩書をつけて発表された。両作品とも冒頭部分に注記めいた記述が明らかにされている。戦場では苦しさのなかにさえゆとりがあり「洒々落々たる風光」に事欠かないこと、戦闘時でないときの戦場が物忘れでもしたような「どこか調子の伸びたもの」であることが示されるのだ。戦争の悲惨、悲壮の行き過ぎた強調ではなく、戦場という非日常での日常性が浮き彫りにされてくる。それを踏まえたうえで、両作品は、珍騒動ともいうべき前線でのひとこまを作品化している。「効用」では捕虜となった米兵の発言が原語のままで引用されるほか、彼の発言に英語のフリガナが続出する。当時は学校教育でも英語が抑圧され、一九四二年に文部省が高等女学校における英語を随意科目とする通達を出すに至ったが、この時期の十蘭は、国家的な言語政策にとらわれることなく、英、仏語はもちろん、独、露、西、中国語、戦地の現地語、さらに沖縄方言はじめ日本各地の方言の使用など多様性に富み、その言語的世界は賑やかだ。もちろん同じ時期に書かれた、たとえば「第○特務隊」のように、軍関係者からの聞き取りをもとに艱難辛苦の日々を描いた作品もあるし、敗戦とともに未完となった「要務飛行」では空襲による惨状も描かれ、日常が一瞬にして非日常と化す戦争の実態も明らかにされた。

手元に、戦時中のごく薄く粗末な作りの週刊誌がある。その誌名は、一見意味不明な『週刊毎日』。敵性語としての英語を避けて『サンデー毎日』が誌名変更した結果であった。「内地へよろしく」は一九四四年七月から十二月まで『週刊毎日』に連載された。作中でもラジオ・ニュースが引用され、マーシャル諸島のクェゼリン島、ルオット島の守備隊全員玉砕が伝えられているように、戦局いよいよ厳しい時期の連載であった。当時の国策に添う表現も散見するが、いうべきこともさらりと書いている。ガダルカナルの敗北以来後退を余儀なくされているのは、航空兵器の不足により敵に制空権を委ねたためで、戦争は科学戦になったと。

じつは、掲載誌の版元の毎日新聞は、同じ年の二月に〈竹槍では間に合わぬ飛行機だ〉という記事を載せて、東条首相が激怒、差し押さえを命じられているのだ。その数か月後に、「東条内閣は総辞職したから」とばかりに、同社の週刊誌にあらためて正論を吐いたことになる。

世界の動きを見ると、欧州で連合軍のノルマンディ上陸作戦が敢行され、太平洋のマリアナ沖海戦で日本海軍が壊滅的な打撃を受け、戦艦武蔵を失ったレイテ沖海戦には神風特攻隊も出現、枢軸国側の敗北必至の情勢であった。そんななかにあって、「内地へよろしく」の画家松久三十郎は、戦争が辛くなるほど国民の心を明るく健やかに保ち、戦意を高揚させるには芸術活動も力があると考える。当初は、前線にとどまる人同士の情誼に対する〈憧憬〉さえあった彼だが、戦局の推移のなかでしだいに現実を直視し、ついには絵筆を取らずに最前線の島の子どもたちの面倒を見るようになる。「はあ、どうか内地へよろしく」とだけ言伝を託して、爆撃下の島に残る彼の最後の姿が目に浮かぶようだ。

一方では、山吉、どん助、カムローのトリオの活躍がめざましい。彼らの出身地も上総、讃岐、沖縄と配慮され、十蘭ならではの表現で三人の特異なキャラクターが誇張的に描かれる。ほかにも、マラリアの兵士の体温で卵を孵化させ、ぴよぴよと生まれたヨシ子の誕生と爆死の挿話もあり、これはのちにラジオドラマ化された。この作品のしたたかな明るさは、田代光の秀逸な挿画ともども、掲載週刊誌にあって独自の存在感を発揮したに違いない。

時局にあわせたかのような表現のかたわらで、十蘭のインターナショナリズムも健在で随所にそれを見ることができる。たとえば十蘭の読者には馴染み深いフランス人の日本研究者ルダンの登場だ。日本人の妻とのあいだにできたふたりの息子の戦死も明示しつつ、ドイツ軍のパリ進駐のとき軽井沢の枢軸国側の人たちに迫害された報復に、軽井沢中の腸詰などを買い占めて困らせたと、フランス人気質がコミカルに紹介されている。フランス語の罵倒表現が畳み掛けられるかと思えば、どん助をナポレオン三世に比する。ちなみに「内地へよろしく」戦後版というべき「風流旅情記」（一九四九年）では、どん助を日露戦争の英雄広瀬武夫中佐にたとえている。ことさらに戦時にフランス人を持ち出し、戦後は軍神広瀬中佐を登場させるところに十蘭の皮肉がうかがわれよう。日本の古典への言及も多いこの作品で、あいかわらずファースト・サイト・ラヴをはじめ英語がよく使われ、何よりも三十郎が「タイム」誌の報道でサイパンの在留同胞の死を知ったことになっているのは、こんな記述が可能だったのかとさえ思えてくる。

「内地へよろしく」が掲載された『週刊毎日』は、表紙に兵士のさまざまな姿態が描かれ、「一億抜刀、米英打倒」とか「撃滅へ一億怒濤の体当たり」とかの標語が付記された。それにふさわしく、記事も忍耐を説き国粋主義を鼓吹するものが中心であった。しかし神風特攻隊のなかに、新聞記者の美辞麗句による煽り立てを皮肉り、ジャズを恋しいと思い平和を望んだ隊員がいたように、人々は国家的イデオロギーに丸ごとそっくり取り込まれていたわけではない。厳しい戦時の生活にも当然ながら日常的な時間は流れていた。戦地の最前線で死を覚悟した生活のなかの日常性を体験していた十蘭は、その点を心得て「内地へよろしく」を書いた。この作品の不思議な豊かさの拠って来たる所以であろう。

「内地へよろしく」の連載終了から八か月後にはポツダム宣言が受諾され、連合国軍最高司令官マッカーサーのもと、占領期がはじまる。十蘭の執筆活動再開は思いのほか早かった。勝又浩『鐘の鳴る丘』世代とアメリカ』（白水社）では、「南部の鼻曲り」（一九四六年）から、「復活祭」（一九四九年）「あめりか物語」（一九五〇年）「美国《アメリカ》横断鉄路」（一九五二年）「母子像」（一九五四年）にいたるまで、十蘭が戦後いち早くアメリカを扱った作家として焦点化されている。ただしGHQによる発禁処分にあった石川淳「黄金伝説」（一九四六年）には黒人米兵が象徴的に出現するし、大岡昇平「俘虜記」（一九四八年）にもバラ色の頰の若い米兵や日系二世兵士が登場する。十蘭がとくに突出してアメリカをとりあげたわけではないが、のちの章で検討する長篇「だいこん」（一九四七〜四八年）を含めて、敗戦後まもなくアメリカを絡ませた作品はたしかに少なくない。

敗戦直後の第一作は、疎開先の会津若松で書かれた「橋の上」（一九四五年十月）であり、日本・朝鮮の微妙な関係を背景にしつつ国境を越えた恋愛を描いて十蘭らしさを見せた。復員兵を描いた「その後」についで戦後第三作が「南部の鼻曲り」（一九四六年二月）である。『定本全集』第五巻解題によれば、この作品の初出誌・校正刷りが早速GHQにより検閲されている。米軍兵士と日本人との交流にGHQは神経をとがらせていたからだし、本文中には「アメリカが勝つたと思つてい丶気になるな」という表現もある。ただ、加筆修正がじっさいに命じられたことはなかったようだ。

「南部の鼻曲り」は小説家の〈私〉が、傷痍軍人で戦後通訳をしている玉本から聞いた話を書き留めたというかたちをとっている。玉本が戦前、アラスカの缶詰工場で働こうと乗り込んだ船のなかで、日系二世のモオリー下戸米秀吉と出会った。モオリーは父親の配慮で、いつでも日本に帰れるようにと日本国籍を保留し、日・米二重国籍を持っていた。徴兵適齢期になってどちらか択一という難しい立場に追い込まれ、コカインを常用するほど苦しみ抜いたうえで、やっとアメリカ国籍となったばかりだった。彼のアラスカ行きは、「コカインと〈親父の幽霊〉から隔離され、その間に心身ともに健全な、忠誠なるアメリカの市民をつくりあげよう」と決意したためなのだ。この場合もやはり〈肉親〉の影がモオリーの背後に揺れ動くと同時に、〈皮膚の色〉が絡む問題、つまり国籍という問題が血統主義と属地主義のあいだを揺れ動いている。

アメリカやフランスなら、両親の国籍に左右されることなく、米・仏領内で生まれた者は、その国籍を有する権利がある。属地主義であり出生地主義で二重国籍が認められ、結果的には文化の多様性の受容につながる。日本やドイツは血統主義なので二重国籍は認められておらず、民族主義の強調を含意することになる。日系アメリカ人モオリーの国籍選択の悩みは抽象的なものではなく、のちに日米開戦によって現実の問題となるはずのものであった。アメリカ人となったモオリーは、戦場では真っ先に飛び出して〈アメリカの敵〉と戦ったことが暗示されているが、この作品の発表が無条件降伏から半年後という事実を考慮すれば、戦争をなかに挟んで傷痍軍人である日本人と日系米人との友情というテーマは読者の胸に響きやすい。そして国籍なるものが、人間同士の関係のなかで意味を失うときもあるという点も読者には受け入れる余地があろう。前掲『「鐘の鳴る丘」世代とアメリカ』では、この作品を荒唐無稽なお話と断じているが、十蘭はその種の批判を予想していたようだ。作中の〈私〉は、玉本に依頼されて筆を執ったのであり、聞き書きしたテクストのなかに「よくわかった、先へ行け」とか「いくらか面白くなつてきた」というように自分の素っ気ない相槌を紛れ込ませる、そんな書き方をしている。玉本の得意げな語りに対して、〈私〉は醒めた目で距離を置いているし、わざわざこういう作品構成をとった作者自身も冷静である。

「美国横断鉄路」（一九五二年）においては、発表五か月前に対日平和条約が発効し、法的には占領に終止符が打たれたとはいえ、十蘭は歴史的史料に基づいて、アメリカ人の残酷ぶりを仮借なく書いた。アメリカ大陸横断鉄道の敷設工事において見られた中国人労働者への虐待である。正確でしかも淡々とした筆致は、残虐それ自体をことばで表現することをめざしたかと思われるほどだ。

周知のようにこの作品は、一九四四年十一月の「新残酷物語」から戦時色の反米的言辞を削除し、日本人登場人物を支那人へ書き換えたものである。自作の流用という意味で問題視されたこともあったが、戦時と戦後という執筆状況の反転・隔絶にもかかわらずアメリカ人の同じ蛮行がくり返して書かれた。特殊アメリカ人が問題なのではなく、十蘭が見ているのは〈人間のすること・人間のしたこと〉だからである。その意味では、「みんな愛したら」（一九五〇年の初出時タイトルは「ノア」）のように、アメリカ人ではなく大日本帝国の憲兵が同胞を敵性国人として執拗に抹殺をはかり残虐ぶりを発揮することもあり得るのである。

占領期の十蘭は、敗戦直後に書かれた少女の日記という体裁の「だいこん」をはじめとして、在日フランス人ルダンがまた登場し、南方の戦地で〈雪〉を見ながら逝くヒロインが印象的な「黄泉から」、捕虜となったフランス系カナダ人兵士と邦人女性との言葉も交わせぬ恋を描いた「春雪」、南方戦地における行為のＰＴＳＤめいた苦しみに主人公自ら命を絶つ「蝶の絵」、戦場と化したインドネシアの現地人青年と日本人との心のつながりを示す「A島からの手紙」（のち「手紙」と改題）そして「内地へよろしく」をもとにした「風流旅情記」などなど、さまざまなかたちで戦争を捉えた。戦前、戦中にも見られた十蘭のインターナショナルな感覚は、ここでも生かされており、戦後日本の命運を左右する存在であったアメリカに対して、いち早く敗戦直後から相対したのも、その延長線上のことであった。

いまひとつ目につくのは、十蘭作品における〈女性の力〉だ。戦時の新聞連載小説「激流」は単行本化される際に『女性の力』（一九四〇年）と改められた。改題自体にどこまで意味を込めたのか判然としないところはあるが、戦時の銃後において封建的女性像を清算し、あらためて新しい女性像が求められる点が、作中やや気まじめに言及されている。しかし初期十蘭作の登場人物タヌ子やパリの花束町壱番地に住んだ女性トリオをはじめとして、戦時下のキャラコさん、彼女に匹敵する占領期のだいこん嬢はもちろん、女性として力を発揮するヒロインたちはすぐに念頭に浮かぶ。「「女傑《ラ・マゾーヌ》」号」（一九三九年）の母親や「花賊魚《ホアツオイユイ》」（一九四二年）の偉大な女丈夫やす、しみったれたことの大嫌いな「野萩」（一九四八年）の安のような年配女性もしっかり存在感を有する。忘れてならないのは、十蘭の〈逆私小説〉（中野美代子）と喝破された「妖婦アリス芸談」（一九五〇年）の女掏摸、独立独歩のアナラン・アリスだ。十蘭的フェミニズムは、戦前の根強い旧道徳の時代も戦時中も変わることなく〈女性の力〉を十分に受け止めている。

日中戦争の勃発から、その長期化と太平洋戦争突入、そして壊滅的な敗北まで、この時期の十蘭を、いくつかの作品を読みながら見てきた。文字通り一瞥したに過ぎないが、生死が関わる戦地の非日常と日常、国籍を異にする人々の交流、日系人のアイデンティティなどが取り上げられ、そうした場面を支える豊かなことば、方言を含めた日本語と外国語の豊かな世界が見出される。十蘭の国際感覚にせよ女性観にせよ、基本的には戦前、戦中、占領期、戦後を通して変わっていない。時局に応じて国策を意識した型どおりの表現もあるが、それとともに、ときには意図的に、あるいは結果的に、権力に対する批判精神を発揮することがあった。戦争に対する十蘭の小説家としての立ち位置について、一義的に割り切った見方をすることはできない。

『鉄仮面』をめぐって

都鄙を問わず男の子たちが、まだチャンバラなどという素朴な遊びに夢中になれた頃、ダルタニャンやアラミスを気取る豆三銃士は珍しくなかった。体を横に開いて、左手はうしろ、右手に剣を構えて相対する。彼らはデュマ原作の読み物に熱中しては、〈三銃士〉とか〈鉄仮面〉を口にしたものだ。路地であれ原っぱであれ、少年にとって冒険世界は目の前に広がっており、そのなかへ飛び込んでいけば余計なものはいらない。しかし身体のボルテージが下がるとともに、大人は史実の考証に耽るようになる。三十年以上も仮面をつけられ、幽囚の身にあったのは誰だったのかと。

久生十蘭もそうした疑問を抱いたひとりであった。〈鉄仮面〉については、すでにフランス留学中から関心を寄せ、帰国後ボアゴベ（十蘭訳ではボアゴベイ）の作品を〈翻訳〉、さらに彼らしい研究をしたうえで長篇を発表するというように、その扱いは並々ならぬものがある。しかし彼の関心は単に謎の人物の仮面を剝ぐことだけではなかったようだ。

鉄仮面の正体を明らかにする試みは世界各国で行われ、今から五十年ほど前のマルセル・パニョルのエッセイ『鉄仮面の秘密』でも、すでに千点以上の研究資料が存在するといわれている。以後の成果を考えれば、周辺図書も含めて図書館がひとつ建つという表現も過言ではない。それでも結論的には、依然として仮面の下の顔に疑問符がついたままだ。ここでは、鉄の仮面(じつは仮装舞踏会などで着用された黒いビロード製の仮面だった)をつけていたのは誰某、と特定するような遠大なことを試みるわけではない。ただ十蘭作「真説・鉄仮面」を読むにあたり、まず事実として認められている点をごく簡単にまとめておく。

当時のバスティーユ監獄で、長官に次ぐ地位を占めていたデュ・ジョンカの日記によれば、一六九八年九月十八日、新しい長官ド・サン゠マール(十蘭の表記はサン゠マルス)とともに、仮面をつけた囚人がサント・マルグリート島から到着したこと、囚人の姓名は告げられぬまま、長官自身が彼の食事の世話をしたことなどがわかっている。そして五年後の一七〇三年十一月十九日、この囚人は死亡し、翌日サン・ポール教会の墓地に埋葬された。顔は識別できないように潰され、埋葬者名簿には M. de Marchiel、年齢四十五歳くらいとあるが、ほかに六十歳説もあり、記載事項の真偽は定かではない。いずれにせよ〈鉄仮面〉と称される男は、伝奇ロマンの主人公だけでなく、実在の人物であったことは間違いない。

いかなる理由によってか一六六九年逮捕され、サン゠マールに伴われてピニュロル、エグズィル、サント・マルグリートの監獄をつぎつぎに移送され、バスティーユで死を迎えた。その間、貴族並みの待遇を受けたが、仮面をはずすことや決められた人以外に口をきくことは厳禁されていた。彼の動静の細部にいたるまでルイ十四世は把握しており、問題は国家的な機密に属するものであった……ということになる。

都筑道夫によれは、皮肉屋のバーナード・ショーは「この世のなかで私がいちばん知りたいことは、鉄仮面の正体だ」と語ったそうだが、謎だらけのこの人物が誰であったか、文字通り諸説紛々である。ルイ十四世の双生児の兄弟という説（デュマやパニョルの説）、王妃アンヌ・ドートリッシュが宰相マザランとの間にもうけた不義の子、つまりルイ十四世異父兄（ヴォルテール説）とか、外交問題でルイ十四世の怒りを買ったイタリアのマッチョリ伯爵、あるいは幼少の国王の遊び相手であり異母兄とされるユスターシュ・ドージェ、さらに国王と対立した財務卿フーケ説等々、その顔ぶれを数えあげると五十人以上にもなるという。ルイ十四世の双子の兄弟説に尾鰭がついて、サント・マルグリート島の〈鉄仮面〉にひとりの息子が誕生し、コルシカ島に隔離され、そのとき〈高貴な方 bonne part、イタリア語で buona parte〉の子と呼ばれ、それが Bonaparte となりナポレオンの出現となったという説まである。話が面白いせいか、ミシュランのガイドブックでもサント・マルグリート島の解説のなかに引かれている。

これほど正体について謎の部分がある人物ならば、史実の間隙をついて作家が想像力を発揮する余地もあるわけで、実際多くの作家たちが鉄仮面をとりあげている。久生十蘭は一九四〇年

（昭和十五年）に、フォルチュネ・デュ・ボアゴベ作『ド・サン＝マール氏の二羽の鶫』を『鉄仮面』（博文館世界伝奇叢書）と題して翻訳した。翻訳といっても黒岩涙香が英訳本を翻案的に訳した『正史実歴・鉄仮面』を、さらに十蘭がリライトしたとされている（松村喜雄「『真説・鉄仮面』とその仕掛け」『ユリイカ』十蘭特集号所収、青土社）。涙香の作品では、序文に「斯の如き正史実伝を日本風に訳述するは本意なき業なれども、今までの例なれば皆日本の名に書代へて本名は毎回の初めに記さん」とことわりがあって人物の名前が漢字表記され、ルイは路易だしマザランは麻撒麟、主人公モオリス・アルモアーズ伯爵は有藻守雄となる。

それればかりか、雪景色のブリュッセルの居酒屋で「升酒」が出たり、「荒武者」が「不爛白刃」を振りまわしたりもする。だが若くしてレトリックに関する翻訳本『雄弁美辞法』を出した黒岩涙香らしく、文章自体はよくこなれた名文で、例のごとく改行なしべた一面の印刷も苦にならない。十蘭訳ではもちろん人物名は原作に忠実にカタカナ表記、升酒は煮葡萄酒となりヴァン・キュイ（vin cuit）のフリガナ、不爛白刃は長炎剣と訳されフランベールヂュ（flamberge）とカナが振ってある。音を生かした涙香の「不爛白刃」も荒武者にはぴったりの訳語だが、意味を取っての十蘭訳も悪くない。涙香がただ蠟燭としているときに、十蘭は「糸蠟燭」と書き、わざわざラ・デ・キャーヴ（rat-de-cave）とフリガナを振って訳している。十蘭が〈翻訳〉した当時はもちろんのこと、戦後十年近く経過するまで、涙香訳のボアゴベの原著はどの版なのか不明だったと従来いわれている。大佛次郎や江戸川乱歩らもずいぶん原著を探したらしい。しかし

「糸蠟燭」のように、フランス語のフリガナをつけた十蘭の訳しぶりを見れば、彼はすでに原書をかたわらに涙香作を模していたのかもしれない。

十蘭が「真説・鉄仮面」(一九五四年)を構想する以前に、少なくともこの〈翻訳〉作業とアレクサンドル・デュマの「ブラジュロンヌ子爵」は念頭にあったと思われる。ダルタニャンが活躍するデュマの大長篇三部作「三銃士」「二十年後」「ブラジュロンヌ子爵」のうち、その第三部でハイライトを浴びるのが鉄仮面である。ちょうど十蘭が連載を開始する一年ほど前に辰野隆監修、鈴木力衛《りきえ》ほか訳で本邦初の三部作完全訳が出版されている。一度〈翻訳〉を経験し、鉄仮面については知るところの多かった十蘭には、意欲満々で〈真説〉を打ち出す良いきっかけとなったであろう。

デュマ作では、鉄仮面の正体はルイ十四世と双子の兄弟のフィリップ王子ということになっている。現国王と容貌、体軀、声ともに瓜ふたつのフィリップは、王位継承をめぐる争いを避けるため、マルキアリという偽りの名でバスティーユ監獄に幽閉隔離されている。その秘密を知ったアラミス=司教デルブレーは、獄中にある王子を救出して王位につけようと画策する。物語の展開は国王が入れ替わったり、事態が急転してアラミスとポルトスが敗走したりめまぐるしいが、波乱万丈だの血沸き肉躍るといった決まり文句では片づけられない。とにかく恋、陰謀、戦闘、友情、忠誠心、父性愛、すべてが行動するなかで情熱的に、しかしある美しい節度を持って生き抜かれる。少年の面影を残す十八歳のダルタニャンがパリに姿を現してからその死まで、現在の文庫本にしておよそ六千ページを、読者の眼は次第次第に熱を帯びつつ〈一気通貫〉で読みきってしまう。十蘭もこの傑作を堪能したに違いないのだが、さて自分が同じ材料を別の物語に仕立てあげるとなると、おのずから事情は違ってくる。

十蘭は渡辺紳一郎との対談「話の泉」(別冊『週刊朝日』一九五五年四月十日)で、ボアゴベの鉄仮面は嘘だし、デュマの場合も考証はしっかりしているが史実からは遠い、としたうえで謎の人物の正体をこう明かしたことがある。

真実の主人公は、北イタリアのマトゥア公国のエルコーレ・マッチョリ外相なんです。そのころ、国の経済が行き詰まると、城と住民をつけて、町全体を抵当にして「ユダヤ人同盟」から金を借りる。マッチョリは、カザーレという要塞都市をフランスのルイ十四世に売りつけておいて、その金を持って逃げた。そのため、ルイ十四世に憎まれて、ニースへ誘い出されて捕まえられ、ピニュロルの永生牢へ入れられた。なんのためのマスクかというと、暗殺を恐れて、じぶんで、つけたんです。簡単な話なんだが、諸説フンプンで、いたずらに、むずかしくしてある。

ずいぶん簡単に割り切ってしまって、問題にするほうがおかしいといわんばかりの口吻である。だが「いたずらに」とはいわないまでも、難しくしているのは当の本人なのだ。もし対談相手の渡辺が、「それでは、あえて〈真説〉と銘打ってあったけど、君の『鉄仮面』はどういう心算なのか」と問い質したら、なんと答える気だったのだろう。なにしろこの対談の半年前に連載を終えたばかりなのだから。「真説・鉄仮面」では、デュマの説にヴォルテール説を組み合わせ、さらにマッチョリの名前を借りて絡ませるという複雑な構成をとっている。つまり宰相マザランと王妃アンヌ・ドートリッシュの間に男児が出生し、その後すぐルイ十三世とアンヌの間に王太子ができたが、マザランは双生の世継ぎと偽って、自分の血を分けた子をルイ十四世として即位させる。代わりに真の王位継承者をマッチョリと名付けて遠ざけてしまった。マザランのこの理不尽な企みから十蘭版「鉄仮面」のすべては始まる。

ただし、『定本全集』第九巻の解題で触れたように、十蘭の遺品には、エドモン・ラドゥセット『鉄仮面』(Edmond Ladoucette, *Le Masque de Fer*, Arthème FAYARD)があり、丁寧に読んだ形跡が見られる。「金狼」や「無月物語」など、フランスの先行作品を下敷にして換骨奪胎した作品同様、「真説・鉄仮面」もラドゥセット作の人物配置を活かし、一部に翻訳に近い描写もある。とくに、アンヌ・ドートリッシュが死の床で国王をめぐる秘密を告白する場面は、ストーリー展開の枠組みをラドゥセットに拠っている。十蘭が執筆に際してこの先行作品を参照したのはたしかだが、量的には半分以下に圧縮してあるし、十蘭独自のといえるだけの出来上がりではある。以下、作品に即して見てみよう。

国家的機密を守るため、マッチョリは出生してまもなくブレヴァンヌ伯爵の城館に預けられた。

それから二十七年後、病に倒れ死の床に臥すようになった母后アンヌは、真の国王であるべきマッチョリを呼び寄せ重大な真相を告知しようとする。母后との対面は叶ったものの自分の本当の身分を知らぬ彼は戸惑うばかりで、わけも分からぬまま囚われの身となり、逆に真相を知った国王ルイはマッチョリを遠くピニュロルの監獄へ送り込んだ。ブルボン王家へ忠誠を尽くしてマッチョリを救出しようとするブレヴァンヌ伯爵、王家の秘密を知ってフランスに揺さぶりをかけようとする周囲の外国勢力など、さまざまな動きがピニュロル監獄の周辺に展開される。しかし救出の試みはすべて失敗し、仮面の囚人となったマッチョリはサント・マルグリート島の監獄へと移され、最後にパリのバスティーユに向かうところで物語は結末を迎える。雑誌に連載されたまま単行本にならなかったせいか記述に重複する部分があるが、入り乱れる登場人物群をまとめて、鉄仮面の存在にも一応の説得性を持たせ、この作品は読者が鉄仮面をめぐる〈真説〉を楽しめるようになっている。

しかし十蘭ファンならば、気にかかる部分が残るはずだ。先に触れた対談の席で、十蘭は半年前に自分が披露した〈真説〉とはまったく無縁の見方を断定的に語ってしまっていた。その口ぶりは自説の訂正という調子でもない。十か月余りほとんど「鉄仮面」だけに全力を傾注して完成にこぎつけたのだから、普通なら自作に則って一席弁じ立ててもおかしくないところだ。どうやら連載終了後も、十蘭の頭のなかにはいろいろな〈鉄仮面伝説〉が燻ぶっていたらしい。

いずれにしても十蘭の〈鉄仮面〉へのこだわりは尋常ではない。まだ小説家となることとの現実性がとぼしかったフランス留学中から、十蘭は熱心に〈鉄仮面〉ゆかりの地を歩いていた。「いくらか気を入れて調べた」とは彼自身の言葉だ。ブルターニュ地方のベリイルランメール、イタリアのピニュロル、カンヌ沖合のサント・マルグリートなどを見たのは一九三〇から三三年頃のことである。帰国してボアゴベの原作を訳したのが一九四〇年、「真説・鉄仮面」の発表が一九五四年、そして翌年の対談と、たとえ断続的であったとしても、およそ二十五年にわたって〈鉄仮面〉とつきあっていたわけだ。無論、ブルボン王家にかかわる秘密という歴史的事実の謎に好奇心を刺激されたということもあるだろう。しかしそれだけだろうか。

「真説・鉄仮面」では、胃癌を患う母后アンヌが「水と味の無いジュレェだけで命をつないで」、その水さえ受けつけなくなったときに、自分が遠ざけていた不幸なわが子といま一度会いたいと切望する。アンヌの口から真相が洩らされるこの場面は、作品全体のいわば焦点である。しかもマッチョリが母の病室に入ると「寝台の四隅に蠟燭をともし、白布をかけた卓の上に、聖水を満した銀の皿と灌水器」が載っており、彼はいまだ母とは知らぬ病人のそばに跪いて「どういふご縁でか、ご臨終の枕辺に来あはせることになりました。あなたさまに、おたづねしたいことがあつたのですが、それも、かなはぬ望みになりました。私は神学生の身分で、まだ僧位を受けてをりませんが、聖別の仕方は存じてをりますから、臨終の秘蹟をお授けいたします」と物静かに語りかける。水で命をつないでいた母、そのかたわらの聖水と灌水器、臨終の秘蹟を授ける子。三十年近く隔てられていた母と子は〈水〉で潤されたようにふたたび結びつけられる。ラドゥセットの『鉄仮面』には見られぬ場面だ。ただ、よみがえった母子の絆が、子に鉄の仮面をかぶせることになっていくのではあるが。

ここで十蘭の読者に連想されるのは、ちょうど同じ一九五四年に発表された「母子像」だ。第二次大戦末期、連合軍の上陸で追い詰められたサイパン島の日本軍は玉砕、民間人も親子で手榴弾を投げあったり、手をつないで断崖から飛んだり、さまざまな方法で自決する者が跡を絶たなかった。そんな状況のなかで「母子像」の主人公和泉太郎（この名字がすでに〈水〉の重要性を暗示する）も母親と洞窟住まいを強いられていた。島の洞窟だから給水の便がないのはいうまでもない。必要不可欠の水は各自で算段することになる。母を恋うる幼い息子は懸命に崖を降り、磯の湧き水を水筒に満たして母の前に捧げる。それに対してひややかとさえ見える冷静な母親は感謝の言葉をかけたろうか。著者はそのあたりをあっさり省略して、彼女の口から出るのはスパルタ人のように勇敢に死ぬべきことであり、太郎は母の手にかかって一度は絶命しかけるのだ。しかし太郎の母を恋い慕う気持ちに変わりはない。戦後の混乱した社会のなかで母の醜い姿を知っても、太郎は自らの気持ちをそのまま封じ込めるように自死を選ぶ。

この母親像はなかなか複雑であるが、橋本治「凪の海」に指摘があるように、なるほど十蘭は『母子像』というタイトルをつけて、既にタネを明かしてしまっている」と考えることができる（日本幻想文学集成『久生十蘭』解説、国書刊行会）。つまりこの母親がはたからどう見えようと、少なくとも太郎にだけは感じられる愛情と美しさを持っていたということだ。だからこそ彼には

「太郎さん、水を汲んでいらっしゃい」という言葉は、将校慰安所をひとりで切りまわす「島のクイーン的存在」であった女性の驕慢な命令ではなく、待ち焦がれていた母からの呼びかけにほかならない。水筒に満たされたわずかの〈水〉が母と子を結んでいたのだ。

とすれば、やはり〈水〉が子を母に近づけたアンヌ・ドートリッシュとマッチョリの関係は、サイパンの母と子の場合の裏返しではあるが、「真説・鉄仮面」のなかでひとつの〈母子像〉を形成している。母子像に鉄の仮面ではいかにも似合わないようだが、運命的な悲劇を背景としたこの母子の情愛を同心円の中心としてみると、彼らの秘密を知ったためにピニュロル監獄に送られたブレヴァンヌ伯爵と娘シュザンヌの父娘の愛、さらに鉄仮面の悲劇のもととなった父マザランの現国王ルイへの愛、という具合に親子の情愛の波紋が広がっていく。十蘭版「鉄仮面」には錯綜する表層の物語とは別に、からくりの糸が一本通っているようだ。

デュマ「ブラジュロンヌ子爵」のなかでも、三銃士のひとりアトス＝ラ・フェール伯爵とその息子ブラジュロンヌ子爵の互いを思いやる心情を描いた場面があった。最終的な別離をまえにして語り合う父子が、とうてい言葉にならぬところは沈黙の動作で語る、そんな印象的な名場面だが、この大作全体からすれば一挿話にとどまっているといわざるを得ない。ところが十蘭の場合、物語の発端で紡がれた親子を結ぶ糸は、細くて目立たないけれども、その後の展開を保証する強い導きの糸となっている。

もう一度作品を振り返ってみよう。母后アンヌ・ドートリッシュを母と知らなかったときのマッチョリは、「マッチョリといふのは、誰の名なんだらう。私は嫌はれた子供、捨てられた子供、この世では誰からも期待されない、無生物のやうな存在だと思ひながら今日まで生きて来ました」と呟く。逆に、マッチョリがじつは先王の第一子で王弟オルレアン公フィリップが第二子と知ったルイ十四世は、国王という確固たる地位の消失を前にして、ならば「このおれはいったいなに者だ」と悩む。肉親愛の歪みが国家的な秘密につながっていた彼らふたりは、ともに自分を特定できない。自分は〈誰？〉という問いがいかに大きい負担であったかは、ひとたびその答えが明らかになると、マッチョリが救援の手を断わってまで、仮面の獄中生活を甘受し続けることからもうかがえる。

「真説・鉄仮面」に潜在する〈母子像〉は、一般的に美化されがちな肉親愛の特別なかたちを透かし彫りにしているというより、ふたりの青年の私は誰なのかというもっと単純で根本的な疑問を引き出す。あの同姓同名、生年月日も顔つき体つきも同じふたりの「ウィリアム・ウィルソン」の場合、どちらが私なのか怪しくなると、エドガー・ポーは一方の胸を他方に刺し貫かせてかたをつけた。けれども王位継承の絡むマッチョリとルイはそう無造作にはいかなかった。事態の進行は仮面をかぶせて幽閉となるわけだが、それで私は誰なのかという問いを解消できたのか。ことはそう単純ではない。鉄の仮面によって名前と顔を奪ったとすれば、かぶせた本人の顔が仮面の下にあってもわからないのだから。

十蘭の作品には「母子像」をはじめとして、「野萩」「復活祭」「虹の橋」「生霊」など、隔たりのあるマイナスの状況にあってなお絶ちがたい親子の情愛をテーマにしたものが多い。また、日本人の母とフランス人の父をもち、自分のなかの二つの国を意識しすぎて〈私〉を壊してしまう少女（「キヤラコさん」）や、父親を阿鼻叫喚のうちに悶死させた病を自分にも疑い、〈私〉を消去して自殺しようとするヒロイン（「肌色の月」）など、肉親との距離を測りつつ自分の定点を探る登場人物も珍しくない。

「妖婦アリス芸談」のアリスも、母は日本人だが父親が生粋のポーランド人であったために運命が少しずつずれていき、万国博覧会開催中のパリで「自分を証明するやうなものはひとつも持つてゐない」状態から、腕に自信をつけて独立独歩、欧米の新聞雑誌を賑わせた女掏摸《すり》となる。幼時の彼女は、異なものを見るような周囲の眼差しのなかで「縮かんで」暮らしたのだから、どうしても自分を意識してしまう。しかし「人間の運命なんていふものは、生れる前からちやんとシノプシス（劇場で仲売する筋書本）があつて、それ以外に外題のたてやうがないものなんですから、どうしやうもありませんやネ」と達観するにいたる。その長い過程をさらりと〈芸談〉にした彼女にとって、肉親との絆は血を薄めて透明に近いものとなっている。

監獄生活十五年、しかもその間にギボン『ローマ帝国衰亡史』を読みあげるようなアリスは十蘭のヒロインたちのなかでも異色だが、いちばんわかりやすい肉親という普遍的な関係性のなかで、〈私〉の位置を把えようとする登場人物は少なくない。だがその関係性もしばしば揺らぎ崩れるのを免れず、〈私〉はなかなか定まらない。おそらく十蘭はそれを承知のうえで、いや承知していたからこそ、今あげたような作品を書き継いでいったと思われる。

こうした事情を考慮すれば、十蘭が〈鉄仮面伝説〉に惹かれた理由のひとつは明らかである。彼は自分に親密なテーマをそこに嗅ぎ当てていたのだ。彼自身に親しいテーマが、十七世紀末のフランスで、しかもブルボン王家という世界史的存在の秘密に絡めて、スケールの大きな伝奇ロマンの枠を取り得るとしたら、彼の執拗な関心もわかるというものだ。

〈真説〉とは、いわば作家としての十蘭にとってひとつの真実の説であり、史実の真偽は二の次である。だから例の対談では、とりようによっては無責任ともとれる言を発し、素知らぬ顔で仮面をかぶったのではないか。そういえば、彼は演出家という仮面、作家という仮面から、無表情という仮面まで、周到に用意していた人物であった。

スタヴィスキー事件と「十字街」

往年の映画ファンにとって、今は亡き名優ジャン・ギャバンの分厚い顔は印象的だった。独特の形と質感をもつ彼の鼻をサラミソーセージに喩えたのは、作家の安岡章太郎であったが、ジャン＝ポール・ベルモンドのあの鼻は何に喩えたらよいだろう。そういえばもともと舞台俳優であった彼がシラノ・ド・ベルジュラックとなって、日本の舞台にお目見えしたのは一九九二年であった。アクの強い容貌そのままにエネルギッシュに活躍していたベルモンドも、二〇二一年の九月、八十八歳の生涯を終えた。

彼が鼻にかかった呱々の声をあげた年（一九三三年）、フランスでは国の根幹を揺るがす疑獄事件が発生した。スタヴィスキー事件である。生まれたばかりのジャン＝ポールは知る由もないが、彼はのちに男盛りの人気俳優となって、事件の中心人物を演じた。アラン・レネ監督『スタヴィスキー』（邦題『薔薇のスタヴィスキー』）の主役としてである。スタヴィスキーは影の濃い部分があってわかりにくい人間だが、レネは彼を途方もない役者に見立てた。思わせぶりな堂々たるジェスチュアで自分の幻想を具体化し、夢を実現する人物というわけである。スタヴィスキーは映画監督レネの食指をも動かしたのだ。しかしレネの思いが強すぎたのか、政治的スキャンダルを扱った映画としては、いまひとつ事件全体の輪郭がはっきりしない印象だった。

久生十蘭は一九五一年、この事件をもとに長篇小説「十字街」を『朝日新聞』に連載している。スキャンダルの発覚が一九三三年十二月なので、その年の春に帰国していた彼は、事件の推移を直接目撃していたわけではない。しかし直前のフランス社会の空気を知っていた十蘭にとっては、執筆意欲をそそられるものがあったろう。残された彼の蔵書にはケッセル『スタヴィスキー、私の知っていた男』(Joseph KESSEL, *Stavisky l'homme que j'ai connu*, Gallimard ,1934) があるが、大佛次郎のところからも関係資料を借り出して、構想を練ったことが知られている。その結果「十字街」は、フランスの政治的激動を軸にしてそれに日本人が関わっていくという、発表当時には珍しい国際政治小説となった。

スペイン国境に近い小邑バイヨンヌ。ヘミングウェイ「日はまた昇る」ではパリからスペインの町への通過地として描かれているが、今はうまい生ハムを産することが知られるくらいで特別めざましい町ではない。だが事件の始まりはこの小都市からであった。バイヨンヌ市立信用銀行で、二億フランにのぼる不法公債発行の事実が明らかになったのは、一九三三年十二月二十四日のことである。このときはさほどと思われなかった問題は、翌年にかけて予想外の展開を見せ、フランスを左右に二分する大スキャンダルとなった。逮捕された銀行員はたんなるダミーで、背後に市長が控え、その市長もじつはひとつの歯車に過ぎず、ことを仕組んだ黒幕はアレクサンドル・スタヴィスキーであった。

彼は、フランスに帰化してバイヨンヌで開業したウクライナ出身の歯科医の息子であり、若くしてパリに出奔する。以後、麻薬取引に絡んだり、背任、横領罪に問われたりするが、そのたびに巧妙に罪を逃れ、逆により大きな〈仕事〉を企てるようになる。不正に得た金で新聞の買収、政治資金の融通をし、政財界や官界、司法界にまで人脈のネットワークをつくりあげた。そしてあらたに巨資を得ようと仕組んだ計画が躓いて、歴史的スキャンダルの発端となった。

事件の発覚から三日後、当局から勾引状が発せられたときにはスタヴィスキーはすでに姿をくらまし、同時に植民相ダリミエをはじめとして、各界上層部に事件へ連座する人々が続出した。年があらたまった一月八日、消息不明だったスタヴィスキー自殺の至急報がパリに飛び込んでくる。発信地はスイスとの国境に近いアルプスの町シャモニー。警察が逮捕に赴いたとき、右こめかみに彼みずから弾丸を撃ち込んだと発表された。しかし警察がスタヴィスキーの逃亡先を知ってから逮捕まで日数がありすぎること、彼の同行者が事前に姿を消していたこと、まだ息のあったスタヴィスキーを病院に運ぶのに時間がかかっていることなど、多くの疑わしい事情があったし、彼が政界要人との金銭授受を示す証拠書類を残していたことがわかっていたので、謀殺説が執拗に囁かれた。

第一次大戦後のフランスでは右翼と左翼が交互に政権を担当していたが、一九三二年の選挙で勝利した左翼勢力は、急進社会党と社会党の対立があるうえ、深刻化する恐慌に対応しきれず国民的支持を失いつつあった。そうした情勢を右翼側が突こうとしていたときに暴露されたのが、このスタヴィスキー事件であり、政争の手段として最大限に利用された。アクシオン・フランセーズ、火の十字団《クロワ・ド・フウ》、愛国青年団《ジュネス・パトリオット》、フランス連帯団《ソリダリテ・フランセーズ》など右翼勢力は政府の腐敗を弾劾し、議会制そのものを攻撃の的とした。彼らにはあわよくばファシズム政権をという狙いがあった。

民衆の怒りを背景とした攻勢の前に、ショータン内閣が総辞職し、代わってダラディエがあらたに組閣。新内閣の信任案が議会にかけられた一九三四年二月六日、コンコルド広場には右翼団体と市民が集まる。彼らは議会に向かおうとして警官隊と激突し、死傷者は一千名におよんだ。そのため議会で合法的に信任を受けたにもかかわらず、何もしないうちにふたたびダラディエ以下内閣総辞職の事態となった。折からドイツ、イタリアでファシズムの勢力伸長が著しく、左翼側は危機感を募らせる。それが発条《ばね》となって統一戦線を組んだ左翼陣営によりゼネストが敢行され、さらに人民戦線結成へと向かう動きとなっていった。

ただスタヴィスキー事件そのものの処理については、もうひとつの曲折があった。パリ控訴院のプランス検事が、ディジョン近辺の鉄道線路上で轢断死体となって発見されたからである。検事はスキャンダル発生以前からスタヴィスキー周辺を調査し、事件の真相にもっとも詳しい人物と見られていたし、下院に事件の調査委員会が設置され彼が公式に説明することになっていただけに、このときも自殺・他殺説がうるさく交錯した。殺害の容疑者が逮捕されたこともあったが、結局無関係であることが証明されただけで、事件の核心は判然としないままであった。

「十字街」では事件の経過がこまかく跡付けられているが、スタヴィスキーという人物は一介の詐欺師として片づけられてはいない。たしかに政治資金を扱う黒幕的存在だが、恐慌に苦しむ政府に打開策を進言したかと思えば、自分を不当に抹殺しようとする権力には、それとなく用意された退路を自ら絶っても断固戦おうとするし、家族思いの家庭人の一面も併せもっている。彼の死については十蘭は謀殺説に立ち、プランス検事をめぐる謎にも「プランス殺害事件」という章立てから明らかなように、他殺説を採っている。

「十字街」では、フランスの一疑獄事件が政治的危機へと進展するなかに、肖像画家を志す小田孝吉、フランス語の教師をめざす高松ユキ子、プランス検事のもとで学僕をしながら計理士の勉強をしている佐竹潔、日本の政界引退後フランス生活を送る鹿島与兵衛といった日本人が配されている。小田は、十年前に故国を後にしてアメリカ経由でパリに来た。肖像画の技法を身につけたら、アメリカに戻り異国の片隅で生きていこうと決めていたが、スタヴィスキー告発準備中の国会議員の死体が遺棄されるところをたまたま目撃し、事件に巻き込まれる。最後には頭部を強打されてセーヌ河へ投げこまれ、廃人同様となったまま命も危ういことが暗示されている。高松もスタヴィスキーから奨学金を受けていた縁で、シャモニーの山荘に呼ばれ事件と無関係ではいられなくなる。渦中の人となった彼女は殺害され、「皮を剝がされた冷凍魚」のようにパリのモルグ〈死体公示所〉の鉄の寝棺にころがされてしまう。辛うじてペール・ラ・シェーズの墓地に埋葬されたのは佐竹の配慮だった。鹿島老人にしても、腎臓を撃たれて一時は死に瀕するありさまで、この作品での日本人の扱いには救いというものがない。

異国の政治的暗闘のなかで、文字通り虫けらのように扱われる留学生たちだが、じつはここに登場する日本人は、祖国でも過酷な扱いを受けたことになっている。佐竹の父親は幸徳秋水の大逆事件への関与を疑われ、危うく絞首台の露と消えるところを友人であった鹿島の助けでパリへ逃れ、プランス検事のもとに身を寄せた。佐竹が検事のもとで働いているのはその恩に報いる気持ちもあってのことだ。高松の父もまったくの冤罪で大逆事件のため刑死、残された母子はアメリカへ流れて行った。小田の父は政争がもとで誘拐され行方不明のままであり、目撃者は後難を恐れて証言せず、小田の心には「世間の人間の腑甲斐なさにたいする、怨みのやうなもの」がわだかまっている。こうして彼らは、祖国から弾き出されたようにパリへ来て、貧寒たる留学生生活を送っていた。

以上のように彼らの祖国での扱いを見れば、この長篇に登場する日本人四人はすべて〈父親〉をキーワードにしてつながれてしまう。とくに鹿島と佐竹・高松とは、ふたりの父親が鹿島と友人であったという設定で直接結びつけられる。鹿島は父親代わりの観があって、高松ユキ子がスタヴィスキーから受けていた奨学金は、じつは鹿島が提供していたものだし、「佐竹と鹿島の結びつきは、父の血につながる因縁によることで、見かけはどうでも、他人などの知らぬ深い親身の情が通つてゐる」と本文中にも記されている。いずれにせよ父親との絆が強制的に絶たれたときから、若い留学生たちは身辺定まらず結局パリに流れ寄り、そしてスタヴィスキー事件の渦に呑み込まれていった。

「十字街」の基本的な構想として、フランスで現実に起きた政治的事件に虚構の日本人を取り込むという力業が必要となるのだが、その際、まず初発の力になっているのが〈父子〉の絆の断絶である。他方、前章でも触れたように〈母子〉の関係を枠組みとする作品もあり、十蘭の場合は〈肉親〉関係を構造的に仕組んだときに物語が動き出す、あるいは逆に十蘭がテキストを織りあげていくときにひとつの芯地のように〈肉親〉という要素が滑り込んでくる、こういう傾向が抜きがたくあるように思われる。

その点を確認したうえでなお、「十字街」における日本人四人の配置は円滑自然とは言い難い。日本の政治的事件、とりわけ大逆事件の波紋のなかでパリ以前に登場人物の関係がつくられるのはやや苦しい設定である。むしろ読者としては、作品の結構を破綻させかねない危険を冒してまで、フランスの疑獄事件のただなかに大逆事件——いうまでもなく日本の近代裁判史上最大の暗黒裁判と言われた事件——が唐突に引き合いに出されることに戸惑いさえ覚える。そこには何か理由があるはずだ。

「十字街」は、『朝日新聞』の連載最終回が一九五一年（昭和二十六年）六月十七日、それから半年後の翌年一月に単行本が刊行される。『定本全集』の解題でも触れたが、単行本には、初出になかった「プランス殺害事件」と「昨日《きぞ》の雪いまいづこ」の二章が付加され、さらに小田の父親の拉致事件、アメリカ大統領ハーディングをめぐる汚職事件、日本の政治的スキャンダルの列挙など、あらたな加筆が目につく。

ここで考慮せねばならないのは、単行本出版以前に、新聞連載終了のわずか三か月後、十蘭は「プランス事件」と題した作品を雑誌に発表したことである。そして単行本『十字街』の「プランス殺害事件」の章は、この作品とほとんど同じ内容である。ただし、前者では下山事件が引き合いに出され、フランスの十五年前の事件との奇妙なまでの類似性が強調されている。執筆順に見れば、初出の新聞紙上では比較的簡潔に記述されたプランス検事をめぐる事件が、雑誌掲載の「プランス事件」では詳細に跡づけられ、それをもとに単行本『十字街』の「プランス殺害事件」の章が記述されたことになる。その際も当然、念頭には〈下山事件〉があったはずなのにまったく触れられていない。その点と大逆事件が引き合いに出されている点に基づいて、橋本治「遁走詞章」(『ユリイカ』一九八九年六月号)は、両作品のめざすところの違いを追究している。

橋本によれば「『十字街』で久生十蘭が狙い撃ちにしたものは、大逆事件を平気で構築してしまう日本の民衆の冷酷さであって、その冷酷はフランスの市民のそれと同じ」であり、いわば日本の民衆は〈加害者〉である。ところが下山事件を起こしたのは日本の支配者であったアメリカ占領軍であり、もし「十字街」に下山事件を持ち出せば、「その瞬間、日本の民衆は〈被害者〉になって、この作品の根本が崩れる」。つまりスタヴィスキー事件のなかに大逆事件に絡む日本人を登場させ、フランスの暗黒部分を描くことによって日本の政治風土の暗黒まで描こうとしたのが「十字街」である。それに対して「プランス事件」は、読者にフランス版下山事件と受け取られるのを十分意識した〈読物〉である。したがって十蘭にしてみれば、下山事件に触れなかった「十字街」と雑誌掲載の「プランス事件」はあくまで別物なのだ。

橋本の論をあえて手短にまとめれば以上のようなことになろう。「遁走詞章」というエッセイは、思いがけない逆説、飛躍、断定が独特のスタイルで語られ、刺激的な十蘭論である。今問題にしているふたつの作品についても、橋本の指摘は明快だが、若干補足をつける余地もありそうだ。まず「プランス事件」を再読してみると、こんな一節が目に止まる。


一昨年の七月、下山事件が起きたとき、その頃、巴里にいたある男が、

「これは、プランス事件の直訳みたいな事件だね。そっくりその儘じゃないか」

と驚嘆していった。

そっくりその儘というのは誇張だが、あれからもう二年たち、色褪せた時代の距離感と、期限の切れた無関心の中に落着き、わずかばかりの残光が、埃にまみれた事件の形骸を照しているといった今になって、発端から終末までを一貫し眺めてみると、いかにもよく似たところがある。

注目したいのは、下山事件がさまざまな意味で各方面に影響をおよぼし、センセーショナルなニュースの域を超えるものであったはずなのに、わずか二年が経過して早くも無関心に曝され埃まみれで形骸化しているとされた点だ。「期限の切れた無関心の中に落着き」とあるのは、事件が落着したという意味だが同時に、十蘭の作品名を借りれば「あなたも私も」落ち着いてしまった、ということだ。そんなときにもう一度事件の始めから終わりまでを見れば、「「プランス事件」で提示されたあらゆるケースが、「下山事件」の中に洩れなく含まれている」、十蘭はくどいまでにこう前置きをしている。そのうえで、淡々と事実を積み重ねるようにフランスの事件を書けば、落ち着いてしまった読者にも否応なく下山事件が生々しくよみがえるはずだ、十蘭はそう考えていた。

執筆当時は下山事件から三鷹、松川事件と続き、朝鮮動乱を境に警察予備隊が創設され、〈逆コース〉が流行語になるなど、敗戦後の日本の軌道修正がしきりに論じられた時期である。十蘭は別に自分の思うところを記したわけではない、読者が目にするのはフランスの事件だ。しかしそこからよみがえってくる日本の事件は「色褪せた時代の距離感」のなかに放置されたままでいいのか。おそらく十蘭はそういう問いを投げかけている。これは作者に付きすぎた見方かも知れない。ただスタイルを本領とすることが強調される十蘭に、メッセージ性を持った一面があったことも事実である。

そうした意味では単行本『十字街』の意図するところにも共通する部分がある。「十字街」においては、次々に危険人物を抹殺するフランスの権力や、「男を女にする以外のあらゆることが出来る」フランスの警察組織が描かれ、また「正義感の満足を得るためならフランスを潰してもかまはない」といわんばかりの民衆の狂熱とその裏返しの冷酷が描かれる。同時に十蘭は、橋本が指摘したように大逆事件に見られる日本政治の暗黒の風土と民衆の冷酷、見方を変えればその「腑甲斐なさ」を透視させる。十蘭はまた、ちょうど大逆事件とスタヴィスキー事件のあいだに位置する、一九二〇年代アメリカの疑獄事件をも小田の口を借りてさりげなく指摘している。作品のなかではハーディング大統領の「暗黒内閣」とだけ記されて説明はないが、疑獄事件の発覚と追及の時期に小田がアメリカ生活を送ったことになっている。細かい点だが、十蘭は計算したうえで引用したのであろう。

ウッドロー・ウィルソンのあとを受けた大統領ハーディング（在位一九二一〜一九二三年）は、ワシントン軍縮会議を主宰したことで知られるが（その背景については谷譲次『めりけんじゃっぷ商売往来』の「拒絶票蒐集病患者」に独特の解説がある）、在任わずか二年半で急死し、しかもその間、側近グループに石油がらみの汚職疑惑が明るみに出たため、彼の死についてもとかくの噂が立った。F・L・アレン『オンリー・イエスタデイ』（藤久ミネ訳、筑摩書房）には、まさに醜聞としかいいようのない事実が明らかにされているが、我々の目を惹くのは、アレンがアメリカ国民の反応を報告している部分である。「彼らは犯人を処罰するために敢然と立ち上っただろうか？」とアレンは問う。やはりというべきではないが答は否であった。新聞が一面トップで事件を報じるとアメリカ国民は興奮して関係大臣の辞任を求める、それでいて事件を徹底究明することには、非愛国的、ボルシェヴィキ的な行為として批判の声をあげ、現状を乱されるのを好まなかった。真相の究明と称して時間をとるにつれ複雑な事情がはっきりしなくなり、不正に対する国民の怒りは「深く平穏な無関心に変わっていった」。

十蘭がどこまでこのスキャンダルを知っていたかはともかく、わざわざアメリカの疑獄事件を引き合いに出したのは無意味ではない。ここでも権力の側の姿勢は揺るがず、民衆には事件発覚の興奮と「腑甲斐なさ」がつきまとい、結局「無関心の中に落着く」。職務に殉じて斃《たお》れた大統領とばかりに死を悼むかと思えば、その死に結びつく事件そのものをうやむやに霞ませて、結果的に〈加害者〉となってしまう。つまりフランスであろうと、日本であろうと、アメリカであろうと、ひとたび暴走し始めた権力の実態は変わらない。それに対する民衆の狂熱、冷酷、腑甲斐なさも同様である。十蘭のやや強引とも思われる大逆事件の作品中への取り込みは、彼からすれば決して唐突なものではなく、やはりそこに彼なりの意図があってのことであった。

根拠曖昧のまま十二名の被告が次々に処刑された大逆事件に対しては、国内だけでなく国外からも強い批判の声があり、周知のとおり永井荷風のような作家まで、「わたしは文学者たる以上この思想問題について黙してゐてはならない。小説家ゾラはドレフュー事件について正義を叫んだ為め国外に亡命したではないか。然しわたしは世の文学者と共に何も言はなかつた。私は何となく良心の苦痛に堪へられぬやうな気がした。わたしは自ら文学者たる事について甚しき羞恥を感じた」(「花火」『永井荷風全集』第十五巻、岩波書店)と書いた。以後彼は自分を江戸の戯作者に擬していく。一九〇八年(明治四十一年)フランスから帰国した荷風には、日本の現実に絶望する一方で、フランスの文化的伝統と個人主義が理想化される面があった。それから四半世紀遅れてフランス生活を送り、第二次世界大戦を経験した十蘭は、日本とフランスをまず世界的な同時性・同質性のなかに置いてみる。フランスの疑獄事件のなかに日本の〈暗黒裁判〉を持ち込んだときにも、本人には違和感はなかった。それを案ずるより、仕掛けを大きくとり読者へのメッセージを活かす必要性を思うほうが強かっただろう。

「十字街」が新聞に連載された当時はテレビがまだ実験放送でしかなく、新聞小説は現在とくらべてはるかに読者の日常とのつながりが緊密であった。十蘭はおそらくその事実を念頭に置いていた。「十字街」の直前に掲載されていたのは村上元三「佐々木小次郎」であり、ほぼ時期を同じくする各紙には獅子文六「自由学校」、林芙美子「めし」、大佛次郎「四十八人目の男」などがみられた。読者が特別の抵抗もなく接し得るこうした作品のなかでは「十字街」は異色だし、一般読者にスタヴィスキー事件がどの程度知られていたかも疑問だ。だが、十蘭は「十字街」の連載に踏み切る。そこには作家としての欲もあったろうが、彼の時代感覚も発揮されているようだ。連載にあたっては次のような「作者の言葉」が掲げられた。

たった一人の詐欺師のために、四千万の人口をもつ大きな国が分解をとげ、危くひっくりかえりかけた「スタヴィスキー事件」なるものは、大きさ、複雑さ、豊富さ、異様さ、その他あらゆる点において、小説というものがはじまって以来今日までの、いかなる小説よりも面白いといわれている。

その事件をたどりながら、われ〳〵の生活と、希望と、生命のすべてを託している政治というものの奇異な様相を、小説で書いてみたい。

（『朝日新聞』夕刊、一九五〇年十二月二十九日）

これから連載しようというのだから前半部分は見出し代わりであろうが、あとの二行に著者としての狙いをいささか生真面目にのぞかせている。いっぽうで彼はナンセンスに弾むような作品とか、精妙な工芸品にたとえられる短篇を書いてスタイリスト十蘭を謳われる。しかしまた渡辺啓助や堀切直人のように、明るすぎるほど明るい〈善人小説〉、モラリスト的な作品の書き手として十蘭を評価する見方もある。それは互いに相容れない傾向ではなく、ふたつながら十蘭であるに違いない。新聞というメディアで「作者の言葉」に見える十蘭はそのモラリストの一面だ。先に述べたような戦後日本の転回点となった時代状況を前にして、「われ〳〵の生活と、希望と、生命のすべてを託している政治」と彼は振りかぶる。「われ〳〵」は狂熱と冷酷には無縁であるべきだが、腑甲斐なさや無関心のなかに落ち着いてしまうのか、こう振りかぶりはするが、十蘭はそれを「小説で書いてみたい」のだ。小説より面白い事件を小説に取り込むことによって。

「十字街」はフランス現代史上の事件に日本人を巻きこみ、さらに大逆事件をだぶらせるという法外な仕掛けを構え、時間と空間の遠近法のなかで権力と民衆の実像を浮上させようとする試みであった。

> おだやかな春の夜だつた。歩道の街路樹の若芽が月の光に濡れ、広場の中央のオベリスクが雪のやうに白く光つてゐる。ちやうど日曜日で、海神の噴水盤が水の吐息を吹きあげ、下院の屋根の投光器が、それを五彩に染めあげてゐた。あの夜の思ひ出につづくものは、なに一つない。稚い、新鮮な花とかをりをたたへた美しいパリの夜景が、しいんとしづまつてゐるだけであつた。

ここに描かれている広場、〈十字街〉すなわちコンコルド広場は、最初の〈ルイ十五世広場〉から〈革命広場〉と改められ、悪名高いギロチンがルイ十六世やマリー・アントワネットをはじめとして多くの人々の首を切り落とした血腥《ちなまぐさ》いところである。〈融和《コンコルド》広場〉と改称してもその匂いは拭いきれず、スタヴィスキー事件を引き金とした二月の騒乱でふたたび血が流された。「十字街」の抒情的と思えるような結末は、そこに登場した日本人たちに悲惨をきわめた運命を負わせたままであることを思えば、見かけほど美しく静かなものではない。

連載を担当した記者の回想（門馬義久「作家の女房役として」『現代新聞小説事典』至文堂）によ

れば、朝から夕方まで待ち続け、最後には喧嘩腰で時間ぎりぎりに原稿をふんだくって新聞社に帰る、そんな状態が毎日のようだったという。あまり仕上がりが遅いので、ときには「新聞小説の読者は電車の中で立ち読みする人も多いのにそう小味なことに凝ってもだめ」と意見したこともあったそうだが、十蘭は、書き上げた原稿に何度も手を入れるだけでなく、一度渡した原稿を取り返して加筆するのをやめなかった。必ずしも「小味なことに凝って」いたばかりではないだろう。部屋中に百科事典を広げて事実関係を確認すると、そのうちほかのことまで調べだし、最初に何を調べていたかわからなくなるほど熱中したり、『ラルース百科事典』の新版と旧版の比較検討をしたりするのも珍しくなかった。もちろん担当者を待たせての苦渋ぶりに、例によって十蘭の演出癖がまったくなかったとは言い切れない。しかし明らかなのは、「十字街」を書いている十蘭に、自分のよく知るパリの空気を肌身に感じる瞬間がしばしば訪れたということだ。それはこの作品の随所に読み取れることである。

パリ再訪の夢

海図ではない、ほんたうの海の上に、堂々と領海線がひかれてあると言つたら、諸君は、まさか！　と思はれるであらうか。しかし、これは嘘ではない、本当にさうなんだ。

上海《シャンハイ》を出帆して半日位経つと、海の色がはつきりと、二色に染め分けられた一線に出つくわす。この線の上に立つて眺めると、中国の海は、物騒な壁土色に濁つてゐるのに、日本の海は、切立《きりたて》の印半纏のやうな、鯔背《いなせ》な紺土佐《こんどさ》色に澄んでゐる。

久生十蘭が、フランスから帰って二年後に発表した長篇「黄金遁走曲」の冒頭である。隈取りあざやかな怪人物たちの大活劇にふさわしく、海を行く船は「S・O・S汽船会社の楫取丸《かぢとり》」、マルセイユ港からの長旅に倦むふたりの主人公は、「ノンシヤラン道中記」でお馴染みの留学生コン吉とタヌ子で、円安という大敵に抗しがたく祖国へ退却してきた。「鯔背な紺土佐色」の海を目の当たりにしても、彼らには感傷の影は微塵もない。同じくマルセイユから海路をとったはずの十蘭は、足掛け四年ぶりの祖国を前に、染め分けられた海を見て何を思っただろうか。

帰国後の作品はこれらふたつのコメディ以外に、これまでにも触れた「花束町壱番地」「犂氏《カラスキー》の友情」「月光と硫酸」「フランス感《かぶ》れたり」など、フランスやフランス人に材を求めた作品が多いが、帰国した作者の思いを直接うかがわせるものはない。たとえば、十蘭から三年遅れてパリを訪れた横光利一は、帰国後「旅愁」を世に問うた。「黄金遁走曲」のようなスラプスティック・コメディと真正直なしかも未完の大作では比較にならないが、それにしても「旅愁」の主人公矢代耕一郎の帰国第一歩は信じ難い。まず銀座の寿司屋へ入り、打ち水や漆塗りの黒い寿司台に目を慰め、さらに行きつけのおでん屋に顔を出す。その入り口の盛り塩は、「闇の中から、不意に合掌した祈りの姿」で彼を迎え、感動した矢代は「襟を正して黙礼しつつ」敷居をまたぐ。それからの矢代は、古神道に拠って日本主義者へと傾斜していくばかりだ。

いうまでもなく矢代が著者と一体化しているわけではないが、横光利一は晩年の十年をかけ日本と西欧という構図のなかで「旅愁」を書き継いでいく。十蘭は「旅愁」の一部を読んだと「従軍日記」に記しているが、「旅愁」流の正面切っての日仏、東西比較論を展開した作品はない。早くからフランスの文学や演劇に関心を持ち、パリやコート・ダジュールで存分の留学生活を送った十蘭だが、そういう場合にありがちな、もっぱらのフランス贔屓《フランコフィル》でもなかったし、帰国直後から一転しての日本回帰現象とも無縁であった。

十蘭が西欧世界を意識しつつ日本の危機的状況を描いた作品として、長篇『だいこん』（一九四九年）をあげることができる。戦争終結からミズリー号での無条件降伏調印式までを、だいこん（もちろんルナール「にんじん」のパロディ）と愛称される少女の目から描いたものだ。才気煥発、性情快活な彼女は、外交官であった父親とともにパリ生活を経験している。ポツダム宣言受諾後も国体護持派が徹底抗戦の構えをとるのに対して、降伏主義者と蔑称されてきた政治家や外交官が、パーティに名を借りて集まり、かなわぬまでもこの動きを阻止しようと試みる。このパーティから始まって、敗戦により処分される軍艦の退艦式での小舞踏会、だいこん一家のパリ時代からの友人の慰霊祭（九月二日の降伏条約調印の日に催される）、これらのセレモニーを軸にして物語は展開する。

敗戦直後の混乱を描きつつ、少女は「あの方」（天皇）や日本への愛を記し、「神がかりの武断派《ミリタント》」こそ真の敵であると書く。そしてこの作品は、ボードレール「悪の華」のエピローグ草稿を下敷にして、「ねがはくは日本よ、なんぢ朝の薄きスフの外套に包まれ、生ける国に恢復《かへ》るその日まで、感冒にをかされず眠りてあらんことを」と結ばれた。占領下の日本は仮死の国なのだ。ボードレールが「汚辱の都」を愛するとパリに呼びかけたのに倣って、だいこん嬢は、「塩辛い水にかこまれ、北枕に寝た、細長いひとつの〈島〉」となりはてた国へ祈りを捧げる。日記という形式を借り、率直で機知に富む語り口に終始して、だいこん嬢はみずからの祖国愛を表明する。

しかし、だいこん嬢の祖国愛は一方的に傾斜することがない。彼女は「あの方」への愛を語りながら、他方で日本の歴史は、「乗りこんできた漂流民族が、原住民をさんざんにやっつけて」国を乗っ取った侵略の事実に始まると考える。外国で国旗を見たときの感激を語る端から、スイスでは日の丸はスケート場の標識で、「けふも辷《すべ》れます」という合図にすぎないとつけ加える。あるいはトーマス・マンを引いて、自分の国が敗けたことに「病的な誇《ほこり》」を持ち「ひたすらじぶんの悲劇に陶酔してゐる」べきではないとも書く。こうしたバランスのとり方は、ヒロインの知人がアメリカ兵捕虜と恋に落ちたり、パリで知り合ったアメリカ人が進駐軍として東京に上陸したり、というエピソードが織り込まれていっそうの広がりを持たされる。エピソードの進行のなかで、戦勝国アメリカから見た日本の姿が描かれ、アメリカはヨーロッパの視線に曝される。同時にだいこん嬢は少女的身軽さで、〈アメリカン・ウェイ・オブ・ライフ〉を皮肉り、アンドレ・モロワの無責任な評論家的言辞を怒って彼の『フランス敗れたり』にバターを塗って犬に食わせてしまう。

『だいこん』が単行本としてまとめられたのが一九四九年、『モダン日本』誌に断続的に発表されたのは四七年から四八年にかけて、まだ占領軍のGHQによる厳しい出版統制が課されていた。「だいこん」も例外ではなく『定本全集』第六巻解題（川崎賢子）によれば、再三「違反」「保留」「部分削除」を命じられている。

この時期、日本は〈北枕〉で寝ている国でしかなく、その祖国に対する十蘭の思いは、やはり少女をヒロインとした戦時期の「キヤラコさん」（一九三九年）にみられる〈理想主義〉を引き継いで明らかに表明されている。〈理想〉であるがゆえに時局を突き抜ける面をもつ見方だ。しかし読者へのメッセージならば、主人公として適当な人物はほかにいくらでもありそうだ。だいこん嬢の父親だっていい、なにしろ憲兵隊に検挙され銃殺の恐れも経験した外交官で、敗戦直後の緊迫した政治状況を時々刻々知り得る立場にあるのだから。だが十蘭が選んだのは十七歳の少女だった。マネの絵画でも有名なパリのミュージック・ホール、フォーリイ・ベルジェール。そのダンサーが「草の茎のやうなすらりとした足をそろへて逆立ちする」すばらしいポーズに憧れて、逆立ちを披露、有難くない愛称を頂戴してしまう女の子だ。逆立ちするのは彼女の身体だけでなく、〈大人〉の目には悲劇的な危機と見える光景も転倒させられる。

敗戦によりまもなく廃艦と決まった日本海軍の艦上での舞踏パーティ。彼女は司令塔からワッフルを食べながらワルツの流れる甲板を見おろす。「純白や、クリーム色や、朱鷺色《ときいろ》や、薄いモーヴや、さまざまの色のロオブの裾が、海風に吹かれて花むらの花のやうに揺れてゐる。この画面の下のはうにしやれた横体でT. Lautrecとサインがしてありさうだつた」。目前のシーンを一枚の絵に仕立てあげると、「ねむくなつた。けふはこれでおしまひ」と日記を閉じる。大人にとっては重大な〈ヒストリカル・イヴェント〉であっても、彼女はそれをひとつの美しい絵としてしまう。だいこんの言説や振舞いは著者の手の届く範囲を超え、作品に持たされたメッセージをも結果的に相対化している。「だいこん」の小説としての魅力の源泉が、ヒロインのこの自由な運動にあるのは否定できない。

「だいこん」には日本人を父、フランス人を母とし、アメリカ人の友を持つという、十蘭的相対化の視点をいやでもとらざるを得ないような通称シゴイさん（島野少佐）が登場して、ひとつの重要な挿話を形成している。ちなみに少佐の父は、日本航空界の草分け的存在で第一次大戦ではフランス軍大尉として欧州戦線で活躍した男爵滋野《しげの》清武《きよたけ》をモデルとしており、その妻ジャーヌも晩年日本でフランス語を教授して大佛次郎夫妻らとも親交があった。十蘭は「勝負」のなかでも滋野に触れている。この「だいこん」のほかにも十蘭には、すでに触れたように国籍の異なる両親を持つ人物や日系人が登場する作品が少なくない。思いつくままに挙げても「キヤラコさん」「魔都」「計画《プラン》・Я《ヤ》」「黒い手帳」「南部の鼻曲り」「妖婦アリス芸談」等々、作品傾向はさまざまでありながらその種の人物の登場頻度が目立っている。

いずれにせよ十蘭は、日本と欧米を比較するのに二項対立的で固定的な枠組みを設定することなく、日・米・仏をつねに互に相対化する視点をとっている。その意味では、この章の最初に引用した箇所は、対象こそ違うものの象徴的である。中国と日本を分け隔てる〈領海線〉が、地図上ではなく海上に目にも鮮やかに引かれている。だが海面上であるゆえに、二色に染め分けながらも、この領海線は凹凸定まらず、揺らめきつづけて固定されることがない。十蘭のインターナショナリズムについてはよく語られるが、彼の念頭にあるのは、超国家的な統一世界を想定したいわゆるコスモポリタニズムではないし、脱国家的な単なるデラシネの世界でもない。ナショナルなものが、いわばモザイク状に並存し、しかもその境界は固着せずに揺らいでいる、そんな世界だ。そして十蘭のインターナショナリズムは単なるイズムで終わらないところがある。「キャラコさん」の「鷗」と題された章には、ヒロイン・キャラコ嬢に対してフランス系カナダ人の父と日本人の母を持ったレエヌが副主人公として登場する。彼女のアイデンティティの揺らぎに起因する行動については、本書「水の物語」で言及したのでここでは触れないが、このように「だいこん」「南部の鼻曲り」「キャラコさん」、いずれも国籍が二重化され、不確定な国境に翻弄される人物が登場し、またその震源に肉親の姿が見えている。

今までに何度か触れたように十蘭の作品群を見渡すと、父子あるいは母子をはじめとして、肉親という関係のなかでしばしば作品が織りなされている。しかしそれは、親子の情愛を描くという水準にとどまるのではなく、きわめて普遍的な関係のなかで〈自分〉は誰なのかという問に帰結する場合が多い。国籍が問題となるのもそのひとつの現れである。

ただし、十蘭についてはは肉親なるものも、あまり固定的絶対的にとらぬほうがよい。「虹の橋」では他人であるのを互いに承知していながら実の母と子のように装い続けられるし、「生霊」では、中国で戦死した関原准尉の身代わりとなって、彼の祖父母のまえに松久三十郎が現れる。また、だいこん嬢は、家庭内で孤独な友人をまえにして「ほんたうにこのひとはいつもひとりだ。支配人と家庭教師だけがこのひとの〈肉親〉だ」と思う。とすれば他人でも支配人でも家庭教師でも〈肉親〉たり得る。要するに〈肉親〉といってもひとつの関係として捉えられている。

そして「生霊」の掉尾、三十郎は「自分は松久三十郎なぞではなくて、冥土の便宜で、あの世から三人の肉親を慕つて遙ばるこの世へ戻つて来た関原弥之助自身なのかも知れないといふやうな不思議な気持ちになつて来た」。読者にも、思わずそうかもしれない、そうあってほしいと願わせるような結びだが、ここでも〈肉親〉という関係性のなかで自分の輪郭が再検討される。

いったいに〈私〉は誰かという問を自分自身に突きつけても、空転して〈私〉は明らかにならない。他者との関係のなかで、そのたびごとに現実化し明らかになってくるものだ。〈私〉は日常的に〈私〉が誰であるかを露わにしていくといえるだろう。〈肉親〉とはそういう諸関係において、もっとも普遍的で距離と密度の測りやすいものである。十蘭の作品に肉親にかかわる愛を描いたものが多いのは事実だが、同時に無視できないのは〈肉親〉という関係性のなかで〈私〉が問われていることだ。

「十字街」のスタヴィスキーは、詐欺師、政財界の黒幕、反権力者、妻子を愛する良き家庭人であり、それぞれの姿が同価値でスタヴィスキーという人間を示している。十蘭が使う言葉で言えば、数多くの〈商標〉がこの男には貼り付けられる。「黒い手帳」の語り手である〈自分〉は、身近にした屋根裏部屋の元画家には貼るべき〈商標〉がなくなったのを知った。「ハムレット」の小松顕正《こまつあきまさ》はいうまでもないが、十蘭の作品のなかに自分につけるべき〈商標〉、あるいはすでに貼られた〈商標〉を探るものが多いのは、十蘭自身が自分にただひとつの〈商標〉を探っていたからではないか。

〈小説家久生十蘭〉が彼の〈商標〉だろうか。前章でも触れたように「南部の鼻曲り」では、小説家の〈私〉が話し相手から聞き取った物語を記述していく。しかし、この〈私〉は十蘭と重ねられるのではなく、むしろ切り離されて作者本人は透明なままである。「内地へよろしく」の最後には突然〈私〉が出現して読者を驚かせるが、画家松久三十郎の分身のように行動をともにしていた観察者が、ギリギリ最後に別行動をとったのか。この〈私〉も透明人間のようにつかみどころがない。ヒロインの日記であるはずの「だいこん」の最後でも、米軍機の戦勝祝賀空中ページェントを「だいこんがうつとり見とれてゐる」とある。見とれているだいこん嬢を見ているのは誰なのか。ここでも作者とは言えない正体不明の透明人間が佇んでいる。

阿部正雄の〈商標〉は小説家久生十蘭なのか。だが、いつの頃からかそんなものはない、〈商標〉の脱着はいくらでも可能であることを納得したのだと思われる。〈商標〉はまた一種の仮面であり、紙のであれ、布であれ、鉄のであれ、剝せばその下にあらたな仮面があるのを彼は知った。それでいて仮面は決して仮の、かりそめの面貌であるのではなく、それもひとつの顔であり自分である。ならばその自分を表現してまた別の自分を探ってみる、そうした運動のエネルギーが十蘭を支えていた。個々の作品は、ある結果であると同時に始まりとなり、作品を創ることによって新しい自分が創られる。そういえば「何者でもない、それでいてある者、何処にもいず、それでいて至る所にいる」あのファントマを十蘭は翻訳・翻案したことがあった。ファントマは剣を片手にパリの闇夜を跳梁する。ペンを片手に遁走する阿部正雄は何者でもない、それでいてある者だ。矢部阿佐緒、瀬崎甚太郎。亀尾勘吉、狐野今吉、麴町子、星野青士、覆面作家、谷川早、六戸部力、そしてなお多面体と称される久生十蘭。

パリは不思議な魅力を持った都市で、島崎藤村や金子光晴、深尾須磨子など再訪、三訪する人は少なくない。近頃であれば観光客のうちのかなりの人が「パリ再び」とばかりド・ゴール空港へ降り立つことだろう。四十年ぶりにこの町を歩いた梅原龍三郎は、彼に親炙していた画家益田義信から「巴里は変わりましたか」と尋ねられて「うん、なにしろ街路樹が大きくなったなあ」と答えたという。パリの変貌ぶりを語る人はあっても、街路樹の成長をいう訪問者は少ない。

久生十蘭は一九五七年（昭和三十二年）の夏、パリを再び訪れる計画を抱いていた。実現していればおよそ三十年を隔てての再会であったが、彼ならばパリの変化をどこに見出したであろう。ヴェトナムのディエンビエンフーで歴史的敗北を喫したフランス、アルジェリアの独立運動に悩むフランス。十蘭がかつて見た一九二〇年代末から三〇年代初頭のパリとは違って、暗澹たる雰囲気が町を覆っていたはずだ。あの頃は革命後の亡命ロシア人、陽気な笑いをふりまくアメリカ人観光客、自分がよく間違えられたアジアの人たちが街に溢れ、そしてさまざまな異邦人を受け入れながら独自の生活スタイルを失わないパリジャンがいた。自分の国の中心部を〈内地〉と呼んでいったん切り放してみることができ、外に開かれた海港都市として、日常的に欧米、アジアの諸国と交流のあった函館、そこに生育した十蘭はこだわりのない独特の観察眼でパリとパリに住む人々を見た。さらに第二次大戦中、あらたに中国やインドネシア、ニューギニアなど南方地域を実地に知った彼は、ヴェトナムとアルジェリアに苦しむフランスを見ても、フランス人とは別の視点をとりえたであろう。時代の空気のなかから創作活動の芽を育てることのあった十蘭だから、装いをまったくあらたにした「十字街」や「犂《カラスキー》氏の友情」を読者は期待することもできた。

フランス語でJaponaisといえば〈日本人〉をさすし、小文字で書けば〈日本語〉の意味でもあるように、さまざまな言語が飛び交うパリで自分の国を意識したことが、自分の国の言葉をあらためて対象化し、豊かな語彙とユニークな語感を身につけることにもつながっていった。そんな十蘭がふたたびこの地を訪れたとしたら、晩年の緻密な文体を突き崩すあらたな言語実験の契機を摑んだかもしれない。しかし五十五歳という年齢をすでに〈晩年〉といわなければならない事態が進行していた。

ちょうどパリ再訪を考慮していた年の三月頃から不調を訴え、まもなく食道癌に苦しむようになる。周知のとおり彼はそのとき、自分に癌細胞の発生を疑う宇野久美子をヒロインとして「肌色の月」を執筆中であった。作品の連載も思うに任せないうちに、流動食も水も、さらに唾液すら嚥下できなくなる。癌研究所での手術も、放射線治療も、夫人のまさに献身的というほかない看護もすべて甲斐なく、彼のパリ再訪はついに夢と終わった。

幸子夫人の記憶によれば、「母子像」がガリマール社の『54の世界名短編小説集』に収録されたとき、担当編集者と東京のホテルで会食したことがあり、その印税はフランスの銀行にそのまま預けて、近い将来のフランス旅行の際に役立てることにしていたという。あるいはMasao Abe名義の口座が、あり得ない主人の訪問を待って残されていたかも知れない。

II

水の物語

久生十蘭が、海軍報道班員としてインドネシアのジャワ島に滞在していたときの「従軍日記」四月二十二日に、つぎのような記述がある。

湖水の上がすつかり暮れて灯がうつる。湖畔のかういふ雰囲気の中で何十日かの日を過さうとは考へてゐなかつた。いちどこんなところで落着きたいと考へてゐたことがある。おれは湖畔が好きだ。小供のとき、ぢゞいに連れられて泊つた大沼の湖畔の夜、それから明方の靄など云ひ知れぬ強い印象をうけ、それが湖といふものにたいする特別な憧憬になつてゐる。

それまでひと月半近く滞在していたスラバヤからマデウン湖畔に移ったときの思いが、率直につづられている。大沼とは故郷函館から遠くない現在の大沼国定公園である。すでに子どものときから、湖に特別な思いを抱いていたことがわかる。

「従軍日記」の数年前、雑誌『新青年』一九三九年五月特別増刊号に掲載された「探偵作家四方山座談会」でも、十蘭は興味深い発言をしている。

たとえば、ごく早い頃に読んだ探偵小説のなかではポオの「黄金虫」が印象に残ったという。「黄金虫」の「最初に出て来る暗号文字のロマンチックな所」、そして「あのボートで渡つて行く島の景色が非常に美い《い》」というのだ。十蘭はここで思い違いをしている。「黄金虫」で暗号文字が出てくるのは決して最初ではない。彼が「非常に美い《い》」という、泥砂で本土と一部つながっているサリヴァン島こそ最初に出て来るのだ。どうやら彼には、暗号文字もさることながら「黄金虫」といえば冒頭の「島の景色」ということらしい。

久生十蘭の作品には、島を舞台にするものも多いし、海、川、湖、池と水の気配に深く浸された物語はいくつも挙げることができる。作品群の底に地下水脈があって、それが水量の多寡はあれ表面に滲出したときから物語が始まる、そういう趣きなのだ。そして彼の水の物語たちは、同時に、久生十蘭自身の水の物語をわれわれに語っているのではないだろうか。以下、できるだけ十蘭の作品に即して、水の流れを追ってみよう。

一　水の物語

一九二六年五月、函館の文芸同人誌『生』に、阿部正雄名義で「蠶《かいこ》」が発表された。『函館新聞』掲載の「電車居住者」（一九二三年）とともに、散文作品としては最初期の作品である。

東京に遊学に来た青年が、カフェの女給にはまり込んでしまった挙句に捨てられ、鎌倉で自殺しようとする。彼が聞いていた鎌倉は、「キラキラ陽のあたる白い砂浜で、水紅色や橙や青やの水浴着を着た、鮫のやうな娘達」が跳ね廻り、一日中「金鍍金の情事や、匂ひの良い淫蕩」があるはずだった。しかもその娘たちが、まごつく彼と水際で遊び戯れながら、「死ぬなんかお止しなさい」と優しく囁いてくれるはずだった、というのだから青年の決意のほどが知れる。そう思っていると甘さが徐々に苦みを増してくる。海の見えるところで手首を切るうちに激しい飢餓感に襲われ、手当たり次第に周囲の草を口のなかに押し込む。「ゲイゲイと青い水を吐き戻し乍ら」草の上を這いまわる姿が、「上簇しようとする勇健な蠶に似てゐた」と終わるところで、甘さと苦さは計られたようにバランスをとる。滑稽ともいえる青年主人公の空回りを描いて、初期作品としては一定の水準に達している。

ところで〈鮫のやうな娘達〉という表現に注目してみたい。十蘭の作品には鮎子という名の女性も何度か登場するのだが、まず想起されるのは「海豹島」だろう。もちろん、氷と霧に閉ざされた海豹島と鎌倉ではロケイションが違う。しかし荒涼としたあの島で、ひとりの若い女性は牝の膃肭獣《オットセイ》と一体化していた。「しなしなと身体を撓《しな》わせるたびに、天鵞絨《ビロード》のような柔毛《にこげ》の屈折につれて素早く美しい光沢が」が走り、「胸は思春期の少女のようななまめかしい線」を描き、「脚鰭の蹼《みずかき》は春の霞のように薄桃色」に透けていた膃肭獣だ。しかもこれは比喩にとどまらない。この膃肭獣のなかには若い女がひそんでいるのだから。

われわれは子どものころから人魚という存在に親しんでいるし、魚と女のアナロジーは格別珍しいものではない。ジュール・ミシュレは両者を等号で結びつけ、さらに牝の鯨は海の巨女、「外側は魚だが内側は女だ」という。ミシュレの思い入れは別として、十蘭もこのアナロジーに忠実であった。浮筏《ラドオ》から飛び込む少女たちは〈海豚《いるか》の子〉（「キヤラコさん」）のようだし、縛られた小娘を川から引きあげるときに顎十郎は〈ごんどう鯨〉を扱うようにする。「金狼」の主人公久我が夜の酒場で出会った女は、〈鮭色のソワレ〉を着ていた。物語の展開に絡んでくるこの女を、十蘭は〈鮭色の娘〉とも書いている。

どうやら十蘭にとって、女性それも若い女性は水のなかを泳ぎまわり水辺に棲息しているらしい。

十蘭には、賢くて健康で快活な若い女性を主人公とした作品がいくつかあるが、初出誌『新青年』の読者賞を受賞し、映画化された「キヤラコさん」は、その代表的なものだろう。本名石井剛子《つよこ》、十九歳。贅沢な絹ではなく木綿（キャラコ）を好むがゆえに、愛称キャラコさん。

ある人に真正直な親切を尽くしたおかげで、彼女は巨額の遺産を相続することになり、それにまつわる騒動を避けるため、なかば強いられた旅をすることとなった。一種の猶予の時間のなかで生起した事件を、十のエピソードに仕立てたのがこの作品である。ここでもやはりヒロインは水の領域を離れることはない。

「青い波のうねりに、初島《はつしま》がポッカリと浮んでゐる」と始まる物語は、〈川奈〉のホテルを舞台にしているし、キャラコ嬢をホテルに呼び寄せたのは叔母の〈沼間《ぬま》〉夫人であった。夫人の娘が死を覚悟して嵐の海にボートで漕ぎ出て溺れかかる事件が、めぐり巡って主人公の遺産相続に結びつき、以後の物語展開を保証する仕組みになっている。

ヒロインの歩みを追えば、志賀高原の丸池や木戸池、芦ノ湖、山中湖、勝浦沖の快遊船上、片瀬海岸、そして単行本化の際収録されなかったが最終の挿話「新しき出発」で主要登場人物が揃うのは川面が銀色に光る玉川である。「新しき出発」とは暗示的なタイトルで、キャラコ嬢はふたたび旅のサイクルを始動することができるわけだ。そのときもおそらく彼女は水辺を辿りながら新しい物語を産み出すであろう。

とはいえ、なにも湖の名所めぐりをするのが問題なのではない。一枚の油絵が思いがけない世界へと彼女を導くこともある。

「雁来紅《はげいとう》の家」と題されたエピソードでは、キャラコ嬢は、油絵に描かれた青年の眼差しに〈春の海〉を見出す。骨董店の飾り窓にあった平凡な絵は、このときから不思議な磁力を放ち始める。彼女は青年に「溺れるやうなふしぎな愛情や憧憬」を感じて、いつか彼に逢ったことがある、と考えるようになった。〈春の海〉に惹かれて行動開始、青年との再会を企てる。その探索の導きの糸となるのは水の流れだ。

「……もしか、この道だとすると、こゝを降り切ると、小川の小さな土橋のそばへ出る筈なんだけど……」

十分ほど歩くと、道が大きくカーヴして、とつぜん、向ふに小川が見え出した。

「川がある！」

これでもう彼女は迷うことなく油絵のなかの家に着き、あの青年がそこに住んでいることを少しも疑わない。事実、呼鈴に応えて現れた男性は、「絵の中の青年が、容積《ディマンシオン》を変へてこゝへ出て来た」かと思われるほどであった。キャラコ嬢は不意の訪問をひと言詫びただけで、「あなたは、もしかして、あたくしを知つていらつしやるのではないでせうか」と彼に問う。〈常識《コンモン》さん〉の綽名さえ奉られている彼女にしては性急で、むしろ不可解ともいうべき言草だ。そもそもこのエピソード自体、荒唐の趣きがないだろうか。なるほど物語としての納まりをつけるために、じつはキャラコ嬢が幼い時にハイキング途中急病にかかり、この家に担ぎ込まれて青年に看病してもらったことが明らかにされている。しかし根拠薄弱なままの探索行や、絵に描かれた青年や風景と実在の彼およびその住まいとの相似は、いささかロマンティックに過ぎる。

ただ、十蘭は、この「雁来紅《はげいとう》の家」にたどり着く前のキャラコ嬢の思いをこう書いた。


現実と非現実の境目ぐらゐのところを歩いてゐるやうな、妙にたよりのない気持がする。ひよつとすると、油絵の風景の中へ紛れ込んで来たのではなからうか。自分がいま歩いてゐるのは、現実の世界ではなくて、額椽の中の幻想の世界なのではないか

だとすれば、あの「あなたは、もしかして、あたくしを知つていらつしやるのではないでせうか」という彼女の問いは、じつは私が誰であるか解らなくなった人の発したものと読めてくる。そして「キヤラコさん」のなかには、同じような問題を抱えた女性がもうひとりいることに注目しておこう。

キャラコ嬢は友人の紹介で、フランス系カナダ人の富豪アマンド氏の快遊船に招かれる。日本近海をゆっくり航海してまわるこの船に、キャラコ嬢の同級生レエヌも乗り合わせていた。レエヌはアマンド氏の姪になるのだが、彼女の母親は日本人であり、日本の女学校では礼奴《れいぬ》と名乗っていた。その後アマンド氏にひきとられてカナダに渡っていたので、キャラコ嬢とは懐かしい再会のはずである。ところが彼女は、ことあるごとにキャラコ嬢に突っかかるし、周囲に対して

もひどくひねくれた対応をする。

結局、レエヌの自暴自棄の怒りが暴発した事件を契機として、キャラコ嬢は船を降りることになるし、レエヌ自身もアマンド氏のもとを去って兄保羅《ぽうる》と日本で生活しはじめる。

この兄妹には、〈黄白混血児《ユウラジアン》〉ゆえの苦しみがあった。ひきとられた先のカナダでは、毎日のように日本人とフランス人を演じわけていたレエヌだが、両義的な境界のひととしての自分を享受する方向ではなく、むしろ自分の分裂を感じて自棄的な振舞いに及んだのだった。

「鷗」と題するこのエピソードも、〈私〉の帰属すべき場を見失った女性の物語であり、しかも舞台は海に浮かぶヨットである。舞台が陸《おか》に変わっても、沛然《はいぜん》と降る豪雨のなかを駆けつけたキャラコ嬢が「水瓶《フラスコ》」の水を飲ませようとすると、レエヌは胸のうちを吐露するであろう。ここでも〈水〉が物語展開の触媒となっている。若い女性が遍在する水をめぐって行動するとき、物語が生まれ動き始めたのだが、「雁来紅の家」にしても「鷗」にしても、ヒロインが根拠定かならぬ、いわば〈漂私感〉とでもいうべきものを持っているのはどういうことなのだろうか。


試みに久生十蘭の作品群全体を眺めてみれば、いやでも目につくことがある。「海豹島」「春雪」「うすゆき抄」「湖畔」「川波」「重吉漂流紀聞」「藤九郎の島」「ボニン島物語」「奥の海」「泡沫《うたかた》の記」「海難記」「水草」「巴里の雨」「北海の水夫《マドロス》」、さらに「虹の橋」「黄泉から」など、タイトルに限っても水の存在を無視するわけにはいかない。

これらの作品は当然、海、湖、川などを舞台にする場合が多いのだが、それにとどまらず、十蘭がテクストを紡ぎ出していく過程に水が滲出してくる場合も少なくない。

「うすゆき抄」の〈薄命な《ファタール》〉悲恋は、小田原の町を見晴らす裏山を主舞台としている。しかし風摩大炊介と賀茂行子の恋愛史は、両者が久しぶりに故郷へ帰りついた日に、同じ渡し船に乗り合わせるという運命的な出会いから始まる。まだ稚気離れのしない行子が、ゆったりと川面を眺めながら「表情のなかにたえず微笑の波をたちあげ」「底知れぬ愛嬌をたたへた」眼差しで大炊介に語りかけても、彼はその意味を理解できない。「たうていこの世では溶けあへぬ敵同志」の懸け橋となるはずだった渡し船のなかで、語り合うこともなく分かれたふたりは、すでにその後の姿を予告している（傍点は筆者）。

物語の発端や転回点に水が溢れ、それに誘われるように水に連なる言葉が頻出する。こうした傾向は一見したところ水とは無縁のテクストにも貫かれている。

独特のスタイル、小気味よいリズムで語られる「顎十郎捕物帳」。これもじつは十蘭らしい水の物語である。常套的な人物配置（探偵・その引き立て役・探偵のライバル）が、仙波阿古十郎（通称顎十郎）、森川庄兵衛（顎十郎の叔父）、藤波友衛（南町奉行所控同心）となっていて、彼らがいわば水先案内人を務める。犯行現場や犯人の逃走経路が川とか海であったり、水を使った斬新な殺害方法が紹介されたり、情緒的ないわゆる捕物帳の臭みを避けた推理中心のドライな作風でありながら、各エピソードは水の世界に浸っている。犯人の潜伏場所を、ところは江戸のうち、水に縁のあるところ、と顎十郎が断じる名作「遠島船」など、その代表的なものだろう。

澁澤龍彥をはじめとして、すでに何人かの指摘があるように、十蘭において反復されるのが肉親愛のテーマであるが、このテーマがまた、水の主題系と密接に絡んでくる。「黄泉から」で魚返光太郎を慕い続ける従妹のおけいは、ニューギニアの谷間の川に降る〈雪〉を見ながらこの世を去るだろう。祖父と孫娘の愛を描いた「西林図」でふたりが劇的な出会いを果たすのは、「差し水か湧き水か、しつとりと濡れた乱杭石のある池のほとり」だった。「肉親のオプセッション〈執着〉は手のつけられないもの」(「復活祭」)と書いた十蘭だが、このテーマの執拗さを見ると、肉親の愛とは彼自身の〈個人的神話〉なのかとさえ思えてくる。いずれにせよ肉親とか〈漂う私〉にかかわってくると、十蘭の水の物語は水量を増してくるようだ。

吉田健一の英訳で世界的に評価された「母子像」はこれらふたつのテーマの交錯する点に位置し、さらにもうひとつのテーマを暗示している。

和泉太郎、サイパン島生まれ、十六歳。父親は本人四歳のときに死亡しほとんど記憶に残っていない。島の「クィーン的存在」だった母親は、「水月」という将校慰安所を切りまわしていた。大戦末期のサイパン島では、追い詰められた民間人のなかに、親子で手榴弾を投げ合って自決するものも少なくなかった。まだ幼かった太郎も母親の手で絞殺されるはずだったが、たまたま危ういところで命がつながり、昭和二十七年に帰国する。そうとは知らずに母親はすでに帰国していて、銀座でさびれたバアを開いていた。再会を願ってやまない太郎であったが、彼が知ったのは「母なんてもんぢやない、ただの女」になりはてた母の姿だった。太郎は自殺を図って未遂に終わり、留め置かれた警察で拳銃を奪い乱射、警官の応射に胸を射抜かれ前へ倒れる。自ら望んだ死であった。

泉、島、水月といった語の選択でもわかるように、すでに水の気配が立ち込めているのだが、肉親の愛と水のテーマの重なりは、こんな一節に明示されている。

「そろそろ水汲みに行く時間だ」

太郎は勇み立つ。洞窟に入るやうになつてから、一日ぢゆう母のそばにゐて、あれこれと奉仕できるのが、うれしくてたまらない。太郎は遠くから美しい母の横顔をながめながら、はやくいひつけてくれないかと、緊張して待つてゐる。

「太郎さん、水を汲んでいらつしやい」

その声を聞くと、かたじけなくて、身体が震へだす。

サイパン最後の頃、家を捨て洞窟暮らしを余儀なくされたふたりにとって水は貴重品であり、水筒を満たしてくるのが太郎の仕事だった。水が母親と太郎を結んでいたのだ。

ところが「母子像」には、解せない点がひとつある。帰国後、母親に会いに行くために花売り娘に変装するとき、太郎は級友の〈ヨナ子〉からセーラー服を借りた。〈ヨナ子〉本人は姿を見せず、その名前もここに一度出現するだけで、わざわざこのような名前を唐突に引く必然性はない。ただ十蘭版「ハムレット」では、防空壕に生き埋めにされかけたのに爆風でこの世に生還した小松顕正に関連して、祖父江は「神は大いなる魚を用意してヨナを呑ませたまえり」とつぶやく。これを見ても〈ヨナ子〉とは、旧約聖書に登場するヨナに由来すると考えていいだろう。そういえば太郎は「聖ジョセフ学院」に在学しているし、教師の綽名はヨハネである。

しかも太郎の記憶から〈父〉が消えているとなると、「母子像」という表題は「聖母子像」と思われてくる。〈水〉が水平に流れ、垂直に貫かれた〈肉親の愛〉と交錯すると、十字架になるのだろうか。十蘭の水の物語には、もうひとつ〈十〉というテーマが見いだされるのである。

二 「十」の物語

阿部正雄が久生十蘭になるにあたって、いかにその名前に腐心したかは、すでに伝説化して語られている。四つの文字の選択配列には凝り抜いたことと思われる。いまそのうちのひとつ、〈十〉に注目してみよう。

というのは十蘭の作品に、この字を含む登場人物が少なくないからだ。いうまでもなくまずは顎十郎、彼に事件を依頼するのが石口十兵衛、従容として切腹し果てるのは「奥の海」の堀金十郎である。時代小説だけではない。「紀ノ上一族」の源十、「生霊」や「内地へよろしく」に登場する草枕の旅の画家は松久三十郎、もうひとり忘れられないのは、「魔都」の冒頭から大活躍する古市加十だ。哀れにも彼は銀座四丁目の服部時計店から死体となってぶら下げられる。

銀座四丁目の角といえば、中央通りと晴海通りが直角に交差する、東京の代表的十字路。こう思い当たればすぐに連想される。人物名だけでなく作品名にも〈十〉が登場するはずだ。十蘭はパリのコンコルド広場を「十字街」と称してスタヴィスキー事件を描いた。

ニューヨークで始まった恐慌がフランスに波及した一九三〇年初頭、フランス政界を左右に割り、内閣がふたつ潰れるほどの大疑獄事件が発生した。フランスに帰化した白系ロシア人スタヴィスキーを渦の中心とするこの事件に、ふたりの日本人留学生小田孝吉と高松ユキ子が呑み込まれる。

その年もあとわづかでおしまひになるといふ夜、河岸の東京通りを二人の日本人が歩いてゐた。

雨が夕方からみぞれになり、しよつたれた天気だつたが、いよいよ雪になるらしく、川風が急に冷くなつてきた。

と始まる「十字街」は、高松が溺死体で発見され、小田はセーヌ川に投げ込まれて記憶喪失となりル・アーヴル港から国外追放されて終わりとなる。相変らず水の気配濃厚なのだが、タイトルが触発したように、〈十〉もしばしば出没する。小田は日本を出てから十年になる肖像画家、事件との出会いは、メトロの車内で彼から「十尺と離れてゐないところ」に死体が立たされていたことによる。高松が命を懸けて書いた手紙は、彼女とともにセーヌの水をくぐって十日後にしか小田の手に渡らなかったし、それが事件の真相を闇に葬る一因となった。さらに記憶を失った小田の所在がやっと判明するのは、「十日ほど前、ル・アーヴルの警察」から問い合わせがあったからだ……等々。

いや〈十〉が出没するのはこの作品に限らない。掌篇「水草」、戯曲「喪服」はいずれも朝の十時に始まるだろう。「姦」の久能志貴子の東京出現は十年ぶりだし、「西林図」末尾の出会いは「正十時」と指定された。鷗外の「独逸日記」を枕に振った「泡沫《うたかた》の記」では、バヴァリア王ルウドヰヒ二世のぐつしより水に濡れた帽子が午後十時十五分に発見され、崩御の宣告、彼の十年にわたる苦渋の時が終わった、とされている。十蘭の頭のなかには、本人が意識せざる〈十〉が潜在していて機に応じて浮上してくるようだ。そのせいか、彼が記憶にほころびを見せた例がある。

光太郎はふと十月二日の巴里のレ・モール（死者の日）のしめやかなやうすを思ひだした。巴里中の店は鎧扉をしめ、芝居も映画も休業し、大道は清々しい菊の香《か》を流しながら墓地へいそぐ喪服のひとの姿しか見られなくなる。

〈死者の日〉のペール・ラシェーズ墓地を回想する「黄泉から」の一節だが、足掛け四年のフランス生活で、十蘭はこの日のパリのありさまを見聞きしているはずだ。しかし〈死者の日〉が十月二日というのはおかしい。正式にはCommémoration des fidèles défunts（亡き信徒の記念日）というこの日は十一月二日である。十蘭に、死者の日＝ペール・ラシェーズ墓地＝十字架の列……十月と無意識の連想がなかっただろうか。もちろん憶測の域を出ないが、じつは十字架は十蘭にとってきわめて身近な存在であったのだ。

函館新聞社に在籍し、裁判所記者クラブなどでも活躍していた阿部正雄は、一九二七年二月から同紙に〈文芸週欄〉なるものを作り、編集を担当するとともにみずから執筆も開始した。中央・地方政界の消息、紅鮭の値動き、ごく局地的な三面記事などが紙面を大きくとるなかで、「アヴオグルの夢――遠近法を捜す透明な風景」とか「植物の反肯定論法」という創作ともエッセイともつかぬ彼自身のテクストを載せたこの欄は、断然と異彩を放っていた。いや浮き上がっていたというべきかもしれない。約一年後、「蛇の卵」（『函館新聞』一九二八年三月十九日）と題する別辞を、郷土の文芸界にたたきつけて彼は上京するからである。

この「文芸週欄」を始めて間もない頃、「ぜじゆ・くり」というエッセイを発表している。ぜじゅ・くりはJésus-Christ、いうまでもなくフランス語のイエス・キリストであり、自分のキリスト教体験をもとにしている。「十四五から教会の椅子に座つて、赤や紫や、緑色の彩玻璃《ういとろお》を透し来《きた》るさまざまな光」を見たし、本文中に引かれている聖学院中学関連の教会で洗礼を受けたことになっている。この学校は、プロテスタントの一流派ディサイプルスの経営によるもので、十七歳の阿部正雄は数か月在籍しただけで中退している。この流派は水中に全身を沈めて受洗する〈浸礼〉を特色としており、ここで描かれた〈原始的〉洗礼がその様子を示している。半裸のまま水槽のなかに腰までつけられ、牧師が「柔術の外輪《そとわ》刈《か》りといふ術《て》で私を水の中へ沈めよう」とする、憤慨した〈私〉は「突嗟に牧師の向脛《むかふずね》にしがみつき、彼をも水の中へ引込んで」しまった……。「春雪」のなかにヒロイン柚子が同じような浸礼を受ける場面がある。十蘭本人も受けた可能性があるが、聖学院在学期間中にいくつもの浸礼が行われた記録が残されているので、あるいはその種の情景を目撃しただけかもしれない。

ここでは、十蘭の信仰の有無、受洗したか否かを知る必要はなく、ただ十字架が彼にはなじみ深いものであったことを確認すれば足りる。それというのも、彼にとって十字架は、まっすぐに故郷函館を指すものであったはずだからだ。

やはり当時の函館新聞に「函館景物記」という連載記事があり、現に自分が住んでいた元町界隈の紹介を阿部正雄は受けもった。アンリ・ド・レニエの「ヴエネチア草紙（Esquisses vénitiennes)」に鐘の名ばかりの一節があるのを紹介しつつ、自宅周辺の教会の鐘を話題にしている。すぐ近くにフランス系の天主公教会、その先にハリスタス正教会があった。さらに少し離れてアメリカのメソジスト教会やイギリス聖公会の教会が建つ。幼い正雄は、教会付属の幼稚園に通い、わが家の延長のように教会の庭で遊んでいたという。

久生十蘭のテクストのなかに〈十〉が頻出するのを見ているうちに、彼の故郷の教会にまで来た。信仰の問題は置くとして、十字架が彼の前半生を通じてつねに身近にあり、また函館市内の彼の生活圏に十字街と称する街もあったことを考え合わせれば、十蘭の頭のなかに〈十〉がいわばセットされた状態にあったといえるだろう。振り返ってテクストを見るとき、たとえば「十字街」では、このセットの状態が作動してさまざまの〈十〉を繰り出していったように思われる。

そして〈十〉と水の連係は、十字架と洗礼という関連項を通して強められ、十蘭が描いた洗礼がとりわけ〈浸礼〉であることからもわかるように、十字架そして〈十〉は普通以上に水に深く浸されている。「母子像」が水を触媒として「聖母子像」へ変貌しても、ある意味では当然であった。

最初期の作品「蠶」から十蘭の水の物語を読んできたが、絶筆となった「肌色の月」まで、水脈は届いているだろうか。そうした疑念を溶かし去るように、これは水なくしてはありえない物語である。

癌家系で父親も肝臓癌で「阿鼻叫喚のうちに悶死」したのを見てきたヒロイン宇野久美子にとって、父の死は「生涯の運命を決定するやうな痛切な事件」であった。自分にその疑いが兆したとき、むごい死に方をするよりは安らかな自殺を、とまで思い詰める。いまだかつて死体があがったことのないといわれる湖へ入水することを計画し、万一遺体が収容されても行路病者の扱いで無縁墓地に埋められるよう「宇野久美子から宇野久美子といふ商標を剝ぎとつてどこの誰ともわからない人間」をつくろうとする。ここまで読めば、この作品もやはり肉親の絡んだ水の物語であることが予想される。

列車トリックを使って久美子でなくなった久美子が、伊豆の伊東から目的の〈湖水〉へ歩き始めると、急に〈雨〉が降り出して彼女はひどく〈濡れて〉しまう。そのため通りかかった〈大池〉忠平の申し出を断わり切れずに彼の車に乗り、〈湖畔〉の彼の別荘で一晩を過ごすことになる。ところが大池が失踪して彼女は事件に巻き込まれてしまった。曲折を経て、偽名を使った久美子に対し、警察が疑惑をとかないために、彼女はみずから本当の姿を明らかにする。「自分といふ存在を、上手にこの世から消して」しまうつもりが、逆に自分を明示し特定したことになった。

警察の調査の副産物として久美子の癌は思い込みに過ぎないことがわかるという、いささか呆気ない幕切れをはじめとして、ミステリーらしくない構成のゆるみがところどころ目につく。しかし十蘭自身が癌で倒れ、厳しい闘病生活のなかでの執筆であったこと、終わりの部分は「聞かされていた筋」を夫人が「書きならべた」ということを考慮しなければならない。

作品の評価は別にして、彼の水の物語という点から見れば、「肌色の月」は十蘭の最後にふさわしい作品である。今まで見てきた水・肉親・十というテーマが互いに絡み合いながらすべて含まれているからだ。

湖水という舞台が呼び水となったように、比喩的に水に関連する言葉が多用されるのはいつもの通りで、久美子は二度も水の中をくぐらされる。

水の楽しさが肌に感じられる。久美子は着てゐるものをみな脱ぎ捨て、イルカのやうに湖水に飛びこんだ。上からくる水明りをたよりに、藻の間をすかして見る。十メートルほど下に、側壁のゆるやかな斜面が見える。

あらためて指摘するまでもないが、ここでもまた若い女がイルカに変身し、水のなかに〈十〉が出現する。引用部分のあと、犯人によって久美子は溺死させられそうになり「胃に水が流れこみ、肺の中が水でいつぱいになる」。このときの苦しみの〈十分の一〉でも想像できていたら自殺など考えなかったろう、と彼女は述懐する。そして湖岸でキャンプファイヤーをするボーイ・スカウトの子どもたちの〈讃美歌〉を聞いているうちに、もう二度と自殺を企てることはないとおもう。この〈讃美歌〉をもって十蘭は、自らの遺作に十字架を立てたのである。

父親という肉親の死を契機とした久美子の自殺行で始まるこの物語は、十蘭に親密なテーマ群で織りあげられている。彼の水の物語は最初期の「蠶」から絶筆まで一貫していたわけだが、その水脈に溶け込んでいたのは「蠶」の青年、キャラコ嬢や久美子たちの〈私〉へのこだわりであるように思われる。

三　久生十蘭の物語

十蘭の頭に焼きついていたポオ「黄金虫」の冒頭をもう一度思い出してみよう。海の砂ばかりでできたようなあの島は、横幅一マイルたらず、湿地帯によって本土とつながっていたはずだ。これは函館山から見た函館の町をどこか思わせる。

函館の地形を見ると、拳を握った手のように海に向かって西南に突出している。初め、町は拳に当る函館山の、北に寄った麓のあたりから拓けて来た。〔中略〕今の中心街は、この腕のあたりにある。そこはもともと砂洲であって、土地は平らかに低く、幅は約九百メートルに過ぎない。高みから見降ろすと、大きな波が寄せれば、すべてが一呑みにざっと洗われてしまいそうな気がする。

「北の幻想――箱館《（ママ）》」高井有一

はるか以前、函館は小島だったのであり、砂が堆積するうちに北海道とつながっていった。十蘭は「黄金虫」を読んだとき、無意識のうちに自分の目に親しい函館の風景を重ねていたのではないか。「黄金虫」の島を語るときの十蘭の口ぶりが、そんなことを思わせる。この島の件《くだり》は一例に過ぎないが、函館という土地の精霊は、予想以上に深く作家十蘭に取りついていたようだ。

評論家亀井勝一郎は、やはり函館を故郷とし、阿部正雄の隣家で幼少年期を過ごした。中学の後輩として、阿部のユニークな生活ぶりを見ていたことを自分でも書いている。亀井はまた、故郷の性格を見きわめたいという彼自身の気持ちのなかに、「自分の生の根源にふれたいといふ欲望」があり「故郷へのなつかしさ」には「肉親への情に似たものがある」と書いた（「私の文学経歴」）。もちろん十蘭は、函館を去って東京永住を決意したときの「別辞」（既出の「蛇の卵」）を唯一の例外として、この種のことは書いていない。むしろ入念に掻き消しているといっていい。しかし亀井が「自分の肉体を訓練してくれたのは〈海〉と〈吹雪〉だ」と語り、「自分の感覚の中にも、〈海〉の潮騒がひびき、〈吹雪〉が荒れ狂ってゐるやうに思はれる」と語っているのは、十蘭についても妥当するところがある。彼の水の物語のなかに、荒れる海や漂流のテーマは少なくないからだ。

亀井のいう故郷と肉親のアナロジーはわかりやすいが、十蘭にとって故郷は同時に〈水〉であった。引用した文章の続きで高井有一は、次のような正確な指摘をしている。


函館山の裾の斜面から、幾筋もの坂が海へ通じている。上へ行くほど勾配は急で、登りつめた位置に立って振り返ると、自然に身体がかしぎ、真直ぐに海へ向かって駆け出してしまいそうな気さえする。

まさにこの通りなのだが、ひとつ付け加えると、一直線に下った坂道の向こうの海が、海と見えないことがある。額縁をはめられたように視野が区切られたせいか、十蘭の好きな言葉で言えば〈遠近法〉の詐術のせいか、ただ水の塊《マッス》と思えてくるのだ。十蘭の〈十〉のテーマを象徴する十字架が故郷に視線を導くことはすでに見たが、十字架が洗礼と結んで水に連鎖するように、彼にとって故郷函館は海であり、それ以上に〈水〉であった。逆にいえば、水・肉親・十というテーマは大きく〈水〉で括られて、彼の函館、彼の出自と向かい合う。

十蘭の水の物語は、彼の〈水源 source〉から流れ出たものである。十蘭の〈私〉の在り処から流れ出た水は、バシュラール風にいえば「私を溶かした水」となって水脈を形成し、彼の物語を滲出させるであろう。ただ水源を大きく溢れさせた初発の力については、阿部正雄という存在に、充溢には程遠い欠如感があって、それを力を尽くして満たそうとしたのだとしか言いようがない。演劇上の師である岸田國士は、阿部の一面に幾分かの「感傷的虚無主義」を認めた。感傷的か否かはともかく、虚無的な宿命感は、彼のテクストに登場する人物が、似たような言い回しで何度か口にする。しかしそれを以て十蘭即「虚無主義者」として、その由来を探っても彼が迷惑するだけだ。われわれとしては溢れた水が目を瞠るばかりに多彩な物語を産み出したことを見れば十分だし、物語の主人公たちの多くも、十蘭自身の水の物語とパラレルに、それぞれ〈私〉の在り処を求めて行動するだろう。

十蘭が愛読したピランデルロは、戯曲「作者を探す六人の登場人物」の序文で、「私が、この喜劇を書いたのは、夢魔から自分を解放する為であった」と語った。十蘭にはまさに衝撃的な言葉であろうが、彼自身は決して〈夢魔〉を即物的な生々しさで表現しようとはしなかった。それを発条《ばね》として、自らの水の力学を作動させてひたすら物語を産み出していった。満たすべき〈欠如〉は、借り物ではない独自の文体《スタイル》をもったテクストで満たさなければ意味がない。紡ぎ出されたテクストがひとつのかたちをとり、左右対称欠けるところのない十蘭の刻印を押されて物語として自立したとき、彼は束の間の充溢感に浸ったことだろう。その喜びがいかに深甚であったかは、夫人の証言によっても証明されている。とりわけ晩年の彼は、漱石のように「近来の〈十蘭〉は、何か書かないと、生きている気がしないのである」といった心境だったに違いない。

しかしその彼がまだ若くして、遺作「肌色の月」のヒロイン久美子と同じ病を疑わねばならなかった。この暗合は恐ろしいというほかない。自作のヒロインは思い過ごしだったのに、十蘭本人は重篤な食道癌であった。

何も喉を通らなくなった彼は、水を飲む夫人を見て、「水だけはそうやって、ごくごくと飲みたい」とつぶやき、「ひとりになると恐しくてたまらない。しずんで行きそうで、そのまま死んで行くみたいなんだ」と語りかける。鎌倉の自宅へいったん戻り、なんとか「肌色の月」の最終連載分を、という願いもかなわなかった。一九五七年十月。死の影が彼を蔽い始めるのが五日の午前十時、その翌日に彼は逝去した。夫人の回想によると、そのとき「急に雨の粒が大きくなってはげしくガラス戸を叩き、強い風が庭の木をゆすぶって吹きぬけて」いったということだ（阿部幸子「消えた「肌色の月」――食道癌に倒れた夫久生十蘭」）。

発病からあまりに早すぎる死に至るまで、久生十蘭は、彼の残した水の物語たちを、今度は彼自身がなぞるようにしてこの世を去ったのである。

清原啓子の十蘭

清原啓子は、季刊誌『版画芸術』第四十九号（一九八四年）の〈版画邑通信〉に寄稿して、ちょっと面白い書き方をした。そのエッセイのタイトルは「『近代能楽集』と『ハムレット』」。人との出会いより書物とのそれのほうが心ときめくと語ったあとで、作品制作の出発点には〈漆黒と金〉〈純白と銀〉が似合う作家との出会いがあるという。作家を色で表現するところが美術家らしいが、前者が三島由紀夫、後者は久生十蘭を指す。清原は続けて、自作の「久生十蘭に捧ぐ」（次頁参照）を前にすると、創作時にかたわらにあった一冊の「素晴らしい短篇の、光沢のある研ぎ澄まされた美しい一語一語が今でも鮮明に蘇る」と書いている。

一方で、〈漆黒と金〉が三島の『近代能楽集』であり、「長い間頭の中を堂々めぐりしながらも、未だ夢のままに」あるが、近いうちにこの三島作にまつわる創作の下絵に入る、とも書いた。この場合は創作源となる作品をあげているにもかかわらず、十蘭については「素晴らしい短篇」と

清原啓子「久生十蘭に捧ぐ」1982年

いうだけで作品を明示していない。

「エッセイのタイトルでわかるはず」というのだろうか。だが「ハムレット」とあれば、シェイクスピアの戯曲がまず連想されるであろう。十蘭作「ハムレット」を承知している読者は限られるが、ここで清原がタイトルに引いたのはいうまでもなく十蘭作である。清原がメモ的に記した断章でも「久生十蘭　ハムレット　ルドンの黒」とある。彼女のなかでは十蘭と「ハムレット」は分かちがたい連鎖となっているようだ。

清原は「久生十蘭に捧ぐ」の制作動機めいたものも書き残している。十蘭が自分にとって、「長い間浄化の特効薬」であり、「その純白な透明感と天上界からの雪崩を完璧にしかも豊かな許容量をもって受けとめた、今更届かぬ遙かな精神の地」の敬愛すべき作家であり、その人に捧げる意味で制作したという。先の〈純白と銀〉とここでの〈純白な透明感〉は照応しているが、〈天上界からの雪崩〉は難解だし、〈浄化〉とは微妙な表現である。

制作メモのなかにも「私自身が　何らかの形で　浄化され　高められれば　作品も高められるはずだ」という一節がある。自らも含めて人の心の穢れや罪を意識した表現であろう。では、十蘭作「ハムレット」の〈浄化〉作用とはいかなるものなのか。

十蘭作「ハムレット」は往年のメンズ・マガジン『新青年』の一九四六年十月号に発表された。文学座に関係したこともある演劇人十蘭は、知悉するシェイクスピア「ハムレット」とピランデルロ「エンリコ四世」を換骨奪胎して組み換え、独自の作品を創りあげた。

敗戦後一年目の夏、「三千七百尺の高地の避暑地」に、「輝くばかりの美しい白髪をいたゞき鶴のように清く痩せた」老人がいた。この老人小松顕正《こまつあきまさ》は若かりし大正六年夏、演劇仲間の阪井有高《さかいありたか》と『ハムレット』の私演会を催し主役を演じた。だが、レーヤーチーズとの決闘の場で舞台から転落、負傷してハムレットであること以外の記憶を喪失する。その療養中に阪井は、小松の財産も許嫁の琴子《ことこ》も奪い取った。やがて小松は回復するが、阪井にすべてを奪われた状況では狂気を装って、大戦中の困難な時期を生き抜くほかなかった。この佯狂を見破った阪井は小松抹殺を企て、空襲下の防空壕へ生き埋めにしようとする、その刹那、直撃を受けた阪井が無惨な死を遂げ、逆に小松は地獄から生還する。よみがえった小松ではあるが、戦後の避暑地で、あたかもハムレットの時代に生きているかのように振舞う老人となった。

十蘭版「ハムレット」をあえて要約する無謀を犯したが、狂気を演じるハムレットを演じる小松、ハムレットと一体化した狂気の小松、狂気を装う佯狂の小松、そして正気でありながらハムレット時代を生きる小松、という〈狂〉の構造は明らかだろう。戦前、戦中、戦後という時代の流れにも〈狂〉の部分はあったわけだが、十蘭はそういう時代を生きた小松に、生臭く醜悪な周辺人物とは対照的な「霊性を帯びた深い表情」を与えた。

じつは十蘭自身、パリで精神に一時的失調をきたした経験があるが、清原がその第二作を捧げ、「ダッドの狂気」とメモしているイギリスの画家リチャード・ダッド（一八一七〜一八八六年）は、妄想の果てに父親を殺め、生涯を精神病院で過ごした。シャルル・メリヨン（一八二一〜一八六八年）も清原が敬愛するフランスの版画家だが、後半生には精神を病んでいる。彼の作品の「都会的な繊細さや恥じらいがあって静かな憂愁の狂気が漂っている」点を清原は評価している。〈狂〉にいわゆるピュアな部分を清原は感じ取るのだろうが、十蘭の短篇の浄化効果は、〈狂〉を構造化した「ハムレット」にとどまるものではない。

清原が手にした短篇集におそらく含まれていたほかの戦後作品、たとえば、「黄泉から」「西林図」「予言」「野萩」「春雪」「復活祭」「姦」「母子像」などなど、清原が読み耽っているさまが想像される。これらはいずれも恋愛感情や肉親愛をモチーフとしながら、死者との交霊あり、死後にしか結ばれぬ恋あり、十蘭独自の文体により現実と夢幻が精妙にミックスされ澄明清涼な世界が現出する。清原が嫌悪した野卑、軽薄、泥臭さや気品のなさとは対極にある世界だ。もちろんこうした世界は十蘭の本質的一面にとどまるが、夭折した版画家の潔癖、禁欲的なリゴリスムと深く交響するところはあっただろう。その意味で十蘭は「浄化の特効薬」であったのだ。

清原はまた、『版画芸術』第四十四号（一九八三年）のアンケート「自作と自己を語る」で、「「魔都」とその三部作を私の最も敬愛する作家の一人である久生十蘭のために制作している」と回答した。十蘭の長篇「魔都」を契機に同名の自作「魔都」（次頁参照）さらに「魔都霧譚」（二六三頁参照）、そしてこれと対に考えるべきと自解した「孤島」（二六一頁参照）の〈三部作〉を指しての発言である。

十蘭作「魔都」は、『新青年』に一九三七年十月号から翌年十月号まで連載されたが、〈探偵小

清原啓子「魔都」1987年

説〉を看板とする同誌の掲載作として、ミステリのかたちをとると見せながら、あっさりその規範を超え、中井英夫評するところの〈譚〉としかいいようのない長篇である。来日した安南国王が所持する金剛石〈帝王《ラジャー》〉の争奪戦、同国の政治に介入する日仏の国際政治的駆け引き、さらには二・二六事件のパロディを思わせる都心の銃撃戦など、原稿用紙千枚近くを費やしながら、経過した時の流れはわずか二十四時間あまり。終始、速度感ある文体で十蘭は書ききった。多彩な登場人物のモデルも歴然で、同時代の読者の反響は大きかったし、澁澤龍彦をはじめ、十蘭愛読者《ジュラニアン》でこの長篇を支持する人も少なくない。

　作品としての結構はともかく、独特の語りのリズム、ひとひねりした表現、けれん味たっぷりのユーモア、十蘭の完成度の高い短篇とはべつの魅力を堪能しつつ清原はいっきに読み終えたはずだ。そして、その読書体験がいかなる回路を経て版画作品の生成につながったのか。十蘭の作品名に依拠した彼女の〈三部作〉に、その直接的な反映を探ってもあまり意味はない。むしろ、禍々しい字づらのタイトルを見つめながら、彼女が思いめぐらせたであろうことを検討してみよう。

　十蘭の〈魔都〉、帝都東京は、関東大震災後の急速な復興を背景に、表面的な華やかさと賑わいをもつと同時に「広袤《くわうぼう》八里のこの大都会の中には無量数百万の生活が犇《ひし》めき合ひ、滾《たぎ》り立ち、いま呱々《ここ》の声を上げ、終臨の余喘《よぜん》に呻《あへ》ぐ」、そういう都市空間でもある。そこに棲息する人々の日常は、いや人目をそばだたせる非日常でさえ、まさにうたかたとして瞬く間に消え失せる。十蘭が自在に操る人物群は、こうした魔都・東京を意味ありげにせわしなく徘徊するが、特徴的なのは人物の入れ替わりが頻発することだ。それが物語を二転三転させるアクセルの役割を果たす。魔都では、個人が数に埋没しその実質が希薄になるからこそ、ほかの人物に成りすますことができるのだ。希薄な一個人の思いなどは魔都の迷路で雲散霧消してしまう。

大仕掛けでスピーディに展開する大活劇を楽しみつつ清原があらためて知ったのは、魔都に生きる個人の無根拠性とそれを見つめる表現者としての視点の取り方ではなかったか。

清原は〈三部作〉のうちの「孤島」と「魔都霧譚」について、みずから制作メモに注記して、こう書いている。

「孤島」と「魔都霧譚」の対比
両極のものとして　意識する事
破局と静謐　愛と死　肉体と精神　行為と夢
一方を埋め　一方を祈る

このことばの示唆するところにしたがって、同じく「孤島」、「魔都霧譚」というタイトルを付した彼女の二つの詩をまず見てみよう。（本書二六六頁以下参照）

詩「孤島」で語られるのは「苦しみの　哀しみの／大いなる記憶より　始まった／愛の泥沼と

清原啓子「孤島」1987年

生誕」であり、「終着の宣告にうちふるえ」「盲《めしい》になりて尚も　多くを見」て、ついには「白蠟の宝石球」となった愛である。引用した作者自身の示唆を逆にたどれば、行為、肉体、愛、破局となる。ここにみられるのはイメージ豊かな「移りゆく夢魔」のような愛の物語ではないか。

詩から版画作品に目を転じると、まず「孤島」の中央には、鏬の走る白球とその前面に半身を起こした女とベッド、右には抱擁する男女の姿も見られる。清原作品に頻出する鋭いピンがここでも人体を貫く。ボードレールの「ワレトワガ身ヲ罰スル者」、〈犠牲《いけにえ》〉であると同時に〈刑吏〉である人物を思わせる。版画「孤島」自体が閉ざされた円環のなかに納められているのは、詩「孤島」の愛の物語の破局と照応して、すでに終わった事態を定着させたもの、という解釈が成り立つだろう。

清原は「物語性という、今の所はタブーであるらしい物に終始する事で、自分のスタイルを極めたい」と書いたが、「孤島」においてひとつの〈愛の物語〉を語り終えたのだ。その時に、この種の切実・痛切な物語も、〈魔都〉ではすぐに単なる一個のレディメイドとなりはてることを悟り、あらためて物語性の追究に向かう姿勢を考えざるを得なかったのではないか。

一方、詩「魔都霧譚」で語られるのは「残夢の空しき排泄」であり、「霧の魔都」を闊歩するヒロインが「都市の中に一人沈み／眠りを夢み／消えゆく終焉の黄昏に身を委せ／横たわる」姿である。詩「孤島」同様、作者の示唆するところを逆にたどれば、夢、精神、死、静謐、となる。版画「魔都霧譚」の制作メモに「生者など寄せつけない完璧な精神の墓場を創り上げる」とあり、

清原啓子「魔都霧譚」1987年

墓標として「鍵のアルファベット」を書き込むことをほのめかしている。

では、版画「魔都霧譚」を見よう。画面左右の柱頭にピンで固定した男女の上半身。大都会のビル群を遠景に、中央には仮面の女を上部にいただく柱が立つ。これらの柱が「精神の墓場」の墓標ということだろう。破局に終わる愛の物語を語ったあとで、それに代わる新たな物語はまだ見いだせない。いわば原点ゼロの表明がこの精神の墓場なのである。己のなかに「画家と批評家を同居させる事」を願った清原のストイックな自己認識のあらわれであろう。

それを裏付けるかのように、その土台部分には清原の誕生年・月と一致する1955, 10と読める数字がある。その下にひときわ大きくY、Mのイニシャルが見え、これを三島由紀夫と読むことも許されよう。左上にはC、B、対角線上の右下にはJ、Hとあり、シャルル・ボードレール、久生十蘭と読むこともできるのではないか。まさに清原にとっては「鍵」となった作家たちである。

ボードレールは「造形美術の様々な表現のうちでも腐蝕銅版画《エッチング》は最も文学表現に近接する」といい、芸術家の個性を輝かせるだけでなく「自己の最も内密な個人的性格」を版上に刻み込むことになるという。その分、深くて危険な芸術であり、「完璧に至らしめるためには永い献身を必要とする」と書いた。まさに清原の肺腑を突いた言葉であろう。

しかし三十一歳の若さで逝った清原啓子に〈永い献身〉は果たせぬ夢であった。「孤島」と「魔都霧譚」を最晩年の作としなければならない残酷な現実がある。ただ、見方によっては銅版画家として清原はひとつのステップを踏み終えていたともいえるだろう。伝えられるところでは、三島由紀夫『近代能楽集』の挿画風の作品を考えていたようだが、次のステップとして、それがいかなる物語を紡ぎだすのか、同時にまた清原が『定本久生十蘭全集』を手にして十蘭の全貌を知っていたら、紡ぎだされる物語もいっそう豊穣であっただろうと、想像を逞しくするほかない。

引用文献

『清原啓子作品集』美術出版社、一九八八年
『清原啓子作品集』増補新版、阿部出版、二〇一七年
『ボードレール全集』筑摩書房、一九八三〜一九九三年
『定本久生十蘭全集』国書刊行会、二〇〇八〜二〇一三年

清原啓子による詩

「孤島」

傾く日の長さ
苦しみの　哀しみの
大いなる記憶より　始まった
愛の泥沼と生誕に
私は贈ろう
三度の拍手と　移りゆく夢魔の
とめどない雪崩を
そのためらいや　ためいきさえも
私は受けとり　祝福した

行きづまりの街路に立ち
鳴り響く破音に　耳は砕かれ
湧き上がる地下水には　溺れ　流され

行き着いた　その地では
眠りはカプセル状の媚薬
暁を待たぬままに
終着の宣告にうちふるえる
黒の汚点
一世紀眠った太陽は
焦げついたままに　びくとも動かぬ

闇に焼かれ
盲《めしい》になりて尚も　多くを見た
そこら中を探りまわった
そして根を生やし　貯えた
見当外れの遊戯にうつつをぬかし
愛の予言を無邪気に嘯く

「夜空には終止符を
　足音には　つきまとう影を
　愛など　洞窟
　　私の目に狂いはない」

何をしにここに来た
囁きかける眠りの戯言に
あなたに　問う
何をしに　ここに来たのか

孤島に佇み
多くを予見した　その男は
今や既にベッドの怪物
愛は　白蠟の宝石球となり
かかえきれず
眠りの地は
回転する

「魔都霧譚」

忘却の　その都会では
灯は　多面体の忌むべき迷路
月さえも棘を持つ
切札の　頼るべき帰路も無く
ただ　残夢の空しき排泄を貪り
淫らな雲を編む
遠く　呼び醒ます地よ
香る柩に眠る
あなたは何も知らない

魔　都
霧の魔都よ
幾世紀を経て尚も
支配し　洗脳する亡霊よ
あなたは奏者なのか　行きずりの父か

都市は眠りを待つ
玻璃の床　そのひざ元にかしずき
あなたに無謀にも見捨てられた
ことごとくの末裔の如く
私は　祈る
あなたの愛と
その無節操な愛と　慇懃さと
馬鹿笑いの輪舞の渦に流され
愛の確証に息をこらす

夜明け間近
未だ明けぬ　凍結した朝に
鍵は解かれ　孕み
燦然とふりそそぎ　けつまずき
見事に　身籠った
不毛な　因果な
疑問符と大脳の刻印しか知らぬ子を

ハイヒールは闊歩する
その鼓動　薄らいだ闇よ
誰に侵される事無く
既にあなたなど　必要も無い
都市の中に一人沈み
眠りを夢み
消えゆく終焉の黄昏に身を委せ
横たわる

III

久生十蘭年譜

年譜作成にあたって、多くの先行文献や資料を参照させていただいた。主な文献・資料は以下のとおりである。

山田昭夫「久生十蘭年譜考」『北海道文学』二十四号、一九六七年
ブログ：久生十蘭オフィシャルサイト準備委員会、二〇〇五〜二〇〇九年
竹内修一「大正期函館の洋楽事情（下）―アポロ音楽会の活動とその前後」『地域史研究はこだて』第12号、函館市史編さん室、一九九〇年
酒井嘉子「阿部鑑と二人の子ども―阿部テルと正雄（久生十蘭）」『函館・道南女性史研究』第十七号、道南女性史研究会、二〇一二年
小林真二『函館時代の久生十蘭―新資料紹介を中心に』函館学ブックレットNo. 21、キャンパス・コンソーシアム函館、二〇一二年
小林真二「久生十蘭新資料紹介―『函館評論』掲載「漫舌」その他」『函館国語』第二十八号、二〇一三年
田村秋子・内村直也『築地座―演劇美の本質を求めて』丸ノ内出版、一九七六年
田村秋子・小山祐士『一人の女優の歩んだ道』白水社、一九六二年
田辺若男『俳優・舞台生活五十年』春秋社、一九六〇年
倉林誠一郎『新劇年代記・戦中編』白水社、一九六九年、『同・戦前篇』一九七二年
大笹吉雄『日本現代演劇史・昭和戦中篇Ⅰ』白水社、一九九三年、『同・昭和戦中篇Ⅱ』一九九四年
『文学座々史』文学座、一九六三年
『文学座五十年史』文学座、一九八七年
川崎賢子『彼等の昭和』白水社、一九九四年

明治三十五年（一九〇二）

四月六日、北海道函館区（現函館市）に生まれる。本籍は同区船場町二番地のち同区寿町五番地（現函館市元町）。本名阿部正雄、父は小林善之助、母は阿部鑑（戸籍名はカン）。母の実家が回漕業を営んでおり、その番頭頭が小林であった。二歳年長の姉テルがいた。両親はその後離婚し、父は旭川に住む。正雄は祖父母の阿部新七・カシの支援のもと母の手で養育された。

十蘭の姪、虎石栄子の回想によれば、子ども時代に母親テルと一緒に祖父小林善之助宅を訪れたことがあった。

二年前の明治三十三年一月十七日、長谷川海太郎《かいたろう》（のちの林不忘・谷譲次・牧逸馬）が佐渡で生まれており、この年、父長谷川清《きよし》（のち淑夫）は一家とともに函館に転居。阿部は長谷川家と親しく交際することになる。

明治三十七年（一九〇四）　　二歳

一月七日、長谷川潾二郎《りんじろう》（のちに地味井平造《じみいへいぞう》の筆名で短篇小説も発表した洋画家）、函館で生まれる。

三月五日、納谷三千男《なやみちお》（のちの作家、『新青年』編集長水谷準）函館で生まれる。

＊この年二月、ロシアに宣戦布告、日露戦争始まる（～明治三十八年）。

明治三十九年（一九〇六）　　四歳

四月六日、曾祖母阿部カネの養子となり、家督を相続。

明治四十年（一九〇七）　　五歳

八月、大火が発生し函館市街の過半が焼け、一万二千戸以上が焼失した。

この年、メソジスト派教会のミッション・スクール附属、遺愛幼稚園に通ったといわれるが未確認である。

〈竹内清「久生十蘭を憶う」『海峡』七十一号によれば〈ガンガン寺の幼稚園に通いわんぱくといたずらの数々をやって、童貞さんを泣かせたものらしい〉とある。なお、長谷川四郎の回想によれば、ガンガン寺とはハリストス正教会をさす。当時ハリストス正教会は幼稚園を経営していない）

明治四十一年（一九〇八）　六歳

二月、阿部鑑、北海道庁立函館高等女学校（現北海道函館西高等学校）の嘱託教師となり、当初は華道、のち茶道、裁縫も教える。

四月、函館区立弥生尋常小学校入学。同校には前年、石川啄木が代用教員として奉職していた。

明治四十三年（一九一〇）　八歳

この年、阿部鑑は東京で茶道、華道の修業をしたが、帰函の前に京都を旅する。

明治四十四年（一九一一）　九歳

この年、長谷川淑夫、筆禍事件で函館監獄に収監される。

＊一月、幸徳秋水ら大逆事件の被告に死刑判決（↓「十字街」）。十一月、フランスの活動写真「ジゴマ」、浅草金龍館で公開、評判となる。

大正二年（一九一三）　十一歳

五月、函館に大火発生、千五百戸が焼失。

大正三年（一九一四）　十二歳

随筆「蛇の卵」によれば、この頃函館市内弥生坂を登りつめた高台の七面山でひとり遊ぶことが多かった。

三月、函館区立弥生尋常小学校卒業。

＊この年七月、第一次世界大戦勃発（〜大正七年十一月）。

大正五年（一九一六）　十四歳

三月、函館区立寶小学校高等科卒業。

姉テル、庁立函館高等女学校卒業、高砂小学校訓導となる。

四月、北海道庁立函館中学校（現、北海道函館中部高等学校）入学、上級生に長谷川海太郎、渡辺紳一郎、下級生に納谷三千男、長谷川濬二郎、亀井勝一郎らがいた。

　八月、函館に大火発生、千八百戸が焼失。

大正六年（一九一七）　十五歳

　この頃、コナン・ドイルはじめ探偵小説を読み漁り、納谷三千男（水谷準）、長谷川濬二郎（地味井平造）らと犯人を当てるゲームを楽しむ。長谷川家の子供用離れ家の一階が濬二郎の部屋で、阿部正雄（十蘭）、納谷らのたまり場となっていた。海太郎の部屋は二階であった。

　長谷川海太郎は学内のストライキ事件首謀者とみなされ、中学校卒業者名簿から除名されたため、年度末に退学し、上京。明治大学専門部法科入学。

　この年三月、ロシア革命おこり、ロマノフ王朝滅亡。函館のハリストス正教会や函館駐在レベデフ領事をはじめとする在留ロシア人へも影響が大きく、地元新聞は大きく取り上げた。

大正七年（一九一八）　十六歳

　学内で教師に対して反抗的態度をとり、大事件となる。竹内清の回想（「阿部の思い出」『海峡』三十七号）によれば、一学期末の国語の授業時間に、教室内で教壇下から取り出したバケツに小用をして、問題となった。中学三年を未修了のまま退学する。

大正八年（一九一九）　十七歳

　四月五日、東京滝野川の私立聖学院中学校三年生に編入学。同校の学籍簿によれば、原籍は函館区寿町五番地、入学前の学歴は函館中学二学年修了、現住所は本郷区弓町二丁目九番地杉本方、保証人は当初、家相易学教授杉本武兵衛、のち小石川区上富坂町二六番地在住のキリスト教伝道師荻原騰三郎となっている。

　八月二十七日、〈家事の都合に依り〉同中学校を退学。東京で長谷川海太郎とともに寄席などに通ったと言われている。

　この年六月、畑中蓼坡《りょうは》の新劇協会第一回公演、チェーホフ「叔父ワーニャ」を東京の有楽座で初演。

長谷川淑夫が『函館新聞』社長兼主筆となる。

大正九年（一九二〇）　十八歳

二月、有楽座で畑中蓼坡演出によるメーテルリンク「青い鳥」を観る。犬の役で出演した友田恭助に惹きつけられた。（↓阿部「未だ見ぬ「築地」」『函館新聞』昭和二年八月十五日では八年程前とあるが記憶違いと推測される）

七月、長谷川海太郎が、渡米のため上京すべく青函連絡船で故郷をあとにした。横浜から日本郵船の香取丸に乗船した海太郎は八月四日にシアトルに上陸、オベリン大学に入学するが、十一月には退学している。

十一月、函館新聞社主催の第一回「函館音楽会」が社長長谷川淑夫の自作詩の朗読ではじまり、阿部は第二部で二千人の聴衆を前にマンドリンを演奏、曲目はドヴォルザーク「ヒュモレスク」。阿部は東京でギターとマンドリンの演奏を覚えてきたようで、水谷準は次のように述べている。「どの位の腕前であったかは、私にははっきり分らない。〔中略〕マンドリンを彼が独奏するのを聞いていると、すばらしくファンタスティックであることは認めるが、それが楽譜通りのものであるかどうかは明言ができない」（「十蘭の産声」『ユリイカ』平成元年六月号）

正確な日付は明らかではないが、この年十一月までに帰郷している。

大正十年（一九二一）　十九歳

二月、函館の若手音楽家を中心にしたフェブルア音楽会主催の「第一回演奏会」で、千人あまりの聴衆を前にギターとマンドリンを独奏。

四月、姉テルが日本郵船函館支社勤務の大山昇平と結婚、新居を正雄もよく訪れていた。のち姉一家は東京転勤となり、正雄は『函館新聞』紙上に「歳晩祈念」と題して「稚き姉の子らの、とく字を覚え、私の母に手紙をくれますやうに」と書いた。

六月、音楽結社クロッツェル社が創立され、まもなく阿部も参加。

建築家中村鎮《まもる》、大火の多い函館のため耐火建築工法の普及を目指して中村建築相談所を開設。翌年三月、中村建築研究所と改称する。阿部は所員として就職し、製図にも取り組んだ。

八月、クロツェル社北海道演奏旅行、九人のメンバーの一人となり、小樽などで演奏会をおこなう。

十月、函館新聞社、函館音楽会共催「第二回オール函館音楽会」で聴衆千三百人を前にマンドリンを独奏。

この年四月、函館に大火、二千百四十戸が焼失、長谷川家も焼け出された。

＊十一月、原敬首相刺殺さる。

大正十一年（一九二二）　二十歳

二月、函館の新聞記者を中心に結成されていた演劇集団素劇会に阿部も参加、二月十四日、十五日、巴座で第一回公演、演目は木下杢太郎《もくたろう》「医師ドオバンの首」など。このときに来函していた石井漠《ばく》一座の衣装をこっそり借り出して石井漠の怒りを買ったという（清水一郎「村山紅太郎ノート」『海峡』八十七号）。

四月、函館毎日新聞社主催「第一回童謡童話劇大会」の間奏でギターを演奏。

二十九日、『函館毎日新聞』に「カシノ、マンドリニ、クヰンテツドに就て」を寄稿、マンドリン、ギター普及のための団体の創設を告知し、経験者・初心者を問わず参加を訴える。

五月二日、『函館新聞』に、マンドリン・ギター教授の広告を出す。

七月七日、『函館新聞』に中村建築研究所を退所する旨の広告を出す。

九月、カシノ・マンドリニ・セステット主催の「函館盲唖院維持後援音楽会」で、阿部は二十四人のマンドリン・オーケストラを指揮するとともに、ギター、マンドリンを独奏。

十月、函館毎日新聞社主催「第二回童謡童話劇大会」で童話劇のダンスの伴奏を、阿部の指揮でカシノ・マンドリニソサイテーが担当。また一部作品の演出を指導したが、当時の童話劇の常識に反して「バレー式で、教育効果を全然無視し去った大人の遊び」という批判もあった（伊東酔果「久生十蘭・阿部正雄、そうして私」『海峡』七十一号）。

この年の七月以降に『函館新聞』記者となる。

この頃から四、五年が「もっとも派手に活躍した女修業時代」といわれる（前掲、竹内清「阿部の思い出」）。

大正十二年（一九二三）　二十一歳

三月、日大劇団部員が率いるオペラ・オブ・オロラ十五名による「音楽と舞踏の夕」で、阿部はマンドリンとギターを演奏。

九月、関東大震災直後の東京に赴き、署名入り報告記事「東京への突入」を『函館新聞』（九月十日、十一日）に書く。

十月、二日から二十日にかけて〈秋の夜ばなし〉と題して「電車居住者」を『函館新聞』に四回不定期連載、創作色の濃い作品となる。

十一月、素劇会メンバーの若手新聞記者や童話劇研究会を母体として文学グループ「函館文芸生社」が結成され、高橋掬太郎《きくたろう》（のち「酒は涙か溜息か」「啼くな小鳩よ」などの作詞家）や竹内清、石川正雄とともに阿部も参加。

十二月、函館新聞社、函館音楽会共催「第三回全函館音楽大会」第二部において、レベデフ函館駐在ロシア領事夫人のピアノ伴奏で、マンドリンを独奏。この音楽大会はこれが最後となった。

大正十三年（一九二四）　二十二歳

四月十八日、「函館文芸生社」の同人誌『生』第一巻第二号刊行、阿部は「南京玉の指輪」を総題として詩八篇を寄稿。『生』刊行後の集まりで、生社仲間で新劇運動を計画、新劇団の名前を蝙蝠座とすることにした。

六月二十九日、『函館新聞』に「斧九太夫」を発表。

八月、ルーマニア人少年ヴァイオリニストの演奏会（函館在住外人社交倶楽部主催）で、阿部はレベデフロシア領事夫人のピアノ伴奏でマンドリンを独奏。

この年、文藝春秋社の雑誌『婦女界』愛読者講演会のため来函した菊池寛を囲む記念撮影に加わっている。

長谷川潾二郎が上京し、納谷三千男(水谷準)とともに雑司ケ谷の鬼子母神あたりに下宿。海太郎はアメリカから帰国し、秋頃から東中野(通称谷戸の文化村)に潾二郎と借家住まいをはじめる。
＊この年の六月、築地小劇場が開場する。

大正十四年(一九二五)　二十三歳

一月、函館プレクトラム・オーケストラ(カシノ・マンドリン倶楽部改め)の第一回公開演奏会で、二百名あまりの聴衆を前に、阿部の指揮でマンドリンオーケストラが、チマローザ「オラツィオ兄弟とクリアツィオ兄弟」、カンナ「村の祭」を演奏、そのほかに阿部はマンドリンを独奏した。

四月、素劇会第五回公演(於巴座)、有島武郎「ドモ又」のドモ又を演じて初舞台となる。

このとき共演した芸者と恋愛関係となる(常野知哉「阿部の思い出」『海峡』三十八号)。

七月、北白川、竹田両宮様の来函について、電話取材だけであたかも現地報告のごとき記事を書き、記者仲間で評判となる(前掲、竹内清「阿部の思い出」)。

この年、長谷川海太郎は『新青年』一月号に谷譲次名義で「ヤング東郷」を、牧逸馬名義で翻訳を発表、初登場となる。さらに林不忘名義ではじめて「釘抜藤吉捕物覚書」を『探偵文芸』三月号に発表。

大正十五年・昭和元年(一九二六)　二十四歳

三月、『生』の同人たちが短歌会を開催、阿部をはじめ参加者の作品がのちに『函館新聞』に掲載される。

四月、素劇会第六回公演(於巴座)で、竹内清「娘の宣戦」の演出と装置を担当(前掲、清水一郎「村山紅太郎ノート」、阿部たつを「素劇会と蝙蝠座」『海峡』八十九号)。

五月、『生』第二巻第一号に、「蠶」を発表。

六月、解説記事「昆布考」を『函館新聞』六月二十一日から連載開始（〜七月三日まで八回）。

七月、函館プレクトラム・オーケストラの第二回公開演奏会において、阿部の指揮で「マンドリンの群」が演奏された。

新国劇創立者・俳優の沢田正二郎《しょうじろう》が来函し、生社主催で「歓迎座談会」を開催、阿部正雄はじめ新聞記者四名が参加した。

函館文芸協会誕生、毎月五日に例会を開く。阿部は本年度の委員となる。

九月、「沢田正二郎氏歓迎座談会」での批判的印象を「恐ろしい時代」と題して『生』第二巻第二号に寄稿。

また初の戯曲「九郎兵衛の最後」を同誌同号に発表。

十月、この頃、市内の大黒座で公演中の劇団が不人気で貧窮の極にあったため、『函館新聞』連載の時代小説（山本柳葉「むらさき丹左」）を阿部が脚色して提供し、大人気を博する。（→「暢気オペラ」、「オペラ大難脈」）。

この年、『函館毎日新聞』の連載小説「大沼心中」に材をとった映画「丸山楼の楼主殺し」（東陽映画社）を監督した、とされるが未確認。大正十五年十月十四日付『函館新聞』には、映画「大沼心中」封切りの広告があり、製作・脚色・総指揮高橋掬太郎とあるが阿部の名前は見られない。

一月、長谷川海太郎が結婚し鎌倉市材木座に住む。この頃、海太郎と会うべく上京、着流しで鎌倉から自動車で乗り付けた海太郎に驚くとともに刺激を受ける。

エドモン・ロスタン原作、額田《ぬかだ》六福《ろつぷく》翻案「白野弁十郎」が一月に新国劇で初演される。

長谷川潾二郎が地味井平造の筆名で「煙突奇談」を『探偵趣味』六月号に発表。

昭和二年（一九二七）　二十五歳

二月、『函館新聞』に「文芸週欄」を設け編集を担当するかたわら、自ら執筆して作品を発表。「アヴオグルの夢」から八作品は本名で、以後、矢部阿佐緒、瀬崎甚太郎、亀尾勘吉の筆名を使用し、合計十四作に及んだ。

三月、ラジオの本格的普及期、ベートーヴェン没後百年を記念して、主要作品が東京放送（JOAK）から放送された。それに合わせ、函館でも当日開館したばかりの市民館大ホールにおいて「楽聖ベートヴエン（ママ）百年記念祭」が開催され、阿部が「人としてのベトーヴエン（ママ）」と題して講演した。弦楽四重奏曲、ピアノソナタなどが演奏され、歌劇「フィデリオ」のラジオ放送を七百人以上の会衆が聴取した（→「喜劇は終つたよ」）。

七月三十日、函館新聞社・文芸部主催の「文芸週欄寄稿家御招待茶話会」が開かれ、担当者として四十名の参加者を前に挨拶する。

八月十八、十九日、築地小劇場の初の函館公演（演目は武者小路実篤「愛慾」とチェーホフ「熊」於巴座）に協力し、「文芸週欄」では特集も組む（→「未だ見ぬ「築地」」、「やりきれぬ頭」）。十八日午後、演出の土方與志《よし》や出演俳優たちを招いて築地小劇場「劇談会」と称する集まりが持たれた。また、阿部の案内で夜の街に出て、土方與志や俳優薄田《すすきだ》研二らと遅くまで酒を酌み交わすこともあった（薄田研二「阿部君のこと」『宝石』昭和三十八年六月号）。

九月十六日、藤原義江のリサイタルが函館（於巴座）で開催され、その準備に尽力した（→「死顔のお化粧」）。

十一月十六、十七日、築地小劇場の第二回函館公演にも協力した。演目はロマン・ロラン「狼」、ラインハルト・ゲーリング「海戦」於巴座（→「エキストラその他」、「つまらぬ『狼』」）。

十二月、『函館評論』創刊号に「漫舌」を発表（小林真二「久生十蘭新資料紹介」に拠る）。

この年、林不忘、「新版大岡政談」を『東京日日新聞』十月五日から連載開始。地味井平造（長谷川濬二郎）は『新青年』四月号に「魔」を寄稿する。

＊芥川龍之介自裁。

昭和三年（一九二八）　二十六歳

三月十九日、『函館新聞』に随筆「蛇の卵」を書いて上京の意思を明らかにする。まもなく新聞社を退いて東京の岸田國士と土方與志のもとに赴く。

中村正常《まさつね》の回想（「『悲劇喜劇』創刊の頃」『悲劇喜劇』昭和二十九年五月号、早川書房）によれば、この頃、杉並の岸田邸に、今日出海《こんひでみ》、阪中正夫《さかなかまさお》、中村正常と阿部が集まって談論風発し、そのうちに戯曲勉強会と称して各自作品を持ち寄り、朗読後に批評し合った。

岸田が主宰する演劇雑誌『悲劇喜劇』（第一書房）の発刊が決まり、編集を中村正常、阪中正夫と阿部が担当（今日出海は美術研究所の勤務を優先）、手当三十円が各人に支給された。

この頃の阿部は函館時代の活躍とは対照的に、無表情無口で「変な奴」とみられていた（今日出海「十蘭思い出すまま」『別冊宝石』第七十八号）。

十月一日、『悲劇喜劇』創刊号発行。

『生』第三巻第一号に「亡霊はTAXIに乗つて」を発表。その合評会で、当時話題になった芥川龍之介「歯車」との類似を指摘され議論沸騰（常野知哉「生社時代のエピソード」『海峡』七十一号）。

十二月、岸田邸で行われた「独逸劇・仏蘭西劇比較座談会」（『悲劇喜劇』Ｖ）の筆記者を務める。

この年三月、長谷川海太郎夫妻、中央公論社特派員としてヨーロッパ旅行へ出発。『中央公論』八月号から谷譲次名で旅行記「踊る地平線」の連載を開始。

昭和四年（一九二九）　　二十七歳

三月、『悲劇喜劇』Ⅵに戯曲「骨牌遊びドミノ」を発表。

『生』第四巻第一号に戯曲「秋霧」を発表。

四月、築地小劇場が分裂し、土方與志や俳優丸山定夫《さだお》らが新築地劇団を結成。

生社主催の蝙蝠座第一回公演終了後の記念写真撮影に参加、一時帰省したと思われる（伊東酔果「おもいだし校正」『海峡』五十五号）。

五月、新築地劇団の旗揚げ公演で金子洋文《ようぶん》『飛ぶ唄』、片岡鉄平原作、高田保《たかたたもつ》脚色『生ける人形』を演出した土方與志の助手を務める。

六月、新築地劇団公演、マクシム・ゴーリキー原作、高田保脚色『母』を演出した土方與志の助手を務める。

七月、新築地劇団公演、高田保『作者と作者』、高田保・北村小松『北緯五十度以北』（小林多喜二原作「蟹工船」）の舞台監督を務める。当時函館の日魯漁業に勤めていた友人に、舞台衣装用にゴム製長合羽と長靴を送るよう電話で要求した。

帝劇で『北緯五十度以北』の稽古を舞台監督として行っているときに函館時代の記者仲間石川正雄が来訪。二日後、阿部が倒れて芝南佐久間町の岩島病院に入院中、石川と竹内清が見舞いに来る。

二人は渡仏のために上京していた（石川正雄「惜しい男！」『海峡』七十一号）。

十一月、レストラン「銀座グリル」での送別会ののち、岸田國士夫妻、今日出海らの見送りをうけて「ちょっとフランスへ行ってきます」と東京駅を発ち、シベリア鉄道を利用してパリへ向かう。

十二月十二日モスクワの消印で、以下の文面の絵はがきを母に送る。

〈少しの障害もなくウラジオストックに着きました。昨夜は一晩こゝに泊り今日午後六時にこの絵葉書が示すところの停車場から巴里に向けて出発します。東京を出発する晩には岸田先生夫人が僕のために〈銀座グリル〉で送別会をしてくれ、停車場迄送つて下さいました。僕は非常に元気です。少しもご案じなさることはありません。では、ごきげん〔以下二、三字判読不可〕〉

十二月十五日頃、パリ着。すでにパリ生活をはじめていた石川、竹内の部屋に寄宿し、十日ほどのちにとなりの下宿屋の四階に移る。ガスがなく石油コンロによる自炊生活であった（前掲、石川正雄「惜しい男！」）。

この年六月、長谷川海太郎夫妻が帰国し、秋には鎌倉に住む。十月、ニューヨーク株式市場大暴落で世界恐慌が始まり、しだいにヨーロッパに影響が波及、昭和八年の十蘭帰国の一要因となる。

昭和五年（一九三〇）　二十八歳

五月、元新派俳優筒井徳二郎一座のパリ公演

「日本歌舞伎」をピガール座で見る（↓「歌舞伎教室」。ただし筒井徳次郎と表記し、時期も秋としている）。

六月、ロシアのメイエルホリドがパリのモンパルナス座でオストロフスキー「森林」、ゴーゴリ「検察官」を演出・舞台化しているので、見た可能性が強い（前掲、竹内清「久生十蘭を想う」、ただしゴーゴリ「森林」となっている）。戯曲「骨牌遊びドミノ」ではメイエルホリドの名が引かれている。

八月、ブルターニュ半島沖合のベリイルランメール島を訪れ、ソオゾンやル・パレなどの町に滞在する（↓「ノンシヤラン道中記」）。

九月二十一日、函館新聞社の日曜紙『週刊「函館」』に「フランスの立待岬より」と題して、長谷川淑夫社長あての同島からの絵はがきが記事として掲載された。

この年、竹内清の紹介で知り合った画家青山義雄のアパルトマン（パリ十五区ベロニー街）を訪ねる。以後、フランス滞在中さまざまな面で世話になる。青山を介して福島繁太郎《しげたろう》、慶子夫妻と知り合い、のちに『新青年』で福島慶子へのインタビューが実現した。

この年のベリイルランメール島訪問のときかあるいは別の機会か、ノルマンディ地方の大西洋岸沿いの町、エトルタ、ル・アーヴルなども夏のヴァカンスで訪れている。

エトルタやル・アーヴルでは竹内清とカジノにも通い、無一文で戻ってきたパリでは、救世軍経営の簡易宿泊所の世話になった。竹内清の回想（前掲、「阿部の思い出」）では、三年目の夏とあるので、これは昭和六年の可能性もある（↓「十字街」）。

この頃、画家佐伯祐三の姪にあたる杉邨《すぎむら》ていと知り合い、一時同棲生活を送る。杉邨は佐伯一家とともにパリに来て、佐伯の客死後もハープ演奏を学ぶためにパリ生活を続けていた。

十蘭は演劇の研究を目的としたフランス留学といわれているが、演出家シャルル・デュランをはじめとして、当時の著名演劇人の教えを受けた形跡は見られない。

　鎌倉文学館にパリ時代の写真が残されており「一九三〇年（昭和五年）頃、国立パリ高等技芸学校演劇部卒業記念」という夫人の説明がある。十蘭の遺品のアルバムには、この写真と同じ人物がスチール写真用のカメラを使っている写真も一葉残されている。十蘭と思われる人物も写っており、撮影技術を学ぶ〈技芸学校〉の授業の一環であった可能性がある。十蘭夫人の証言によれば、映画については後年、自作・自演出の作品を自費で作りたいという願望をもっており、構想も練っていた。

昭和六年（一九三一）　二十九歳
　十月、阿部鑑、二十三年間勤めた庁立函館高等女学校を退職。

　十一月三日、鑑、横浜から日本郵船の鹿島丸に乗船、フランスのマルセイユへ向けて出発。

　十二月十四日、鑑、無事パリに到着（↓「「女傑《ラ・マゾーヌ》」号」、「野萩」）。鑑はパリ十五区キャスタニャリ街三十番地のアパルトマンに滞在したが、十蘭も一緒であったかは明らかではない。

　この年の五月、パリで国際植民地博覧会が開催され、その記念切手が使用されているので、おそらくこの年か翌年のヴァカンスをサントオバン・シュル・メールで過ごしたと推測される。同地から母親あてに以下のようなはがきを出した。

〈こゝはオルヌと申す河〔三、四文字判読不可〕岸です。写真の左から〔三、四文字判読不可〕さな漁師の家の二階にゐて〔二、三文字判読不可〕さから日没迄水あびをしてゐます。この十日から余ホド劇しい勉強が始まりさうで充分身体を錬へて置かねばならぬといふので、一生懸命です。早朝五時から散歩をし夕方はまたこゝの家の舟で沖へ釣りに出かけます。海岸は相変らず生活が安易で、いろいろ生きたも〔一字判読不可〕が喰へるのでたのしみです。将雄《マヽ》　サントオバン・スュウル・メエルにて〉

　また、この年、日付は確定できないが、阿部はフランス旅行準備中の母親あてに次のようなはがきを出している。
〈ご出立迄にこの葉書が届きましたら、一、「電気学」の初歩の本、極く初歩でよゐ（山背泊氏に尋ねますと分明します。もし彼が持つてゐたら譲り受けて下さい）、一、「トオキイ」の日本での出版物、代表的なもの一冊、一、「独和辞典」（これは三野君にご相談下さい。及『《（ママ）》宮下重夫著「極く分り易い独逸語入門」定価一円　神田南神保町太陽堂発行」《（ママ）》　どうぞご持参下されば非常に助かります。何卒よろしく　将雄《（ママ）》　母上様〉

この年、長谷川潾二郎もシベリア鉄道経由で渡仏。

＊九月、満州事変勃発。

昭和七年（一九三二）　三十歳

一月十日、鑑はノートルダム寺院を訪れる。

二月、青山義雄の世話で、鑑はモンパルナスの有名花店アンドレ・ボーマンのショー・ウィンドウに生花を飾る。

四月、鑑、「花の芸術家」としてパリの日刊紙『コメディア』のインタビューを受ける。

五月十三日、鑑は杉邨ていとともにマルセイユから日本郵船榛名丸で海路をとり、六月二十一日に横浜着。フランス滞在を終えて帰国する作家林芙美子と同室の船旅であった。

七月八日、鑑、函館に戻るが、十月末には上京。

この年、神経に失調をきたし、青山の紹介で南仏クロ・ド・キャーニュのマダム・マレエ宅の離れで転地療養をした。折からの為替の変動で経済的にも苦しく、一時同居した竹内清の回想によれば、毎日同じマカロニと安葡萄酒で露命をつないだ（前掲、「阿部の思い出」）。いっぽうで体調回復後のことか、モンテカルロまで足を延ばしてカジノで勝負を試みたり、「巌窟王」にかかわるマルセイユ沖合のイフ島、カンヌに近く「鉄仮面」にかかわるサント・マルグリート島などを訪れたりしている。

長谷川潾二郎は、この年三月にマルセイユから海路をとり帰国する。

＊現職のフランス大統領ドゥメールが五月六日、パ

リで暗殺される（→「犂《カラスキー》氏の友情」）。

昭和八年（一九三三）　　三十一歳

三月、クロ・ド・キャーニュの十蘭の療養先に身を寄せた竹内清の回想（前掲「久生十蘭を憶う」）では、ふたりでニースのカーニヴァルを見物して楽しんでいる。その後、十蘭は三月か四月にマルセイユから海路をとり帰国したと思われる。

五月、友田恭助、田村秋子夫妻を中心に昭和七年に結成された築地座の第十四回公演の記念写真に写っているので、遅くともこのころまでには帰国している。東京四谷の母親宅に同居し、渡仏前からのつながりで新築地劇団と関係をもつ。

十月、築地小劇場改築竣成記念公演で「ハムレット」の舞台監督を務める。このとき楽屋の手伝いに来ていた美校の女子学生と恋愛関係となった（薄田研二、前掲「阿部君のこと」）。

公演終了後、翌年十二月までの約一年間、築地小劇場管理委員会の委員となる。

この頃『新青年』編集長水谷準と再会し、執筆を求められる。

十二月、トリスタン・ベルナールのコント三篇を翻訳し『新青年』に発表。同誌初登場となる。

この年十月、林不忘・谷譲次・牧逸馬の『一人三人全集』（新潮社）刊行開始。

＊十二月末にはフランス政・官界のスキャンダル、スタヴィスキー事件が発覚し、翌年二月までフランスは大混乱に陥る（→「十字街」、「プランス事件」）。

昭和九年（一九三四）　　三十二歳

一月、『新青年』に「ノンシヤラン道中記」の連載開始（～八月まで八回）。

四月、早稲田大学大隈講堂で「オセロ」を演出、出演者は薄田研二、丸山定夫、山本安英《やすえ》など。

八月、随筆「野砲のワルツ」を『モダン日本』に発表。

十一月、築地座の第二十五回公演（於飛行館）で、全演目の舞台監督を務める。演目は、辰野《たつの》隆《ゆたか》「客」、クルトリーヌ「大変な心配」と「バダンの欠勤」、田中千禾夫《ちかお》「おふくろ」。翌昭和十年、

『新青年』で田村秋子にインタビューしたのは、この頃からの交流によるものと思われる。

十二月、築地小劇場管理委員会は総辞職し、劇場管理権を土方家に返還したが、委員であった阿部が暫定的に実務上の責任者となり、負債整理にあたった。

岸田國士の主唱により新劇界の連合組織、日本新劇倶楽部が創設され、阿部は築地小劇場出身幹事として名簿に名を連ねる。

昭和十年（一九三五）　三十三歳

一月、インタビュー「三十分会見記」を『新青年』に連載開始（～六月まで六回）。

二月、築地座第二十七回公演（三周年記念、於飛行館）、岸田國士「職業」の演出と舞台監督、森本薫「わが家」の舞台監督、久保田万太郎「釣堀にて」の舞台監督と舞台照明を担当。

三月、築地小劇場従業員と新築地劇団など劇場関係者の協議があり、阿部排斥のうごきが表面化する（『秋田雨雀日記Ⅲ』未來社）。阿部は左翼色のある新築地劇団と関係をもつ理由を問われても明言はしなかったという（今日出海、前掲「十蘭思い出すまま」）。

四月、築地座第二十八回公演（於飛行館）、小山祐士「瀬戸内海の子供ら」の舞台監督を務める。稽古終了後、杉村春子ら出演者とよく飛行館前のおでん屋で酒をのみながら演技指導をした。

五月、築地座「瀬戸内海の子供ら」の大阪公演（於文楽座）に同行の際、俳優東屋三郎《あずまやさぶろう》が倒れ代役は阿部という話もあったが、宮口精二が務めた。パリで恋愛関係にあった杉邨ていの実家を訪れたのは、このときかあるいは十月の大阪公演と思われる。

七月、「黄金遁走曲」を『新青年』に連載開始（～十二月まで、六回）。

九月、築地座公演のため「秋水嶺」の作者内村直也、演出の岸田國士と阿部、さらに友田恭助、中村伸郎《のぶお》、宮口精二、杉村春子ら全出演者が一堂に会して本読みが始まる。

十一月、築地座第二十九回公演（於蠶絲会館）、

内村直也「秋水嶺」を岸田と共同演出であったが、岸田の多忙もあって阿部が単独で担当することも少なくなかった。内村は稽古を見た感想を次のように述べている。〈稽古を見るたびに、俳優の科白の言いまわしが違っていた。それは俳優の中に、イマジネーションを湧き出させる為の、批判的、誘導的な、全く根気のいい演出であった。岸田先生がみえない時は、共同演出者の阿部正雄が、先生の意を体して一人で稽古をつけたが、一人の時は一層厳しく、辛辣であった〉(『築地座』丸ノ内出版)。この公演が最後となり、翌年築地座は解散する。

この年六月、長谷川海太郎が鎌倉小袋坂の自宅(通称からかね御殿)で急死。

昭和十一年(一九三六)　三十四歳

一月、「義勇花白蘭野《ぎにいさむはなのしらの》」を『新青年』に発表。

二月二十三日、岸田國士宅におもむき、岸田が俳優の中村伸郎、宮口精二、杉村春子、田辺若男《わかお》らに新設の演劇研究所のねらいを説明、参加をもとめるのに立ち会う。以後実質的には半年間、岸田主宰の演劇研究所の講師となるとともに実務を担当する。

三月、俳優田辺若男へ書簡を送り、演劇研究所の狙いを確認し、朗読の材料として自作の手紙を用意すべきことを伝える。

四月、岸田の推薦で田中千禾夫(「科白原理」担当)とともに明治大学文芸科の講師となり、演出論を講じ、演出実技指導も行う。

代々木上原の徳川邸を借りて始まった岸田の演劇研究所で、ドーデー「風車小屋だより」の一節の朗読研究を指導する。

五月、インタビューを狐野今吉名義で『新青年』に連載開始(〜七月まで三回)。

十四日、俳優田辺若男、四谷の阿部宅へ病気見舞いに訪れる。

七月、「金狼」を『新青年』に連載開始(〜十一月まで五回)、筆名久生十蘭をはじめて使用(これ以後、本年譜では特記しないかぎり久生十蘭名義とする)。

八月、「天国地獄両面鏡」星野青人名で『新青年』に発表。

十月、岸田國士の演劇研究所は解散となる。

＊二月、皇道派将校による二・二六事件勃発。

昭和十二年（一九三七）　三十五歳

一月、「黒い手帳」を『新青年』に発表。

四月、レオン・サヂイ「ジゴマ」を、『新青年』別冊付録として飜訳・翻案。

五月、「湖畔」を『文藝』に発表。

六月、ピエール・スーヴェストル、マルセル・アラン「ファントマ」を『新青年』別冊付録として飜訳・翻案。

七月、ガストン・ルルウ「ルレタビーユ」を『新青年』別冊付録として飜訳・翻案。

単行本『ジゴマ』を博文館文庫として博文館から刊行。

八月、ピエール・スーヴェストル、マルセル・アラン「第二ファントマ」を『新青年』別冊付録として飜訳・翻案。

九月、ガストン・ルルウ「第二ルレタビーユ」を『新青年』別冊付録として飜訳・翻案。

久保田万太郎、岩田豊雄、岸田國士を発起人として結成された文学座に参加。ただし、『文学座五十年史』では当時の座員一覧に含まれていない。

十月、「魔都」を『新青年』に連載開始（〜翌年十月まで十三回）。

単行本『ファントマ第一』を博文館文庫として博文館から刊行。

単行本『ルレタビーユ第一』を博文館文庫として博文館から刊行。

十一月、単行本『ファントマ第二』を博文館文庫として博文館から刊行。

単行本『ルレタビーユ第二』を博文館文庫として博文館から刊行。

＊七月、盧溝橋で日・中両軍の衝突、日中戦争の始まり。

昭和十三年（一九三八）　三十六歳

一月、「妖術」を『令女界』に連載開始（〜九月まで九回)。

随筆「冷水」を『シュピオ』に発表。

二月、「お酒に釣られて崖を登る話」を麴町子名義で『新青年』に発表。

三月、「戦場から来た男」を覆面作家名義で『新青年』に発表。

「花束町壱番地」を『改造』に発表。

文学座第一回試演会(三月二十五日、二十六日於飛行館)で開幕合図のチャイムの扱いについて岸田國士と協議し、初日開幕数時間前にようやく決定した。ジュール・ロマン「クノック」の演出を担当し、文学座発行のパンフレットにその狙いを寄稿。俳優に工夫させることを主眼にした演出であったが、ときに大声をあげて演技者を叱り飛ばすこともあった。「クノック」の翻訳者で文学座幹事の岩田豊雄は「ドイツ風のクノックになった」と酷評した。試演会後の記念写真撮影に阿部は加わっている。

四月、「新版八犬伝」を『新青年』特別増刊号に発表。

新設の文学座研究所の講師を、翌年六月の閉鎖まで務める。賀原《かはら》夏子ら一期生に対する阿部の指導は厳しく「死んじまえ」といわれて泣き出すものもいた(荒木道子「研究所第一期生」『文学座五十年史』)。

五月、「刺客」(のち改稿して「ハムレット」)を『モダン日本』五月号と六月号に分載。

六月、「モンテ・カルロの下着」を『改造』に発表。

九月、「モンテカルロの爆弾男」を星野青士名義で『新青年』に発表。

十二月、新劇協同公演(於有楽座)で文学座の内村直也「秋水嶺」を岸田國士と共同演出した。

三十日、NHKラジオ放送の探偵劇「赤馬旅館」(原作小栗虫太郎、出演者に江戸川乱歩、水谷準など)の演出を担当する。放送収録日前に、演出者として出演者のせりふを厳しく指導した。

おそらくこの年、軽井沢千ヶ滝に山荘を購入、夏季の執筆をそこで行ったといわれる。土岐雄三によれば「魔都」執筆中に招かれ、口述筆記を手伝いながらここで半月ほどいっしょに暮らした（「魔都」解説、『久生十蘭傑作選Ⅰ』社会思想社）。

＊四月、国家総動員法公布。

昭和十四年（一九三九）　三十七歳

一月、「キャラコさん」を『新青年』に連載開始（～十二月まで十二回）。

「顎十郎捕物帳」を六戸部力名義で『奇譚』に連載開始（～翌年七月まで十九回）

二月、「海豹島」を『大陸』に発表。

五月、「妖翳記」を『オール讀物』に発表。

「探偵作家四方山座談会」に出席し大いに発言する（『新青年』特別増刊号）。ほかに参加者は水谷準、大下宇陀児、渡辺啓助、海野十三、延原謙、城昌幸、荒木十三郎、松野一夫。

六月、「だいこん」を『改造』に発表。

七月、「墓地展望亭」を『モダン日本』七月号と八月号に分載。

『新青年』連載中の「キャラコさん」で第一回「新青年賞」を受賞。

八月、「昆虫図」を『ユーモアクラブ』に発表。

「地底獣国」（のち「計画《プラン》・Я《ヤ》」）を安倍正雄名義で『新青年』八月号と九月号に分載。

単行本『ジゴマ』『ファントマ』『ルレタビーユ』をそれぞれ博文館文庫として博文館から刊行。

九月、「キャラコさん」が森永健次郎監督、轟夕起子主演で映画化（日活）された。

「贖罪」を『オール讀物』に発表。

「「女傑《ラ・マソーヌ》」号」を『大洋』に発表。

十月、ボアゴベイ「鉄仮面」第一部の翻訳を『名作』に発表。

「激流」（のち「女性の力」）を朝鮮で発行されていた『京城日報』十月二十日から連載開始（～昭和十五年二月二十三日まで百二十六回）。

この頃、作家渡辺啓助と築地から銀座界隈を遊歩しながら作品論をかわしたことがあった（三一書房版全集Ⅶ、解説）。

十二月、「犂《カラスキー》氏の友情」を『オール讀物』に発表。

「カイゼルの白書」を『大洋』に発表。

単行本『キヤラコさん』博文館を刊行。
＊九月、ドイツ軍がポーランド進撃を開始、第二次世界大戦始まる。

昭和十五年（一九四〇）　三十八歳

一月、「平賀源内捕物帳」を谷川早名義で『講談倶楽部』に連載開始（～八月まで八回）。

「娘ばかりの村の娘達」を『新青年』に発表。

「白鯱模様印度更紗《しろしやちもやういんどさらさ》」を星野青人名義で『新青年』に発表。

「心理の谷」を『モダン日本』に発表。

「月光と硫酸」を『ユーモアクラブ』に発表。

「暢気オペラ」を『サンデー毎日』一月七日・十四日合併号に発表。

「酒の害について」（のち「酒の害悪を繞つて」）を『京城日報』一月十八日から連載開始（十九日、二十一日の三回）。

三月、明治大学文芸科の講師を務めていた田中千禾夫は、不要不急の科目だから出講に及ばない旨の通知を大学から受ける。同時期に就任していた阿部は学生指導を続ける。この頃、演出実技指導を受講した学生の記憶では、阿部みずから身振り手振りで「ハムレット」を熱演したという。

四月、単行本『顎十郎捕物帖』を谷川早名義で博文館から刊行。

五月、「酩酊気質」（のち「酒祝《さけほが》ひ」）を『大洋』に発表。

六月、「遠島船」（のち「顎十郎捕物帳」所収）を六戸部力名義で『新青年』に発表。

「葡萄蔓の束」を『オール讀物』に発表。

「ところてん」を『サンデー毎日』夏季特別号に発表。

「レカミエー夫人」を『週刊朝日』夏季特別号に発表。

七月、「葡萄蔓の束」が第十一回直木賞候補作となる。

いわゆる「大衆作家」七十八名による国防文芸連盟が結成され、十蘭も参加。常任委員兼評議員となる。

八月、「浜木綿」を『モダン日本』に発表。

「大龍巻」を『ユーモアクラブ』に発表。

「弘化花暦」（のち「捨公方」として「顎十郎捕物帳」所収）を谷川早名義で『奇譚』に発表。

九月、「白豹」を『新青年』に発表。

十月、岸田國士の大政翼賛会文化部長就任とともに、文化部嘱託となる。

十一月、単行本『女性の力』博文館を刊行。

フォルチュネ・デュ・ボアゴベイ『鉄仮面』の翻訳を世界伝奇叢書の一冊として単行本で博文館から刊行。

この年の春先、博文館社長大橋進一から水谷準、横溝正史、小栗虫太郎らとともに葭町の料亭に招待される。

この頃、劇団冬青座《まさき》を主宰し、地方のアマチュア演劇の指導や農村の慰問に各地をまわる。冬青座のために「朝やけ」「鰯雲」などの脚本を書いた（作品は未確認）。
＊八月、東京市内に「贅沢品は敵だ」の立て看板が出現。また、新協劇団、新築地劇団の村山知義、久保栄、久板栄二郎、千田是也、滝沢修ら検挙され、のち劇団は解散となる。

昭和十六年（一九四一）　三十九歳

三月、「日本水雷艇」（のち「魚雷に跨りて」）を『新青年』に発表。

単行本『平賀源内捕物帳』春陽堂を谷川早名義で刊行。

四月、単行本『顎十郎評判捕物帳』春陽堂を谷川早名義で刊行。

五月、「蜘蛛」を『新青年』に発表。

六月、「フランス感《かぶ》れたり」を『オール讀物』に発表。

「北海の水兵《マドロス》」（のち「北海の水夫《マドロス》」）を『大洋』に発表。

八月、「生霊」を『新青年』に発表。

単行本『顎十郎評判捕物帳　二巻』春陽堂を谷川早名義で刊行。

九月、三ッ谷幸子へ自分の写真を送る。

十月、「ヒコスケと艦長」を『オール讀物』に発表。

『新青年』編集部の要請で摂津茂和と中国戦線へ従軍した。上海、漢口を経由して湖北省随県の守備隊に九日間滞在、のち漢口で工場や農園などを視察し、帰路には漢口から南京まで揚子江の船旅を三日間経験している。帰国してから『新青年』誌上で摂津と対談する。

おそくともこのころまでには四谷から転居して、東京青山の高樹町に茶道と華道を教えていた母親と住む。隣家は岡本一平・かの子夫妻であった。

この年六月、岸田國士を委員長として日本移動演劇連盟が結成される。七月、フランスから帰国した土方與志、治安維持法違反の疑いで横浜港で検挙、投獄される（釈放は昭和二十年十月）。

＊十二月、日本軍はハワイ真珠湾を攻撃。

昭和十七年（一九四二）　四十歳

一月、作家摂津茂和との対談「中支従軍対談会」が『新青年』に掲載。

国民新劇場における舞台座（冬青座の後身）公演で、阿部正雄「鰯雲」の演出を担当。

「地の霊」を『講談雑誌』に発表。

二月、舞台座公演（於国民新劇場）で石川三郎「野焼」を演出。

「支那饅頭」を『譚海』に発表。

単行本『魚雷に跨りて』春陽堂を刊行。

三月、「雲井の春」を『婦女界』に発表。

四月、「花賊魚《ホアツオイユイ》」を『新青年』に発表。

五月、「三笠の月」を『オール讀物』に発表。

六月、「水雷行」を『戦線文庫・銃後読物』に発表。

七月、「巴奈馬《パナマ》」（のち改稿して『紀ノ上一族』第二部「巴奈馬《パナマ》」）を『新青年』に発表。
「英雄」を『満洲良男』（満洲雑誌社）に発表。
「三笠の月」が第十五回直木賞候補作となる。

十四日、大佛次郎夫妻の媒酌で、三ッ谷幸子（戸籍名はサチ）と結婚。新婦は親友竹内清の弟精吾の妻貞子の一番下の妹であった。ただし入籍届の日付は、昭和三十二年六月十八日である。

八月、「消えた五十万人」を『陸軍画報』に発表。

十月、「大西洋日本島」（のち改稿して『紀ノ上一族』第三部「カリブ海」）を『講談倶楽部』に発表。

十一月、「軍艦行進曲」を『戦線文庫・銃後読物』に発表。

「死の谷《デス・ヴァレー》」（のち改稿して『紀ノ上一族』第一部「加州《カリフォルニヤ》」）を『モダン日本』に発表。

大政翼賛会内に「素人演劇研究委員会」が設置され、委員となる。

十二月、「国風」を『新青年』に発表。

「遣米日記」を『オール讀物』に発表。

「豊年」を『サンデー毎日』十二月二十日号に発表。

＊六月、ミッドウェー海戦で被害大きく戦局の転機となる。八月、日米の交換船浅間丸（第一次）で野村、来栖大使ら千四百人が帰国。

昭和十八年（一九四三）　四十一歳

一月、「亜墨利加討《アメリカうち》」を『講談倶楽部』に発表。

「遣米日記」が第十六回直木賞候補作となる。

二月、報道班員として南方へ赴くに際して、「祈武運長久　為久生十蘭先生」と書かれた日章旗を親しくしていた人たちから署名入りで贈られる。署名者は岡本一平、小栗虫太郎、水谷準、摂津茂和、竹内清、母鑑、妻幸子など。

海軍報道班員としての出発直前、当時講師を務めていた明治大学文芸科の受講学生十数名が、送別会を開く（卒業生の回想による）。

この頃今日出海宅へバター持参で報道班員として出発の挨拶へ行く。（今日出海前掲「十蘭思い出すまま」）

二十四日、海軍報道班員として、当時の東京市赤坂区青山高樹町の自宅を母親と夫人に見送られながら出て、空路博多へ。さらに那覇、台北、マニラなどを経由。（以後九月九日まで、報道班員としての動静は「従軍日記」の記述にもとづく）

三月六日、インドネシアのスラバヤ（ジャワ島）到着。朝日新聞の支局を宿舎とする。

十一日のセレクタへの一泊旅行をはじめ、スラバヤを本拠地として、バンドン、ジャカルタ、スカブミ、ジョクジャカルタ、ボロブドウルなど十日あまりかけてジャワ島内の各地を訪れる。有名なボイテンゾルグ植物園も見学する。作家中井英夫の父で植物学者の中井猛之進《たけのしん》が園長を務めていた。

「真福寺事件」（のち改稿して「公用方秘録二件・第一話　犬」）を『新青年』三月号に発表。

戯曲「村の飛行兵」を阿部正雄名義で大政翼賛会宣伝部から小冊子として刊行。

四月二十二日、マデウン州司政長官（武政隆一）の招きで、サランガン湖畔のホテルに投宿、ひと月あまり滞在する。

サランガンに移るにあたり、報道班員らしからぬ生活への反省を以下のように「日記」に綴る。〈殊にスラバヤに着いてからの四十七日は、悉く無為、懶惰、放埒の日々の連続なり。〔中略〕かういふ日々を記録することの恥辱なること身に染みて痛感するが、自覚と反省の他日の鋭き鞭としてありのままに書きつけて置いた〉

サランガンを拠点にマデウン、マゲタン、ポノロゴの各地を視察。

新狂言「隣聟」を阿部正雄名義で『文化日本』四月号に発表。

五月、サランガンからガンダガン、パンゴンサリ、ナウイ、パチタン、スマランの各地を訪れる。

横光利一「旅愁」を読む。

メモや日記を整理するとともに、三、四十枚の小説「南方定期」を構想する（当該作品は現段階で未確認）。

二十六日、サランガンからマデウン経由、スラバヤ着。

六月、アプトン・シンクレア「世界の終り」、島崎藤村「仏蘭西土産」を読む。

単行本『紀ノ上一族』大道書房を刊行。

七月、岸田國士、大佛次郎、海野十三、夫人などに手紙を書く。

十三日、スラバヤを発ち、空路デンパッサル（バリ島）、ワインガップ（スンバ島）経由、前線基地のクーパン（チモール島）に到着。「陸警」本部に宿泊する。

十四日、はじめて至近の空襲を経験し、防空壕に二時間避難する。

十六日、車でタロスへ行き、日本刀、拳銃、鉄兜を与えられる。はじめて椰子の実の水を飲む。

十七日、車でタロス経由ブラインを視察、ピストルを試射する。タロス泊。翌日、三種軍装、軍靴、戦闘帽などを受け取り、クーパン帰着。

長谷川幸延《こうえん》「道修寺裏」を読む。

二十日、午前三時半、直撃に近い空襲。午後、タロス経由ペンフイの防空隊へ赴く。二百人の兵士をまえに「雑談会」を行う。第一砲台泊。二十一日深夜の空襲の際、高射砲の応戦を目撃、防空隊本部に宿泊となる。空襲を受けるごとに恐怖心が募るのを感じる。

二十四日、夜、ラジオで薄田研二出演の放送劇を聞く。

二十五日、防空隊長から一月以来の空襲の件など戦闘概報について、また海軍陸戦隊と警衛隊の歴史について話を聞き、ノートを取る。

二十六日、ペンフイの防空隊からタロス経由クーパン帰着。「傍観者ではなくたしかに兵達と生死をともにしたといふ自覚あり実に得難き日々であつた」と思う。

二十七日、演習に参加して十七キロ行軍、剣帯に吊った刀の重さを知る。

三十日、演習ではじめて軽戦車に乗る。

「真福寺事件」が第十七回直木賞候補作となる。

八月四日、三週間のクーパン生活を終え、ペンフイの飛行場から空路アンボン島へ向かい、無事ラハ飛行場着。水交社別館に宿泊。

七日、アンボンからベンテンの防空隊第一砲台へ移り兵舎生活、九日に二百人の兵士に講話を行う。

その夜、至近の空襲。十日、ベンテンからラハの分遣隊を訪れ兵士百人に講話、アンボンへ戻る。

十三日、機銃で飛行機を撃ち落とした徴用漁船が帰って来たので、船長の話を聞いてノートをとる。

ベンテンを経由してハロン航空隊へ移り、兵舎生活となる。

岩田豊雄「海軍」を読む。

十八日、マイコール基地から戻った飛行士・整備員らから、敵機の奇襲で戦死した飛行士の逸話を聞きノートする。

丹羽文雄「流れる四季」を読む。

二十日、ハロンからラハ、空路バボ経由でカイマナ（ニューギニア）へ移る。ニッパ椰子の葉で造られた第一士官室泊。雨が多く体調を崩す。

二十八日、カイマナを発ち、ゲロスで一泊、二十九日、現地の設営隊が飛行場建設のとき、軍用艇を山越えして湖水まで運んだ事実につき、隊長らから詳細を聞きメモを取る。その後、水雷艇「鵲」で、最前線ケクワ（ニューギニアのミミカ）へ向かう。海が大時化で嘔吐に苦しむ。

三十日、ケクワ到着。夕食後、分遣隊長の話をノートにとる。翌日、「鵲」でアンボン島へ向かう。

モーパッサン「聖水者」「脂肪の塊」を読む。

単行本『幽霊遠島船』大東亜出版社を刊行。

九月一日、アンボン島のハロンに帰着。夫人からの手紙を受け取る。

三日、分隊長や司令からマイコール基地を作るまでの苦心談を聞く。「第九三四空《ママ》海軍航空隊作戦経過概要」及び「マイコール基地設置経過概要」をノートする。昼間の空襲で防空壕へ避難。

九日、ハロンを発ち、マイコール（アル諸島）へ向かう飛行艇に乗り込む。

この頃、黒岩涙香「嬢一代」、アプトン・シンクレア「黄金時代」、岡本かの子「河明り」「雛妓」、谷崎潤一郎「初昔」「きのふけふ」、井伏鱒二「紺《ママ》の反物」、内田百閒「随筆新雨」、アンリ・バルビュッス「クラルテ」、尾崎士郎「朝暮兵」などを読む。とくに谷崎作品について思うところ多い。

（「従軍日記」の記述はここまでであり、その後の詳細は明らかではない）

十一月、月末に行方不明の電報が届く（十蘭夫人の証言をもとにした山田昭夫「久生十蘭年譜考」による）。

＊この年九月、第二次日米交換船帝亜丸は多くの邦

人を乗せ出航、十一月に横浜に入港する（→「みんな愛したら」）。

昭和十九年（一九四四）　四十二歳

一月、無事であることが判明したとされる（前掲、山田「年譜考」による）。

二月、南方戦線より無事帰国したとされている（同「年譜考」）。

四月、「爆風」を『新青年』に発表。

五月、「海軍歩兵」を『文藝春秋』に発表。

六月、「第〇特務隊」を『新青年』に発表。

随筆「酒保」を『週刊毎日』六月四日号に発表。

七月、「内地へよろしく」を『週刊毎日』に連載開始（七月二日号から十二月二十四日号まで二十六回）。

「海図」を『新太陽』に発表。

従軍報告「給養」を『建設青年』に発表。

八月、「白妙」を『日の出』に発表。

「効用」を『大洋』に発表。

九月、随筆「猿の最後の一匹まで」を『大洋』に発表。

「最後の一人」を『青年読売』に連載開始（～翌年一月まで五回）。

十月、「要務飛行」を『日の出』に連載開始（～翌年三月まで六回、未完）。

大政翼賛会の戦意高揚運動の一環として映画を製作する計画があり、大東亜会館で大佛次郎、木村荘十、中野実、白柳秀湖、交換船で帰国した人たちとともに相談（大佛次郎『敗戦日記』草思社）。

十一月、「少年」を『新青年』に発表。

「新残酷物語」を『文藝春秋』に発表。

十二月、「猟人日記」を『新太陽』に発表。

座談会「艦隊・航空決戦を語る」（『日の出』掲載）で司会者をつとめる。

この年の十一月、はじめて東京が空襲を受ける。東京の青山高樹町で戦災に遭い、夫人と両国駅まで歩いてやっと列車に乗り、千葉県銚子市の義姉のもとに疎開する。夫人の証言によれば疎開中に〈文章にありのまま書いて憲兵隊に連れ行かれた〉ことがあった。
＊六月、激戦後にサイパン島を米軍が占領（↓「母子像」）。

昭和二十年（一九四五） 四十三歳

一月、「弔辞」を『大洋』に発表。

四月、「祖父っちゃん」を『北海道新聞』四月三十日から連載開始（～八月二十二日まで九十七回、未完）。

五月、「母の手紙」を『主婦の友』に発表。

「をがむ」を『東京新聞』五月二十三日から連載開始（～七月六日まで三十八回、未完）。

疎開中の銚子から大佛次郎にコノシロの干物を送る（前掲、大佛『敗戦日記』）。

八月、知り合いの編集者の紹介で、福島県会津若松市へ疎開する。郡山近辺で空襲にあい、田んぼのなかを逃げ回ったりしながら、銚子から三日がかりであった。しばし旅館住まいののち飯盛山のふもとの納屋を借りて住む（阿部幸子「夫・久生十蘭の思い出」別冊『かまくら春秋』一九八六年）。

四日、「内地へよろしく」をもとにしたラジオ・ドラマ「二つの卵」（小林勝脚色）がNHKで放送される。

十月、「橋の上」を『サンデー毎日』十月二十一日号へ発表。
＊八月十五日、ポツダム宣言受諾。九月十日、連合国軍総司令部（GHQ）による言論検閲開始。

昭和二十一年（一九四六） 四十四歳

一月、「その後」を『サンデー毎日』臨時増刊新春特別号に発表。

二月、「南部の鼻曲り」を『新青年』に発表。

「皇帝修次郎三世」を『新風』に断続的に連載開始（三、五、六・七月合併、八、十、十二月号まで七回、未完）。

五月、「幸福物語」を『新青年』に発表。

「花合せ」を『婦人文庫』に発表。

七月、「狸がくれた牛酪《バター》」を『アサヒグラフ』七月五日号に発表。

九月、「半未亡人」を『サンデー毎日』九月八日号と九月十五・二十二日合併号に分載。

十月、「ハムレット」を『新青年』に発表。

十二月、「黄泉から」を『オール讀物』に発表。

この年の秋、会津若松市からふたたび銚子の義姉宅に移る。同居した甥の竹内弘によれば、仕事が一段落すると酒を飲み、酔余、フランス国歌やイタリア民謡を歌うこともあった。

昭和二十二年（一九四七）　四十五歳

一月、「水草」を『宝石』に発表。

「だいこん」を『モダン日本』に断続的に連載開始（～翌年八月まで十三回）。

二月、「おふくろ」を『新青年』に連載開始（～三月まで二回、未完）。

単行本『顎十郎捕物帳　稲荷の使ひ　他七篇』を谷川早名義で鷺ノ宮書房から刊行。

三月、「ブゥレ＝シャノアヌ事件」を『文藝春秋』に発表。

六月、「風流」を『北海道新聞』六月十二日から連載開始（～七月十日まで二十五回）。

七月、「鶴鍋」（のち「西林図」）を『オール讀物』に発表。

「すたいる」を『婦人朝日』に連載開始（～翌年一月まで七回）。

八月、「予言」を『苦楽』に発表。

九月、単行本『金狼』新太陽社を刊行。

十二月、大佛次郎の勧めもあって、銚子から神奈川県鎌倉市材木座四—一—三五へ転居（住所は鎌倉文学館の調査による）。夫人の回想では東京新聞の海の家を間借りするかたちであった。鎌倉のこの家か、翌年転居した家かは明らかでないが、疎開先の静岡から戻った母親鑑が同居するようになり、鑑はおもに茶道を教授した。

昭和二十三年（一九四八）　四十六歳

一月、「フランス伯N・B」を『文藝春秋』に発表。

「皇帝修次郎」を『トップライト』（のち誌名変更『クラブ』）に連載開始（～七月まで六回、未完）。

「おふくろ」を『キング』に連載開始（〜六月まで五回、未完）。

二月、「骨仏」を『小説と読物』に発表。

三月、「ユモレスク」（のち「野萩」）を『オール讀物』に発表。

四月、「田舎だより」を『サンデー毎日別冊』に発表。

「ココニ泉アリ」を『読売新聞』四月二十四日から連載開始（〜八月二十四日まで百一回）。

「キヤラコさん」の第八話「月光曲《ムウン・ライト・ソナタ》」が、田中重雄監督、笠置シズ子、三条美紀らの出演で『舞台は廻る』と題して映画化（大映）された。

五月、「貴族」を『苦楽』に発表。

同じ鎌倉材木座の六―八―七へ転居（鎌倉文学館の調査）。吉行淳之介の回想（「久生十蘭のこと」「昭和二十三年の澁澤龍彥」）によれば、当時、新太陽社の編集者であった吉行や澁澤は、この転居作業を手伝った。

九月、単行本『魔都』新太陽社を刊行。

この年、「ハムレット」と「予言」が第一回探偵作家クラブ賞（現、日本推理作家協会賞）短篇賞候補となる。

昭和二十四年（一九四九）　四十七歳

一月、「春雪」を『オール讀物』に発表。

「A島からの手紙」（のち「手紙」）を『小説と読物』に発表。

「黄昏日記」を『物語』に連載開始（〜八月まで八回）。

二月、「カストリ侯実録」を『文藝春秋』に発表。

五月、「復活祭」を『オール讀物』に発表。

「巴里の雨」を『サンデー毎日別冊』に発表。

六月、随筆「空旅」を『文学界』に発表。

「風祭り」を『苦楽』に発表。

七月、「三界万霊塔」を『富士』に発表。

「淪落の皇女の覚書」を『文藝春秋』増刊号に発表。

「巫術」を『妖奇』に発表。

九月、「蝶の絵」を『週刊朝日別冊』に発表。

単行本『平賀源内捕物帳』講談社を刊行。

十月、「氷の園」を『夕刊新大阪』十月十三日から連載開始（〜翌年五月九日まで二百回）。

十二月、単行本『だいこん』講談社を刊行。
＊七月、下山事件発生（→「プランス事件」）。

昭和二十五年（一九五〇）　四十八歳

二月、「ノア」（のち「みんな愛したら」）を『富士』に連載開始（〜四月まで三回）。

四月、「勝負」を『オール讀物』四月号に発表。山田風太郎は〈久生十蘭の「勝負」よみ驚倒。わが創作意欲フンサイさるを感ず〉との感想を漏らした（『戦中派動乱日記』小学館）。

随筆「日の丸」を『朝日新聞』四月二十九日に発表。

六月、「妖婦アリス芸談」を『文藝春秋』増刊号に発表。

単行本『顎十郎捕物帳』上・下岩谷書店を刊行。

七月、「あめりか物語」を『サンデー毎日別冊』に発表。

八月、「女の四季」を『小説の泉』に発表。

「風流旅情記」を『小説と読物』に発表。

『アサヒグラフ』の見開きグラビア「御存知捕物作家告知板」に登場。

十月、「無月物語」を『オール讀物』に発表。

十二月、「新西遊記」を『別冊文藝春秋』第十九号に発表。
＊六月、朝鮮戦争始まる（→「母子像」）。

昭和二十六年（一九五一）　四十九歳

一月、「十字街」を『夕刊朝日新聞』一月一日から連載開始（〜六月十七日まで、百五十回）。担当記者の回想によれば、連載中は毎日のように朝から締め切り間際の夕方まで十蘭宅に待機し、振り切るようにして原稿を持ち帰った。

二月、「信乃と浜路」を『オール讀物』に発表。

三越劇場現代劇第一回公演、杉村春子ら文学座によるコクトー「声」、田中千禾夫「おふくろ」など。

三月、「猪鹿蝶」（のち「姦」）を『別冊文藝春秋』第二十記念号に発表。

七月、「白雪姫」を『オール讀物』に発表。

八月、単行本『顎十郎捕物帳』岩谷書店を刊行。

九月、「南極記」を『別冊文藝春秋』第二十三号に発表。

「プランス事件」を『サンデー毎日』新秋特別号に発表。

単行本『顎十郎評判捕物帳（1）』春陽堂を刊行。

十月、「玉取物語」を『別冊文藝春秋』第二十四号に発表。

十一月、「鈴木主水」を『オール讀物』に発表。

十二月、「泡沫《うたかた》の記」を『別冊文藝春秋』第二十五号に発表。

前年から二年ほど同居して手伝いをした姪（虎石栄子）の記憶では、このころ十蘭は、雨戸をほとんど締め切った二階の部屋で昼夜に関係なく夫人に口述筆記をさせながら作品を仕上げ、食事も執筆中はそこで済ませた。大佛次郎から贈られた愛猫ロロと遊ぶことはあったが、あまり外出はしなかった。

昭和二十七年（一九五二）　五十歳

一月、「鈴木主水」で柴田錬三郎「イエスの裔」とともに、第二十六回直木賞を受賞する。

単行本『十字街』朝日新聞社を刊行。

「ゴロン刑事部長の回想録」を『サンデー毎日』新春特別号に発表。

「うすゆき抄」を『オール讀物』に発表。

「重吉漂流記」（のち「重吉漂流紀聞」）を『小説公園』に発表。

二月、「つきかげ抄」（のち改稿して「うすゆき抄」に含む）を『オール讀物』に発表。

三月、単行本『平賀源内捕物帳』春陽堂を刊行。

「このはな抄」（のち改稿して「うすゆき抄」に含む）を『オール讀物』に発表。

二十八日、『文藝春秋』創刊三十年記念「東京愛読者大会」が歌舞伎座で開催、昼の部のはじめに芥川賞・直木賞授賞式が行われ、その後の同社主催文士劇「白波五人男」で赤星十三を演じる。

四月、「湖畔」（改稿版）を『オール讀物』に発表。

四日、文士劇「白波五人男」大阪公演（於大阪朝日会館）で赤星十三を演じる。

五月、「死亡通知」を『文学界』に発表。

随筆「歌舞伎教室」を『文藝春秋』に発表。

六月、「海難記」を『別冊文藝春秋』第二十八号に発表。

九月、単行本『うすゆき抄』文藝春秋新社を刊行。

「藤九郎の島」を『オール讀物』に発表。

「美国《アメリカ》横断鉄路」を『週刊朝日』新秋読物号に発表。

海難事故に関して意見を求められ、「断定はまだ早い」との談話記事が『朝日新聞』朝刊九月二七日に掲載される。

十月、「雪原敗走記」を『別冊文藝春秋』第三十号に発表。

二十八日、吉田健一宛にはがきの礼状を出す。文面は以下の通り。〈御高著頂戴いたしました。厚く御礼申し上げます。〉（神奈川近代文学館所蔵の吉田健一関係資料による）

十一月、「幻の軍艦未だ応答なし！」を『オール讀物』に発表。

「新残酷物語」と「美国《アメリカ》横断鉄路」の類似性に関する読者からの投稿に対して、十蘭が見解を表明した文章が『週刊朝日』新春増刊号に掲載される。

十二月二十八日、NHK第一放送で〈鎌倉文士連による鎌倉座〉が「白波五人男」を演じ、赤星十三役で出演。

昭和二十八年（一九五三）　五十一歳

一月、「我が家の楽園」（のち「愛情会議」）を『オール讀物』に連載開始（〜六月まで、六回）。

三月、『オール讀物』誌主催、第一回〈オール新人杯〉の選考委員となり、十二月の第三回まで委員を務める。

六月、「再会」を『文藝春秋』に発表。

七月、「再会」が木村恵吾監督、森雅之、久我美子主演で映画化される（大映）。

「影の人」を『小説新潮』に発表。

八月、「青髯二百八十三人の妻」を石田九万吉名義で『オール讀物』に発表。

十月、「或る兵卒の手帳」を『別冊文藝春秋』第三十六号に発表。

十一月、「天国の登り口」を『オール讀物』に発表。

十二月、「大赦請願」を『別冊文藝春秋』第三十七号に発表。

この年の三月、『ニューヨーク・ヘラルド・トリビューン』紙の主催による第二回「世界短編小説賞コンクール」（名称は読売新聞一九五四年三月二十一日朝刊による）への参加が、読売新聞社のあっせんで決まる。文芸家協会と日本ペンクラブの協力のもと、同社は豊島与志雄、伊藤整、石川達三、阿部知二、高見順、亀井勝一郎からなる委員会を設置し、執筆者の人選を行った。その結果、久生十蘭、永井龍男、井上靖、石川達三の四名に作品執筆が依頼される。作品は吉田健一によって英訳され、夏までには主催者へ送付された。

昭和二十九年（一九五四）　五十二歳

一月、「かぼちゃ」を『朝日新聞』（一月一日）に発表。

「皇帝の御鹵簿」を『夕刊フクニチ』（一月五日）に発表。

「真説・鉄仮面」を『オール讀物』に連載開始（〜十月まで、十回）。

吉田健一宛の年賀状を出す。（神奈川近代文学館所蔵の吉田健一関係資料には、この年と昭和三十一年、同三十二年の年賀状が残されている）。

三月、「母子像」を『読売新聞』三月二十六日から連載開始（〜二十八日まで、三回）。

五月、「人魚」を資生堂広報誌『花椿』に連載開始（〜八月まで、四回）。

七月、『別冊文藝春秋』のグラビア「目でみる文壇」に鎌倉文士として、大佛次郎、中村光夫、高見順、中山義秀、久保田万太郎、里見弴、今日出海、林房雄とともに登場（撮影：木村伊兵衛）。

十月、「ボニン島物語」を『文藝春秋』に発表。

「あなたも私も」を『毎日新聞』十月二十九日から連載開始（～翌年三月二十四日まで、百四十二回）。

十一月二十九日、文士劇「侠客御所五郎蔵」（於東京歌舞伎座）で子分太郎次を演じる。

十二月十一日、同文士劇大阪公演（於産経会館）にも出演。

「海と人間との戦ひ」を『オール讀物』に発表。

この年三月、岸田國士、文学座公演「どん底」舞台稽古中に倒れ、死去。
＊三月、漁船第五福龍丸がビキニ海域のアメリカ水爆実験により被災し、放射能汚染が問題となる（↓「あなたも私も」「われらの仲間」）。

昭和三十年（一九五五）　五十三歳

一月九日、NHKラジオ「大衆作家、久生十蘭氏を訪ねて」に出演（清水一郎「久生十蘭ノート」『海峡』七十一号）。

四月、渡辺紳一郎との対談記録「対談・話の泉」が『別冊週刊朝日』に掲載される。

三十日、読売新聞社から「セカイタンペンコンクール一トウニユウセンス、シヨオキン一〇〇〇ドル、ハツピヨウ一四ヒソレマデフセテオカレタシ」という至急電報が入る。

五月十四日、『ニューヨーク・ヘラルド・トリビューン』紙主催の第二回「世界短編小説賞コンクール」で、「母子像」が第一席となり、公表される。

二十三日、『東京新聞』のインタビューを受けて、作家として今後の抱負を述べる。

六月三日、「世界短編小説賞コンクール受賞祝賀会（読売新聞社主催）」が開催され、吉田健一、大佛次郎、佐藤春夫、三島由紀夫らが出席。

七月、単行本『愛情会議』河出書房を刊行。

「顎十郎捕物帳」所収の「都鳥」が『おしゅん捕物帳』として滝沢英輔監督、月丘夢路主演で映画化（日活）。

「ひどい煙」を『オール讀物』に発表。

八月五日、「母子像」が筒井敬介脚色、加藤道

子主演でラジオドラマ化され、NHKで放送される。放送当日、十蘭夫妻がスタジオを訪問した（清水一郎「資料・久生十蘭（三）」『海峡』九十三号）。

「愛情会議」が萩山輝男監督、三宅邦子主演で映画化（松竹）。

十月、「われらの仲間」が『新潟日報』に十月一日から連載開始（〜翌年四月二十日まで、二百一回）。

単行本『母子像』新潮社を刊行。

「鎌倉ペンクラブ」運動会で本部役員を務める。

十二月、単行本『あなたも私も』毎日新聞社を刊行。

昭和三十一年（一九五六）　五十四歳

一月、「雲の小径」を『別冊小説新潮』に発表。

二月、「無惨やな」を『オール讀物』に発表。

四月、「春の山」を『新潮』に発表。

「奥の海」を『週刊朝日別冊』に発表。

「川波」を『別冊文藝春秋』第五十一号に発表。

「母子像」映画化の撮影現場を夫人同伴で見学、『内外タイムス』紙の記事（四月九日）として女優中原ひとみのインタビューを受け、喜劇俳優伴淳三郎の大ファンであることなど語る。

六月、ラジオドラマ「夜の鶯」をNHK第一放送で六月三日から毎週日曜日連続放送開始（〜七月二十九日まで、八回）。初のラジオドラマで自ら指導する熱意も見せた。

「母子像」が佐伯清監督、山田五十鈴主演で映画化（東映）された。

八月、「虹の橋」を『オール讀物』に発表。

「一の倉沢」を『文藝春秋』に発表。

随想「馬琴のクイズ」を『読売新聞』（八月五日）に発表。

「不滅《インモルテル》の花」を『別冊文藝春秋』第五十三号に発表。

十月、函館時代からの友人竹内清が鎌倉の久生宅を訪れたとき、故郷訪問の希望を口にしたが結局実現せず、作家として函館を訪れたことはなかった。

十一月、文士劇「宮本武蔵」（於東宝劇場）で長岡佐渡を演じる。

十一月二十日、芸術祭ラジオ部門参加作品「冬山」（朝日放送制作）が放送される。

十二月、「われらの仲間」が『拳銃を捨てろ』と題して、小石栄一監督、高倉健主演で映画化（東映）。

昭和三十二年（一九五七）　五十五歳

一月四日、ラジオドラマ「蜂雀」がＮＨＫ第一放送で放送された。

このころ、夏にフランスを再訪することを計画。

二月、ＮＨＫラジオドラマ「下北の漁夫」準備のため、青森県浅虫、野辺地を取材旅行。

「肌色の月」の原稿を書き始める。

「雪間」を『別冊文藝春秋』第五十六号に発表。

三月、食道の異常を訴える。

「呂宋《ルソン》の壺」を『オール讀物』に発表。

二十一日、ラジオドラマ「下北の漁夫」がＮＨＫ第一で放送された。

四月、「肌色の月」を『婦人公論』に四月から連載開始（～八月まで、五回、未完）。

鎌倉の里見弴宅で開催された、ソ連文化使節エレンブルグ歓迎茶会に出席（田沼武能『わが心の残像』文藝春秋）。

六月十八日、幸子との婚姻届を提出。

二十日、食道癌の疑いで、東京の癌研究所に入院。

七月、戯曲「喪服」を『文学界』に発表。

経口で食事がとれないので、胃瘻の手術を受ける。

八月、大塚の分院で週三回放射線の照射を受ける。このころ病院を抜け出して映画『八十日間世界一周』を見る。週末の三日間を自宅に戻り、仕事を試みる。月末には心臓発作を起こすようになる。

九月、初旬に大塚の分院放射線科へ転院する。

「いつ　また　あう」を『りぼん』に連載開始（～十月まで、二回、未完）。

月末、映画「肌色の月」主演の乙羽信子、プロデューサー、東京映画（東宝系映画制作プロダクション）関係者など、見舞いに来院。

十月、退院して車で鎌倉の自宅へ戻る。

六日、午後一時四十分、鎌倉市材木座の自宅で食道癌のため死去。

葬儀は仏式（真言宗）で行われ、里見弴が葬儀委員長であった。鎌倉扇ガ谷の浄光明寺に納骨され戒名は高照院文徳正見居士。

杉江敏男監督、乙羽信子主演で「肌色の月」が映画化（東京映画・東宝）され公開。

十二月、残された原稿を夫人がまとめて単行本『肌色の月』中央公論社が刊行された。

昭和三十五年（一九六〇）　没後三年
二月、母、阿部鑑、鎌倉市材木座の自宅で死去、享年八十歳。

昭和四十九年（一九七四）　没後十七年
十一月、鎌倉聖ミカエル教会納骨簿によれば、阿部正雄の遺骨は浄光明寺から材木座霊園の聖ミカエル教会共同納骨堂へ改葬された。

平成十五年（二〇〇三）　没後四十六年
二月、前年の十二月二十五日に倒れて療養中であった幸子夫人が鎌倉市内の病院で死去。享年八十一歳。遺骨は材木座霊園の聖ミカエル教会共同納骨堂に納められる。

あとがき

『定本久生十蘭全集』（国書刊行会、二〇〇八～二〇一三）で、年譜を担当させていただいたが、増補改訂をせねば、という思いは以前からあった。当初は、加筆修正した年譜を小冊子形式で発表し、なんとか責任を果たすつもりでいた。ところが、その後紆余曲折あり、結局、十蘭について書いた旧稿に手を加えてまとめることとなった。

本書の第Ⅰ部は、拙著『久生十蘭』（白水社、一九九四）をもとに、大幅な加筆をして、一部章立てを変えたりあらたな章をもうけたりし、また全体的にも必要な加筆を行った。第Ⅱ部は「水の物語」（『早稲田文学』一九八七・三、所収）、と「清原啓子の十蘭」（『清原啓子作品集　増補新版』阿部出版、二〇一七、所収）に加筆したものである。

先の定本全集で、久生十蘭の全貌が知られるようになったこともあるのか、各種文庫に続々十蘭作品集が出現し、それぞれよく読まれているようだ。若い読者や研究者にも恵まれ、十蘭研究は日進月歩の趣きである。そんな時に、はるか昔の原稿を引っぱり出すのは気が引けるが、半世紀近く親しんできた一読者のファンレターと受け止めていただきたい。

十蘭の作品、文章、言葉を読んでいると、頭で理解する以前に、わけのわからぬ感嘆詞が喉元にこみあげてくることがある。そんな身体的生理的変化にも惑わされて、久生十蘭という森をさ迷い歩いてきた。「十蘭逍遙」と題する所以である。

時間ばかり掛かって成果はきわめて貧しい拙著だが、それでも多くの方のご協力があった。ここに記して感謝の思いを明らかにしておきたい。

十蘭夫人阿部幸子氏は、一九八四年から亡くなる前年まで、十八年にわたり、書簡やはがきで筆者の質問へ答え、時に思い出話を披露して下さった。その点についていくつかは、本書で触れさせていただいた。癌を病んだ十蘭のための献身的な看病はよく知られているが、そのお人柄がうかがわれるお便りであった。

元著作権継承者の三ッ谷洋子氏は資料の閲覧をはじめとして、定本全集編集中はもちろん、それ以前からそして今回も協力を惜しまれなかった。十蘭の姪にあたる虎石栄子、夫人の甥にあたる竹内弘の両氏も筆者の質問に丁寧に答えて貴重な情報をご教示くださった。清原啓子の実兄にあたる古川勉氏には、清原作品の掲載を快くお許しいただいた。

以下、順不同でお名前を挙げる。青山義雄（二度の長時間インタビューに応じて下さった）、杉邨房雄、水谷準、長岡輝子、盛内政志、清水一郎の各氏。

資料の収集、各種調査には、函館市立図書館、神奈川近代文学館、鎌倉文学館、八王子市夢美術館、昭和女子大学図書館に、ご協力いただいた。

十蘭研究者としての須田千里、小林真二の両氏と、定本全集をともに編集した、川崎賢子、沢田安史、浜田雄介の各氏からは、教えられることが大変多かった。また、装画を担当した西山彰氏は、筆者の偏愛する銚子時代の十蘭像を、というわがままな注文に応えて、素晴らしい作品を寄せて下さった。

定本全集の完結という難事業を終えることができたのは、国書刊行会の礒崎純一元編集長と伊藤里和両氏のおかげだが、今回も、礒崎氏は筆者を文字通り鞭撻して本書誕生のきっかけを作り、原稿にも目を通して貴重なご意見を賜った。伊藤氏も担当編集者として、的確なご意見と行き届いた配慮をして下さった。とにもかくにも本書が成ったのは、このお二方のおかげで、心から感謝申し上げる。

本書の収録内容は左記のとおり。

第Ⅰ部

『久生十蘭』（白水社、一九九四・一）に基づき、以下の大幅な増補改訂を行った。

「スタンダールに学ぶ」→同書「阿部正雄と久生十蘭」に加筆し、独立した別章とした。

「「金狼」とピエール・マッコルラン「真夜中の伝説」」→同書未収録。初出『学苑』（昭和女子大学紀要、二〇一四・五）に加筆した。

「戦争と十蘭」→書き下ろし。

第Ⅱ部

「水の物語」（『早稲田文学』一九八七・三）、「清原啓子の十蘭」（『清原啓子作品集　増補新版』阿部出版、二〇一七・十一）に基づき、加筆した。

第Ⅲ部

『定本久生十蘭全集』別巻（国書刊行会、二〇一三・二）所収の年譜に基づき、増補改訂した。

江口雄輔（えぐち・ゆうすけ）
1946年福岡県生まれ、昭和女子大学名誉教授。
共著に『「新青年」読本』（作品社、1988年）、単著に『久生十蘭』（白水社、1994年）、編著に『定本久生十蘭全集』（国書刊行会、2008～2013年）がある。

十蘭《じゅうらん》逍遙《しょうよう》
二〇二三年一一月二〇日初版第一刷印刷
二〇二三年一一月二二日初版第一刷発行
著者　江口雄輔
装丁　岡本洋平（岡本デザイン室）
装画　西山彰
「銚子海岸に佇む久生十蘭像」（木版画）
発行者　佐藤今朝夫
発行所　株式会社国書刊行会
〒一七四-〇〇五六　東京都板橋区志村一-一三-一五
電話〇三-五九七〇-七四二一
ファクシミリ〇三-五九七〇-七四二七
URL：https://www.kokusho.co.jp
E-mail：info@kokusho.co.jp
印刷所　創栄図書印刷株式会社
製本所　株式会社難波製本
ISBN：978-4-336-07562-8 C0095